梦里花落知多少

三毛 著

北京出版集团公司
北京十月文艺出版社

青马（天津）文化有限公司
出　品

目录

背　影

那片墓园曾经是荷西与我常常经过的地方。

过去，每当我们散步在这个新来离岛上的高岗时，总喜欢俯视着那方方的纯白的厚墙，看看墓园中特有的丝杉，还有那一扇古老的镶花大铁门。

不知为什么，总也不厌地怅望着那一片被围起来的寂寂的土地，好似乡愁般地依恋着它，而我们，是根本没有进去过的。

当时并不明白，不久以后，这竟是荷西要归去的地方了。

是的，荷西是永远睡了下去。

清晨的墓园，鸟声如洗，有风吹过，带来了树叶的清香。不远的山坡下，看得见荷西最后工作的地方，看得见古老的小镇，自然也看得见那蓝色的海。

总是痴痴地一直坐到黄昏，坐到幽暗的夜慢慢地给四周带来了死亡的阴影。

也总是那个同样的守墓人，拿着一个大铜环，环上吊着一把古老的大钥匙向我走来，低低地劝慰着："太太，回去吧！天暗了。"

我向他道谢，默默地跟着他穿过一排又一排十字架，最后，看他锁上了那扇分隔生死的铁门，这才往万家灯火的小镇走去。

回到那个租来的公寓，只要母亲听见了上楼的脚步声，门便很快地打开了，面对的，是憔悴不堪等待了我一整天的父亲和母亲。

照例喊一声：“爹爹，姆妈，我回来了！”然后回到自己的卧室里去，躺下来，望着天花板，等着黎明的再来，清晨六时，墓园开了，又可以往荷西奔去。

父母亲马上跟进了卧室，母亲总是捧着一碗汤，察言观色，又近乎哀求地轻声说：“喝一口也好，也不勉强你不再去坟地，只求你喝一口，这么多天来什么也不吃怎么撑得住。”

也不是想顶撞母亲，可是我实在吃不下任何东西，摇摇头不肯再看父母一眼，将自己侧埋在枕头里不动。母亲站了好一会儿，那碗汤又捧了出去。

客厅里，一片死寂，父亲母亲好似也没有在交谈。

不知是荷西葬下去的第几日了，堆着的大批花环已经枯萎了，我跪在地上，用力将花环里缠着的铁丝拉开，一趟又一趟地将拆散的残梗抱到远远的垃圾桶里去丢掉。

花没有了，阳光下露出来的是一片黄黄干干的尘土，在这片刺目的，被我看了一千遍一万遍的土地下，长眠着我生命中最最心爱的丈夫。

鲜花又被买了来，放在注满了清水的大花瓶里，那片没有名字的黄土，一样固执地沉默着，微风里，红色的、白色的玫瑰在轻轻地摆动，却总也带不来生命的信息。

那日的正午，我从墓园里下来，停好了车，望着来来往往的车辆和行人发呆。

不时有认识与不认识的路人经过我，停下来，照着岛上古老的习俗，握住我的双手，亲吻我的额头，喃喃地说几句致哀的语言然后低头走开。我只是麻木地在道谢，根本没有在听他们，手里捏了一张已经皱得不成样子的白纸，上面写着一些必须去面对的事情：

要去葬仪社结账，去找法医看解剖结果，去警察局交回荷西的身份证和驾驶执照，去海防司令部填写出事经过，去法院申请死亡证明，去市政府请求墓地式样许可，去社会福利局申报死亡，去打长途电话给马德里总公司要荷西工作合同证明，去打听寄车回大加纳利岛的船期和费用，去做一件又一件刺心而又无奈的琐事。

我默默地盘算着要先开始去做哪一件事，又想起来一些要影印的文件被忘在家里了。

天好似非常的闷热，黑色的丧服更使人汗出如雨，从得知荷西出事时那一刻便升上来的狂渴又一次一次地袭了上来。

这时候，在邮局的门口，我看见了父亲和母亲，那是在荷西葬下去之后第一次在镇上看见他们，好似从来没有将他们带出来一起办过事情。他们就该当是成天在家苦盼我回去的人。

我还是靠在车门边，也没有招呼他们，父亲却很快地指着我，拉着母亲过街了。

那天，母亲穿着一件藏青色的衬衫，一条白色的裙子，父亲穿着他在仓促中赶回这个离岛时唯一带来的一套灰色的西装，居然还打了领带。

母亲的手里握着一把黄色的康乃馨。

他们是从镇的那头走路来的，父亲那么不怕热的人都在揩汗。

“你们去哪里？”我淡然地说。

“看荷西。”

“不用了。”我仍然没有什么反应。

“我们要去看荷西。”母亲又说。

“找了好久好久，才在一条小巷子里买到了花，店里的人也不肯收钱，话又讲不通，争了半天，就是不肯收，我们丢下几百块跑出店，也不知够不够。”父亲急急地告诉我这件事，我仍是漠漠然的。

现在回想起来，父母亲不只是从家里走了长长的路出来，在买花的时候又不知道绕了多少冤枉路，而他们那几日其实也是不眠不食地在受着苦难，那样的年纪，怎么吃得消在烈日下走那么长的路。

“开车一起去墓地好了，你们累了。”我说。

“不用了，我们还可以走，你去办事。”母亲马上拒绝了。

“路远，又是上坡，还是坐车去的好，再说，还有回程。”

“不要，不要，你去忙，我们认得路。”父亲也说了。

“不行，天太热了。”我也坚持着。

“我们要走走，我们想慢慢地走走。”

母亲重复着这一句话，好似我再逼她上车便要哭了出来，这几日的苦，在她的声调里是再也控制不住了。

父亲母亲默默地穿过街道，弯到上山的那条公路去。

我站在他们背后，并没有马上离开。

花被母亲紧紧地握在手里，父亲弯着身好似又在掏手帕揩汗，耀眼的阳光下，哀伤，那么明显地压垮了他们的两肩，那么沉重地拖住了他们的步伐。四周不断地有人在我面前经过，可是我的眼睛只看见父母渐渐远去的背影，那份肉体上实实在在的焦渴的感觉又使人昏眩起来。

一直站在那里想了又想，不知为什么自己在这种情境里，不明白为什么荷西突然不见了，更不相信自己的眼睛——我的父母竟在那儿拿着一束花去上一座谁的坟，千山万水地来与我们相聚，而这个梦是在一条通向死亡的路上遽然结束。

我眼睛干干的，没有一滴泪水，只是在那儿想痴了过去。

对街书报店的老板向我走过来，说："来，不要站在大太阳下面。"

我跟他说："带我去你店里喝水，我口渴。"

他扶着我的手肘过街，我又回头去找父亲和母亲，他们还在那儿爬山路，两个悲愁的身影和一束黄花。

当我黄昏又回荷西的身畔去时，看见父母亲的那束康乃馨插在别人的地方了，那是荷西逝后旁边的一座新坟，听说是一位老太太睡了。两片没有名牌的黄土自然是会弄错的，更何况在下葬的那一刻因为我狂叫的缘故，父母几乎也被弄得疯狂，他们是不可能在那种时刻认仔细墓园的路的。

"老婆婆，花给了你是好的，请你好好照顾荷西吧！"

我轻轻地替老婆婆抚平了四周松散了的泥沙，又将那束错放的花又扶了扶正，心里想着，这个识别的墓碑是得快做了。

在老木匠的店里，我画下了简单的十字架的形状，又说明了四周栅栏的高度，再请他做一块厚厚的牌子钉在十字架的中间，他本来也是我们的朋友。

"这块墓志铭如果要刻太多字就得再等一星期了。"他抱歉地说。

"不用，只要刻这几个简单的字：**荷西·马利安·葛罗——安息。**"

"下面刻上——**你的妻子纪念你。**"我轻轻地说。

“刻好请你自己来拿吧，找工人去做坟，给你用最好的木头刻。这份工作和材料都是送的，孩子，坚强啊！”

老先生粗糙有力的手重重地握着我的两肩，他的眼里有泪光在闪烁。

“要付钱的，可是一样地感谢您。”

我不自觉地向他弯下腰去，我只是哭不出来。

那些日子，夜间总是跟着父母亲在家里度过，不断地有朋友们来探望我，我说着西班牙话，父母便退到卧室里去。

窗外的海，白日里平静无波，在夜间一轮明月的照耀下，将这拿走荷西生命的海洋爱抚得更是温柔。

父亲、母亲与我，在分别了十二年之后的第一个中秋节，便是那样地度过了。

讲好那天是早晨十点钟去拿十字架和木栅栏的，出门时没见到母亲。父亲好似没有吃早饭，厨房里清清冷冷的，他背着我站在阳台上，所能见到的，也只是那逃也逃不掉的海洋。

“爹爹，我出去了。”我在他身后低低地说。

“要不要陪你去？今天去做哪些事情？爹爹姆妈语言不通，什么忙也帮不上你。”

听见父亲那么痛惜的话，我几乎想请他跟我一起出门，虽然他的确是不能说西班牙话，可是如果我要他陪，他心里会好过得多。

“哪里，是我对不起你们，发生这样的事情……”

话再也说不下去了，我开了门便很快地走了。

不敢告诉父亲说我不请工人自己要去做坟的事，怕他拼了命也要跟着我同去。

要一个人去搬那个对我来说还是太重的十字架和木栅栏，要用手指再一次去挖那片埋着荷西的黄土，喜欢自己去筑他永久的寝园，甘心自己用手，用大石块，去挖，去钉，去围，替荷西做这世上最后的一件事情。

那天的风特别大，拍散在车道旁边堤防上的浪花飞溅得好似天高。

我缓缓地开着车子，堤防对面的人行道上也沾满了风吹过去的海水，突然，在那一排排被海风蚀剥得几乎成了骨灰色的老木房子前面，我看见了在风里，水雾里，踽踽独行的母亲。

那时人行道上除了母亲之外空无人迹，天气不好，熟路的人不会走这条堤防边的大道。

母亲腋下紧紧地夹着她的皮包，双手重沉沉地各提了两个很大的超级市场的口袋，那些东西是这么的重，使得母亲快蹲下去了般地弯着小腿在慢慢一步又一步地拖着。

她的头发在大风里翻飞着，有时候吹上来盖住了她的眼睛，可是她手上有那么多的东西，几乎没有一点法子拂去她脸上的乱发。

眼前孤零零在走着的妇人会是我的母亲吗？会是那个在不久以前还穿着大红衬衫跟着荷西与我像孩子似的采野果子的妈妈？是那个同样的妈妈？为什么她变了，为什么这明明是她又实在不是她了？

这个憔悴而沉默妇人的身体，不必说一句话，便河也似的奔流出来了她自己的灵魂，在她的里面，多么深的悲伤，委屈，顺命和眼泪像一本摊开的故事书，向人诉说了个明明白白。

可是她手里牢牢地提着她的那几个大口袋，怎么样的打击好似也提得动它们，不会放下来。

我赶快停了车向她跑过去："姆妈，你去哪里了，怎么不叫我。"

"去买菜啊！"母亲没事似的回答着。

"我拿着超级市场的空口袋，走到差不多觉得要到了的地方，就指着口袋上的字问人，自然有人拉着我的手带我到菜场门口，回来自己就可以了，以前荷西跟你不是开车送过我好多次吗？"母亲仍然和蔼地说着。

想到母亲是在台北住了半生也还弄不清街道的人，现在居然一个人在异乡异地拿着口袋到处打手势问人菜场的路，回公寓又不晓得走小街，任凭堤防上的浪花飞溅着她，我看见她的样子，自责得恨不能自己死去。

荷西去了的这些日子，我完完全全将父母亲忘了，自私的哀伤将我弄得死去活来，竟不知父母还在身边，竟忘了他们也痛，竟没有想到，他们的世界因为没有我语言的媒介已经完全封闭了起来，当然，他们日用品的缺乏更不在我的心思里了。

是不是这一阵父母亲也没有吃过什么？为什么我没有想到过？

只记得荷西的家属赶来参加葬礼过后的那几小时，我被打了镇静剂躺在床上，药性没有用，仍然在喊荷西回来，荷西回来！父亲在当时也快崩溃了，只有母亲，她不进来理我，她将我交给我眼泪汪汪的好朋友格劳丽亚，因为她是医生。我记得那一天，厨房里有油锅的声音，我事后知道母亲发着抖撑着用一个小平底锅在一次一次地炒蛋炒饭，给我的婆婆和荷西的哥哥姐姐们开饭，而那些家属，哭号一阵，吃一阵，然后赶着上街去抢购了一些岛上免税的烟酒和手表、相机，匆匆忙忙地登机而去，包括做母亲的，都没有忘记买了新表才走。

以后呢？以后的日子，再没有听见厨房里有炒菜的声音了。为什么那么安静了呢，好像也没有看见父母吃什么。

“姆妈上车来，东西太重了，我送你回去。”我的声音哽住了。

“不要，你去办事情，我可以走。”

“不许走，东西太重。”我上去抢她的重口袋。

“你去镇上做什么？”妈妈问我。

我不敢说是去做坟，怕她要跟。

“有事要做，你先上来嘛！”

“有事就快去做，我们语言不通不能帮上一点点忙，看你这么东跑西跑连哭的时间也没有，你以为做大人的心里不难过？你看你，自己嘴唇都裂开了，还在争这几个又不重的袋子。”她这些话一讲，眼睛便湿透了。

母亲也不再说了，怕我追她似的加快了步子，大风里几乎开始跑起来。

我又跑上去抢母亲袋子里沉得不堪的一瓶瓶矿泉水，她叫了起来：“你脊椎骨不好，快放手。”

这时，我的心脏不争气地狂跳起来，又不能通畅地呼吸了，肋骨边针尖似的刺痛又来了，我放了母亲，自己慢慢地走回车上去，趴在驾驶盘上,这才将手赶快压住了痛的地方。等我稍稍喘过气来，母亲已经走远了。

我坐在车里，车子斜斜地就停在街心，后视镜里，还是看得见母亲的背影，她的双手，被那些东西拖得好似要掉到了地上，可是她仍是一步又一步地在那里走下去。

母亲踏着的青石板，是一片又一片碎掉的心，她几乎步伐踉跄了，可是手上的重担却不肯放下来交给我，我知道，只要我活着一天，她便不肯委屈我一秒。

回忆到这儿，我突然热泪如倾，爱到底是什么东西，为什么那么辛酸那么苦痛，只要还能握住它，到死还是不肯放弃，到死也是甘心。

父亲，母亲，这一次，孩子又重重地伤害了你们，不是前不久才说过，再也不伤你们了，这么守诺言的我，却是又一次失信于你们，虽然当时我应该坚强些的，可是我没有做到。

守望的天使啊！你们万里迢迢地飞去了北非，原来冥冥中又去保护了我，你们那双老硬的翅膀什么时候才可以休息？

终于有泪了，那么我还不是行尸走肉，父亲，母亲，你们此时正在安睡，那么让我悄悄地尽情地流一次泪吧。

孩子真情流露的时候，好似总是背着你们，你们向我显明最深的爱的时候，也好似恰巧都是一次又一次的背影。

什么时候，我们能够面对面地看一眼，不再隐藏彼此，也不只在文章里偷偷地写出来，什么时候我才肯明明白白地将这份真诚在我们有限的生命里向你们交代得清清楚楚呢。

荒山之夜

我们一共是四个人——拉蒙、巧诺、奥克塔维沃，还有我。

黄昏的时候我们将车子放在另一个山顶的松林里，便这样一步一步地走过了两个山谷，再翻一个草原就是今夜将休息的洞穴了。

巧诺和奥克塔维沃走得非常快，一片晴朗无云的天空那样广阔地托着他们的身影，猎狗戈利菲的黑白花斑在低低的芒草里时隐时现。

山的棱线很清楚地分割着天空，我们已在群山的顶峰。

极目望去，是灰绿色的仙人掌，是遍地米黄的茅草，是秃兀的黑石和粗犷没有一棵树木的荒山，偶尔有一只黑鹰掠过寂寞的长空，这正是我所喜欢的一种风景。

太阳没有完全下山，月亮却早已白白地升了上来，近晚的微风吹动了衰衰的荒原，四周的空气里有一份夏日特有的泥土及枯草蒸发的气味。在这儿，山的庄严，草原的优美，大地的宁静是那么和谐地呈现在眼前。

再没有上坡路了，我坐在地上将绑在鞋上以防滑脚的麻绳解开来，远望着一座座在我底下的群山和来时的路，真有些惊异自己是如何过来的。

拉蒙由身后的谷里冒了出来，我擦擦汗对他笑笑，顺手将自己掮着的猎枪交给了他。

这一个小时山路里，我们四人几乎没有交谈过。这种看似结伴同行，而又彼此并不相连的关系使我非常怡然自由，不说话更是能使我专心享受这四周神奇的寂静。于是我便一直沉默着，甚而我们各走各的，只是看得见彼此的身影便是好了。

“还能走吗？马上到了。”拉蒙问。

我笑笑，站起来重新整了一下自己的背包，粗绳子好似陷进两肩肉里似的割着，而我是不想抱怨什么的。

“不久就到了。”拉蒙越过我又大步走去。

齐膝的枯草在我脚下一批一批地分合着，举头望去，巧诺和奥克塔维沃已成了两个小黑点，背后的太阳已经不再灼热，天空仍旧白花花的没有一丝夕阳。

这是我回到加纳利群岛以后第一次上大山来走路，这使我的灵魂喜悦得要冲了出来，接近大自然对我这样的人仍是迫切的需要，呼吸着旷野的生命，踏在厚实的泥土中总使我产生这么欢悦有如回归的感动。跟着这三个乡下朋友在一起使我无拘无束，单纯得有若天地最初的一块石头。

事实上那天早晨我并不知道自己会来山里的。我是去镇上赶星期六必有的市集，在挤得水泄不通的蔬菜摊子旁碰到了另一个村落中住着的木匠拉蒙，他也正好上镇来买木材。

“这里不能讲话，我们去那边喝咖啡？”我指指街角的小店，在人堆里对拉蒙喊着。

“就是在找你呢！电话没人接。”拉蒙笑嘻嘻地跑了过来。

拉蒙是我们的旧识，四年前他给我们做过两扇美丽的木窗，以后便成了常有来往的朋友。

这次回来之后，为着我开始做木工，常常跑到拉蒙乡下的家里去用他的工具，杏仁收成的上星期亦是去田里帮忙了一整天的。

拉蒙是一个矮矮胖胖性子和平的人，他的头发正如木匠刨花一般的鬈曲，连颜色都像松木。两眼是近乎绿色的一种灰，鼻子非常优美，口角总是含着一丝单纯的微笑，小小的身材衬着一个大头，给人一种不倒翁的感觉。他从不说一句粗话，他甚而根本不太讲话，在他的身上可以感觉到浓浓的泥土味，而我的眼光里，土气倒也是一份健康的气质。

在镇外十几里路的一个山谷里，拉蒙有一片父母传下来的田产，溪边又有几十棵杏树，山洞里养了山羊。他的砖房就在田里，上面是住家，下面是工作房，一套好手艺使得这个孤零零的青年过得丰衣足食，说他孤零亦是不算全对，因为他没有离乡过一步，村内任何人与他都有些亲戚关系。

“不是昨天才见过你吗？”我奇怪地问。

“晚上做什么，星期六呢？”他问。

“进城去英国俱乐部吃饭，怎么？”

“我们预备黄昏去山上住，明天清早起来打野兔，想你一起去的。”

“还有谁？”

“巧诺、奥克塔维沃，都是自己人。”

这当然是很熟的人，拉蒙的两个学徒一个刚刚服完兵役回来，一个便是要去了。跟巧诺和奥克塔维沃我是合得来的，再说除了在工作房里一同做工之外，也是常常去田野里一同练枪的。

拉蒙是岛上飞靶二十九度冠军，看上去不显眼，其实跟他学的东西倒也不会少的。

“问题是我晚上那批朋友——”我有些犹豫。

我还有一些完全不相同的朋友，是住在城里的律师、工程师、银行做事的，还有一些在加纳利群岛长住的外国人。都是真诚的旧友，可是他们的活动和生活好似总不太合乎我的性向。

我仍在沉吟，拉蒙也不特别游说我，只是去柜上叫咖啡了。

“你们怎么去？”我问。

“开我的车直到山顶，弯进产业道路，然后下来走，山顶有个朋友的洞穴，可以睡人。”

“都骑车去好吗？”我问。因为我们四个人都有摩托车。

“开车安稳些，再说以后总是要走路的。”

“好，我跟人家去赖赖看，那种穿漂亮衣服吃晚饭的事情越来越没道理了。”我说。

“你去？”拉蒙的脸上掠过一阵欣喜。

“下午六点钟在圣瓒大教堂里找我，吃的东西我来带。要你几发子弹，我那儿只有四发了。”

回到家里我跟女友伊芙打电话，在那一端可以听出她显然的不愉快：“倒也不是为了你临时失约，问题是拿我们这些人的友情去换一个乡下木匠总是说不过去的。”

“不是换一个，还有他的两个学徒和一只花斑狗，很公平的。”我笑着说。

“跟那些低下的人在一起有什么好谈的嘛。”伊芙说。

“又不是去谈话的，清谈是跟你们城里人的事。”我又好笑地说。

伊芙的优越感阻止了她再进一步的见识，这是很可惜的事情。

“随你吧！反正你是自由的。”最后她说。

放下了电话我有些不开心，因为伊芙叫我的朋友是低下人，过一会儿我也不再去想这件事情了。生命短促，没有时间可以再浪费，一切随心自由才是应该努力去追求的，别人如何想我便是那么的无足轻重了。

事实上我所需要带去山上的东西只有那么一点点：一瓶水，一把折刀，一段麻绳和一条旧毯子，为了那三个人的食物我又加添了四条长硬面包，一串香肠，两斤炸排骨和一小包橄榄，这便是我所携带的全部东西了。

我甚而不再用背包、睡袋及帐篷。毛毯团成一个小筒，将食物卷在里面，两头扎上绳子，这样便可以背在背上了。

要出门的时候我细细地锁好门窗，明知自己是不回来过夜，卧室的小台灯仍是给它亮着。

虽然家中只有一个人住着，可是离开小屋仍使我一时里非常的悲伤。

这是我第一次晚上不回家，我的心里有些不惯和惊惶，好似做了什么不讨人欢喜的事情一般的不安宁。

在镇上的大教堂里我静悄悄地坐了一会儿，然后拉蒙和奥克塔维沃便来会我了。

我的车弯去接乡下的巧诺，他的母亲又给了一大包刚刚出锅的咸马铃薯。

“打枪要当心呀！不要面对面地乱放！”老妈妈又不放心地叮咛着。

“我们会很小心的，如果你喜欢，一枪不放也是答应的。”我在车内喊着。

于是我们穿过田野，穿过午后空寂的市镇向群山狂奔而去。

车子经过“狩猎人教堂”时停了一会儿，在它附近的一间杂货店里买了最便宜的甜饼。过了那个山区的教堂便再也没有人烟也没有房舍了。

其实我们根本已是离群索居的一批人了。

我在海边，拉蒙在田上，巧诺和奥克塔维沃的父母也是庄稼人。可是进入雄壮无人的大山仍然使我们快活得不知如何是好。

难怪拉蒙是每星期天必然上山过一整天的。这又岂止是来猎野兔呢！必然是受到了大自然神秘的召唤，只是他没有念过什么书，对于内心所感应到的奥秘欠缺语言的能力将它表达出来罢了。

我真愿意慢慢化做一个实实在在的乡下人，化做泥土，化做大地，因为生命的层层面貌只有这个最最贴近我心。

“Echo，山洞到啦！”

草原的尽头，我的同伴们在向我挥手高喊起来。

我大步向他们走过去，走到那个黑漆漆的洞口，将背着的东西往地上一摔便径自跑了进去。

那是一个入口很窄而里面居然分成三间的洞穴。洞顶是一人半高的岩石，地下是松软的泥土。已经点上了蜡烛。

在这三间圆形的洞穴里，早有人给它架了厨房和水槽。一条铁丝横过两壁，上面挂着几条霉味的破毯子，墙角一口袋马铃薯和几瓶已经发黄的水，泥土上丢满了碎纸、弹壳和汽水瓶。

“太脏了！空气不好，没有女人的手来整理过吧？”

说着我马上蹲在地上捡起垃圾来。这是我的坏习惯，见不得不清洁的地方，即使住一个晚上亦是要打扫的。

“如果这个洞的岩石全部粉刷成纯白色，烛台固定地做它九十九个，泥巴地糊水泥，满房间铺上木匠店里刨花做的巨大垫子，上面盖上彩色的大床毯，门口吊一盏风灯，加一个雕花木门，你们看看会有多么舒服。”我停下工作对那三个人说着。

这是女人的言语，却将我们带进一份童话似的憧憬里去。

“买下来好啰！主人要卖呢！”拉蒙突然说。

“多少钱？”我急切地问。

“他说要一万块。”巧诺赶紧说。

“我们还等什么？”我慢慢地说，心里止不住地有些昏眩起来，一万块不过是拉蒙半扇木窗的要价，一百五十美金而已，可是我们会有一个白色的大山洞——

“我是不要合买的哦！”我赶快不放心地加了一句。旁边的人都笑了。

“以后，只要下面开始选举了，那些扩音机叫来叫去互骂个不停的时候，你们就上山来躲，点它一洞的蜡烛做神仙。如果你们帮忙抬水泥上来，我也同意分给一人一把钥匙的，好不好呢？”

“就这么给你抢去了？”拉蒙好笑地说。

“我是真的，请你下星期去问清楚好吗？”我认真地叮咛了一声。

“你真要？”奥克塔维沃有些吃惊地问。

“我真想要，这里没有人找得到我。”

也不懂为什么我的心为什么只是寻求安静，对于宁静的渴求已到了不能解释的地步，难道山下海边的日子静得还不够刻骨吗？

我跑出洞口去站着，太阳已经完全下山了，一轮明月在对面的山脊上高悬着，大地在这月圆之夜化做一片白茫茫的雪景，哪像是在八月盛夏的夜晚呢。

这儿的风景是肃杀的，每一块石头都有它自己苍凉的故事。

奇怪的是它们并不挣扎亦不呐喊，它们只是在天地之间沉默着。

那样美的洞儿其实是我的幻想，眼前，没有整理的它仍是不能吸引人的。

“你们不饿吗？出来吃东西吧！”我向洞内喊着。

不远处巧诺和奥克塔维沃从洞里抬出来了一个好大的纸匣，外面包着塑胶布，他们一层一层地解开来，才发觉里面居然是一个用干电池的电视机。

我看得笑了起来，这真是一桩奇妙的事。

天还不算全暗，我拔空了一个圆圈的草地，跑去远处拾了一些干柴，蹲在地上起了一堆烤香肠用的野火，又去洞里把毯子拉出来做好四个躺铺，中型的石块放在毯子下面做枕头。

那边两个大孩子踏在地上认真地调电视机，广告歌已唱了出来，而画面一直对不好。

“Echo，你小时候是在乡下长大的？”拉蒙问。

“乡下长大的就好啰！可惜不是。”我将包东西的纸卷成一个长筒趴下来吹火。

“老板，叫他们把电视搬到这边来，我们来吃电视餐。”我喊着一般人称呼拉蒙的字眼愉快地说。

火边放满了各人带来的晚餐，它们不是什么豪华精致的东西，可是在这么乡野的食物下，我的灵魂也得到了饱足，一直在狂啃拉蒙带来的玉米穗，倒是将自己的排骨都分给别人了。

影片里在演旧金山警匪大战，里面当然有几个美女穿插。我们半躺着吃东西、看电视，彼此并没有必须交谈的事情，这种关系淡得有若空气一般自由，在这儿，友谊这个字都是做作而多余的，因为没有人会想这一套。

月光清明如水，星星很淡很疏。

夜有它特别的气息，寂静有它自己的声音，群山变成了一只只巨兽的影子，蠢蠢欲动地埋伏在我们四周。

这些强烈隐藏着的山夜的魅力并不因为电视机文明的侵入而消失，它们交杂混合成了另外一个奇幻的世界。

巧诺深黑的直短头发和刷子一般的小胡子使他在月光、火光及电视荧光的交错里显得有些怪异，他的眼白多于瞳仁，那么专心看电视的样子使我觉得他是一只有着发亮毛皮的野狼，一只有若我给他取的外号——“银眼睛”一般闪着凶光露着白齿的狼。

奥克塔维沃的气质又是完全不同的了，他是修长而优美的少年，棕色的软发在月光下贴服地披在一只眼睛上，苍白的长手指托着他还没有服兵役的童稚的脸。

在工作室里，他不止帮我做木框，也喜欢看我带去的一张一张黑白素描，他可以看很久，看得忘了他的工作。

我盯着他看，心里在想，如果培植这个孩子成为一个读书人，加上他生活的环境，是不是有一天能够造就出加纳利群岛一个伟大的田园诗人呢？

而我为什么仍然将书本的教育看得那么重要，难道做一个乡村的木匠便不及一个诗人吗？

我又想到自己，我不清楚我是谁，为什么在这千山万水的异乡，在这夏日的草原上跟三个加纳利群岛的乡下人一起看电视。我的来处跟这些又有什么关系呢！

拉蒙在远处擦枪，我们的四把枪一字排开，枪筒发出阴森的寒光来。他做事的样子十分专注而仔细，微胖的身材使人误觉这是迟钝，其实打飞靶的人是不可能反应缓慢的，他只是沉静土气得好似一块木头。

“拉蒙！”我轻喊着。

“嗯！”

“干什么要打野兔，你？”

“有很多呢！”

“干什么杀害生命？”

拉蒙笑笑，也讲不出理由来。

“明天早晨我们只打罐子好不好？”

“不好。”

“我觉得打猎很残忍。”

“想那么多做什么。”

我怔怔地看着拉蒙慢吞吞的样子，说不出话来。我们之间最大的不同就是在他这句话里，还是不要再谈下去的好。

电视片演完了，巧诺满意地叹了口气，都二十多岁的人了，电视里的故事还是把他唬得怪厉害的。

我收拾了残食去喂戈利菲，其实它已经跟我们一块儿吃过些了。

我们拿出自己的毛毯来盖在身上，枕着石头便躺下了。

“谁去洞里睡？”巧诺说。

没有人回答。

“Echo 去不去？”又问。

“我是露天的，这里比较干净。”我说。

“既然谁都不去洞里，买下它又做什么用呢。”

“冬天上来再睡好了，先要做些小工程才住得进去呢！”我说。

“冬天禁猎呢！”拉蒙说。

“又不是上来杀兔子的！”我说。

这时我们都包上了毛毯，巧诺不知什么地方又摸出来了一个收音机。反正他是不肯谛听大自然声音的毛孩子。

“明天几点起来？”我问。

“五点半左右。”拉蒙说。

我叹了口气，将自己的毯子窝窝紧，然后闭上了眼睛。

收音机放得很小声，细微得随风飘散的音乐在草原上回荡着。

“Echo！”奥克塔维沃悄悄地喊我。

“什么？”

“你念过书？”

“一点点，为什么？”

“书里有什么？”

“有信息，我的孩子，各色各样的信息。”

称呼别人——“我的孩子”是加纳利群岛的一句惯用语，街上不认识的人问路也是这么叫来叫去的。

“做木匠是低贱的工作吗？”又是奥克塔维沃在问，他的声音疲倦又忧伤。

“不是，不是低贱的。”

“为什么读书人不大看得起我们呢？”

“因为他们没有把书念好呢！脑筋念笨了。”

“你想，有一天，一个好女孩子，正在念高中的，会嫁给一个木匠吗？”

“为什么不会有呢！”我说。

我猜奥克塔维沃必是爱上了一个念书的女孩子，不然他这些问题哪里来的。

奥克塔维沃的眼睛望着黑暗，望着遥远遥远的地方。这个孩子与巧诺，与他的师父拉蒙又是那么的不相同，他要受苦的，因为他的灵魂里多了一些什么东西。

“喂！塔维沃！”我轻轻地喊。

“嗯！”

“你知道耶稣基督在尘世的父亲是约瑟？”

“知道。”

“他做什么的？”

“木匠。”

“听我说，两件事情，马利亚并没有念过高中。一个木匠也可以娶圣女，明白了吗？”我温柔地说。

奥克塔维沃不再说什么，只是翻了一个身睡去。

我几几乎想对他说：“你可以一方面学木工，一方面借书看。”我不敢说这句话，因为这个建议可能造成这孩子一生的矛盾，也可能使世上又多一个更受苦的灵魂，又是何必由我来挑起这点火花呢！

这是奥克塔维沃与我的低语，可是我知道拉蒙和巧诺亦是没有睡着的。

火焰烧得非常微弱了，火光的四周显得更是黑暗，我们躺着的地方几乎看不到什么，可是远处月光下的山脊和草原却是苍白的。

天空高临在我们的头上，没有一丝云层，浩渺的清空呈现着神秘无边的伟大气象。

四周寂无人声，灌木丛里有啾啾的虫鸣。

我们静默了，没有再说一句话。

电台的夜间节目仍在放歌曲，音乐在微风里一阵一阵飘散。

我仍然没有睡意，卷在毯子里看火光如何静静地跳跃，在做熄灭前最华丽的燃烧。

对于自己的夜不归家仍然使我有些惊异，将一己的安全放在这三个不同性别的朋友手里却没有使我不安，我是看稳看准他们才一同来的，这一点没有弄错。

“拉蒙！”我轻轻地试着喊了一声。

“嗯！”睡意很浓的声音了。

“月亮太大了，睡不着。”

“睡吧！”

“明天可不可以晚一点起来？”

他没有回答我。

收音机在报时间，已是子夜了。有高昂悲哀的歌声在草上飘过来：

我也不梳头呀！我也不洗脸呀！直到我的爱人呀！从战场回来呀！

……

……

我翻了一个身，接着又是佛兰明哥的哭调在回荡：

啊……当我知道你心里只有另外一个人的名字，我便流泪成河——

我掀开毯子跑到巧诺那儿去关收音机，却发觉他把那个小电晶体的东西抱在胸口已经睡着了。

我拉了两张毯子,摸了拉蒙身畔的打火机进入黑黑的洞穴里去。

泥地比外面的草原湿气重多了，蜡烛将我的影子在墙上反映得好大，我躺着，伸出双手对着烛光，自己的手影在墙上变成了一只嘴巴一开一合的狼。

我吹熄了火，平平地躺在泥土上，湿气毫不等待地开始往我的身体里侵透上去，这么一动不动地忍耐睡眠还是不来。

过一会儿我打了第一个喷嚏，又过了一会儿我开始胸口不舒服，然后那个可恶的胃痛一步一步重重地走了出来。

我又起身点了火，岩洞显得很低，整座山好似要压到我的身上来，顺着胃的阵痛，岩顶也是一起一伏地在扭曲。

已经三点多了，这使我非常焦急。

我悄悄地跑出洞外，在月光下用打火机开始找草药，那种满地都有的草药，希望能缓冲一下这没法解决的痛。

“找什么？掉了什么？掉了什么东西吗？”拉蒙迷迷糊糊地坐起身来。

“露易莎草。”我轻轻地说。

“找到也不能吃的，那个东西要晒干再泡。”

“是晒枯了，来时看见的，到处都有呢。”

“怎么了？”

“胃痛，很痛。”

“多盖一床毯子试试看。”

“不行的，要嚼这种叶子，有效的。”

拉蒙丢开毯子大步走了过来，我连忙做手势叫他不要吵醒了另外两个睡着的人。

“有没有软纸？”我问拉蒙。

拉蒙摸了半天，交给我一条洁白的大手帕，我真是出乎意外。

“我要用它擤鼻涕！”我轻轻地说。

“随便你啦！”

拉蒙睡意很浓地站着，他们都是清晨六点就起床的人，这会儿必是太困了。

“你去睡，对不起。”我说。

这时我突然对自己羸弱的身体非常生气，草也不去找了，跑到洞内拖出自己的毯子又在外面地上躺下了。

“不舒服就喊我们。”拉蒙轻手轻脚地走了。

虽然不是愿意的，可是这样加重别人的心理负担使我非常不安。

我再凑近表去看，的确已经三点多钟了，可是我的胃和胸口不给人睡眠，这样熬下去到了清早可能仍是不会合眼的。

想到第二天漫山遍野地追逐兔子，想到次日八月的艳阳和平原，想到我一夜不睡后强撑着的体力，想到那把重沉沉的猎枪和背包，又想到我终于成了另外三个自由人的重担……

这些杂乱的想法使我非常不快活，我发觉我并不是个好同伴，明天拖着憔悴的脸孔跟在这些人后面追杀兔子也不是很有意思的事情了。

那么走了吧！决定回家去！山路一小时，开车下山一小时半，清晨五点多我已在家了。

我是自由的，此刻父母不在身边，没有丈夫，没有子女，甚而没有一条狗。在这种情形下为什么犹豫呢！这样地想着又使我的心不知怎么的浸满了悲伤。

家里什么药都有，去了就得救了，家又不是很远，就在山脚下的海边嘛！

我坐起来想了一下，毯子可以留下来放在洞穴里，水不必再背了，食物吃完了，猎枪要拿的，不然明天总得有人多替我背一把，这不好。

我要做的只是留一张条子，拿着自己的那一串钥匙，背上枪，就可以走了。

我远望着那一片白茫茫的草原，望过草原下的山谷，再翻两座没有什么树林的荒山便是停车处了。产业道路是泥巴的，只有那一条，亦是迷不了路。

我怕吗？我不怕，这样安静的白夜没有鬼魅。我是悄悄地走了的好。没有健康的身体连灵魂都不能安息呢！

我忍着痛不弄出一点声音，包香肠的粗纸还在塑胶袋里面，我翻了出来，拉出钥匙圈上的一支小原子笔，慢慢地写着：

> 走了，因为胃痛。
>
> 我的车子开下去，不要担心。下星期再见！谢谢一切。

我将字条用一块石头压着，放在巧诺伸手可及的地方，又将明早要吃的甜饼口袋靠着石块，这样他们一定看见了。

如果他们早晨起来看不见我，没发觉字条，焦急得忘了吃甜饼便四野去找人又怎么办？我不禁有些担心了，这一挂心胃更是扭痛起来。

于是我又写了两张字条：“你们别找我，找字条好了，在甜饼旁的石头下。”

我将这另外两张字条很轻很细微地给它们插进了巧诺的领口，还有拉蒙的球鞋缝里。

再看不到便是三个傻瓜了。

于是我悄悄地摸到了那管枪，又摸了几发子弹，几乎弯着身子，弓着膝盖，在淡淡的星空下丢弃了沉睡在梦中的同伴。

“嘘！你。”拉蒙竟然追了上来，脸色很紧张。

“我胃痛，要走了。”我也被他吓了一跳。

“要走怎么不喊人送。”他提高了声音。

“我是好意，自己有脚。”

“你这是乱来，Echo，你吓得死人！”

“随便你讲，反正我一个人走。”

“我送你！”拉蒙伸手来接我的枪。

“要你送不是早就喊了，真的，我不是什么小姐，请你去睡。”

拉蒙不敢勉强我，在我的面前有时他亦是无可奈何。

“一来一回要五小时，就算你送到停车的那个山脚回来也要两小时，这又为了什么？”

“你忘了你是一个女人。”

“你忘了我有枪。”

“送你到停车的地方。”拉蒙终于说。

我叹了口气，很遗憾自己给人添的麻烦，可是回去的心已定了，再要改也不可能。

“拉蒙，友谊就是自由，这句话你没听过吗？如果我成了你们的重担，那么便不好做朋友了。”

“随你怎么讲也不能让你一个人走的。”

“分析给你听，岛上没有狼，没有毒蛇，山谷并不难走，车子停得不远，月光很亮，我也认识路，如果你陪我去，我的胃会因为你而痛得更厉害，请你不要再纠缠了，我要走了。”

“Echo，你是骄傲的，你一向看上去温和，其实是固执而拒人千里的。”

“讲这些有什么用嘛！我不要跟你讲话，要走了！”我哀叫起来。

“好！你一个人走，我在这边等，到了车子边放一枪通知，这总可以了吧！半路不要去吃草。”

我得了他的承诺，便转身大步走开去了。

不，我并不害怕，那段山路也的确不太难走，好狗戈利菲送了我一程，翻过山谷时滑了一下，然后我便走到了停车的地方，我放了一枪，那边很快地也回了一枪，拉蒙在发神经病，那么一来巧诺和奥克塔维沃必是被吵醒了。

我甚而对这趟夜行有些失望，毕竟这是我有生以来第一次深夜里穿过群山和幽谷，可是它什么也没有发生，简单平淡得一如那晚并不朦胧的月光。

在产业道路上我碰到了另外一辆迎面开来的车子，那辆车倒了半天才挤出来一块空路给我开过去。

交错时我们都从窗口探出上半身来。

“谢啦！”我喊着。

“怎么，不打猎了吗？”那边车上一个孤零健壮的老人，车内三条猎狗。

“同伴们还在等天亮呢！”我说。

“再见啦！好个美丽的夜晚啊！”老人大喊着。

"是啦！好白的夜呢！"我也喊着。

这时我的胃又不痛了，便在那个时候，车灯照到了一大丛露易莎草，我下车去用小刀割了一大把，下次再来便不忘记带着晒干的叶子上来了。

注：过去亦曾写过一篇叫做《荒山之夜》的文字，那已是几年前在沙漠的事了。

这次的记录也是在一座荒山上，同样是在夜间，因此我便不再用其他的题目，仍然叫它《荒山之夜》了。

克里斯

在我居所附近的小城只有一家影印文件的地方，这些个月来，因为不断地跟政府机关打交道，因此是三天两头就要去一趟的。

那天早晨我去复印的却不是三五张文件,而是一式四份的稿子。

等着影印的人有三五个，因为自己的份数实在太多，虽则是轮到我了，却总是推让给那些只印一张两张纸的后来者。最后只剩下一个排在我后面的大个子，我又请他先印，他很谦虚地道谢了我，却是执意不肯占先，于是我那六七十张纸便上了机器。

“想来你也能说英语的吧？”背后那人一口低沉缓慢的英语非常悦耳的。

“可以的。”我没法回头。因为店老板离开了一下，我在替他管影印机。

“这么多中国字，写的是什么呢？”他又问。

“日记！”说着我斜斜地偷看了这人一眼。

他枯黄的头发被风吹得很乱，淡蓝而温和的眼睛，方方的脸上一片未刮干净的白胡楂，个子高大，站得笔挺，穿着一件几乎已洗成白色了的淡蓝格子棉衬衫，斜纹蓝布裤宽宽松松地用一条旧破的皮带扎着，脚下一双凉鞋里面又穿了毛袜子。

这个人我是见过的，老是背着一个背包在小城里大步地走，脸上的表情一向茫茫然的，好似疯子一般，失心文疯的那种。有一次我去买花，这个人便是痴痴地对着一桶血红的玫瑰花站着，也没见他买下什么。

店老板匆匆地回来接下了我的工作，我便转身面对着这人了。

"请问你懂不懂《易经》？"他马上热心地问我，笑的时候露出了一排密集尖细的牙齿，破坏了他那一身旧布似的恬淡气氛，很可惜的。

看见尖齿的人总是使我联想到狼。眼前的是一条破布洗清洁了做出来的垮垮的玩具软狼，还微微笑着。

"我不懂《易经》，不是每一个中国人都懂《易经》的。"说着我笑了起来。

"那么风水呢？中国的星象呢？"他追问。

在这个天涯海角的小地方，听见有人说起这些事，心里不由得有些说不出的新鲜，我很快地又重新打量了他一下。

"也不懂。"我说。

"你总知道大城里有一家日本商店，可以买到豆腐吧？"他又说。

"知道，从来没去过。"

"那我将地址写给你，请一定去买——"

"为什么？"我很有趣地看着他。

他摊了摊手掌，孩子气地笑了起来，那份淡淡的和气是那么的恬静。总是落了一个好印象。

"那家店，还卖做味噌汤的材料——"他又忍不住加了一句。

"把地址讲我听好了。"我说。

“瓦伦西亚街二十三号。我还是写下来给你的好——”说着他趴在人家的复印机上便写。

“记住啦！”我连忙说。

他递过来一小片纸，上面又加写了他自己的姓名、地址和电话。原来住在小城的老区里，最旧最美的一个角落，住起来可能不舒适的。

“克里斯多弗·马克特。”我念着。

他笑望着我，说：“对啦！Echo！”

“原来你知道我的名字。”我有些被人愚弄了的感觉，却没有丝毫不快，只觉这个人有意思。

“好！克里斯，幸会了！”我拿起已经影印好的一大沓纸张便不再等他，快步出门去了。

影印店隔壁几幢房子是“医护急救中心”的，可是小城里新建了一家大医院，当然是设了急诊处的，这个中心的工作无形中便被减少到等于没有了。

我走进中心去，向值班的医生打了招呼，便用他们的手术台做起办公桌来，一份一份编号的稿纸摊了满台。

等我将四份稿件都理了出来，又用订书机钉好之后，跟医生聊了几句话便预备去邮局寄挂号信了。

那个克里斯居然还站在街上等我。

“Echo，很想与你谈谈东方的事情，因为我正在写一篇文章，里面涉及一些东方哲学家的思想……”

他将自己的文章便在大街上递了过来。车水马龙的十字路口，烟尘弥漫，风沙满街，阳光刺目，更加上不时有大卡车轰轰地开过，实在不是讲话看文章的地点。

“过街再说吧！”我说着便跑过了大街，克里斯却迟迟穿不过车阵。

等他过街时，我已经站在朋友璜开的咖啡馆门口了，这家店的后院树下放了几张木桌子，十分清静的地方。

“克里斯，我在这里吃早饭，你呢？”我问他，他连忙点点头，也跟了进来。

在柜台上我要了一杯热茶，自己捧到后院去。克里斯想要的是西班牙菊花茶，却说不出这个字，他想了一会儿，才跟璜用西文说：“那种花的……”

“好，那么你写哪方面的东西呢？”

我坐下来笑望着克里斯。

他马上将身上背着的大包包打了开来，在里面一阵摸索，拿出了一本书和几份剪报来。

那是一本口袋小书，英文的，黑底，彩色的一些符号和数字，书名叫做——**《测验你的情绪》**。封面下方又印着：**“用简单的符号测出你，以及他人潜意识中的渴望、惧怕及隐忧。”“五十万本已经售出”**。右角印着**克里斯多弗·马克特**。

看见克里斯永不离身的背包里装的居然是这些东西，不由得对他动了一丝怜悯之心。这么大的个子，不能算年轻，西班牙文又不灵光，坐在那张木椅上嫌太挤了，衣着那么朴素陈旧，看人的神情这样的真诚谦虚，写的却是测验别人情绪的东西。

我顺手翻了翻书，里面符号排列组合，一小章一个名称：**“乐观”“热情”“积极”“沮丧”……**

“这里还有一份——”他又递过来一张剪报之类的影印本，叫做：**“如何测知你与他之间是否真正了解。”**

这类的文字最是二加二等于四，没有游离伸缩，不是我喜欢的游戏。

“你的原籍是德国，拿美国护照，对吗？”我翻着他的小书缓缓地说。

“你怎么知道？”他惊讶地说。

我笑而不答。

“请你告诉我，中国的妇女为何始终没有地位，起码在你们的旧社会里是如此的，是不是？”

我笑望着克里斯，觉得他真是武断。再说，影印文件才认识的路人，如何一坐下来便开始讨论这样的问题呢！

“我的认知与你刚刚相反，一般知书识礼的中国家庭里，妇女的地位从来是极受尊重的……”我说。

克里斯听了露出思索的表情，好似便要将整个早晨的光阴都放在跟我的讨论上去似的。这使我有些退却，也使我觉得不耐。喝完了最后一口茶便站了起来。

“我要走了！”我放下两杯茶钱。

“你不是来吃早饭的吗？”

“这就是早饭了，还要再吃什么呢？”我说。

“要不要测验你自己的情绪？”

“既然是潜意识的东西，还是让它们顺其自然一直藏着吧！”我笑了。

“用你的直觉随便指两个符号，我给你分析……”

我看了书面上的好几个符号，顺手指了两个比较不难看的。

“再挑一个最不喜欢的。”他又说。

“这个最难看，白白软软的，像蛆一样。”说到那个蛆字，我夹了西班牙文,因为不知英文怎么讲,这一来克里斯必是听不懂了。

“好，你留下电话号码，分析好了打电话给你——”

我留下电话时，克里斯又说起八卦的事情，我强打住他的话题便跑掉了。

等我去完邮局，骑着小摩托车穿过市镇回家时，又看见了克里斯站在一家商店门口，手中拎着一串香蕉，好似在沉思似的。

“克里斯再见！”我向他大喊一声掠过，他急急地举起手来热烈地挥着，连香蕉也举了起来。

我一路想着这个人，一直好笑好笑地骑回家去。

四万居民的小城并不算太小，可是每次去城里拿信或买东西时总会碰到克里斯。

若是他问我要做些什么事，我便把一串串待做的事情数给他听。轮到我问克里斯时他答的便不同:“我只是出来走走，你知道，在玩——”

克里斯那么热爱中国哲学家的思想，知道我大学念过哲学系，便是在街上碰到了，跟在我身旁走一段路也是好的。

碰巧有时我不急着有事，两人喝杯茶也是孔子、老子、庄子地谈个不停。事实上清谈哲学最是累人，我倒是喜欢讲讲豆腐和米饭的各种煮法，比较之下这种生活上的话题和体验，活泼多了。

只知道克里斯在城内旧区租了人家天台上的房间为家。照他说是依靠发表的东西维生，其实我很清楚那是相当拮据的。

认识克里斯已有好一阵了，不碰见时也打电话，可是我从不请他来家里。家是自己的地方，便是如克里斯那么恬淡的人来了也不免打破我的宁静。他好似跟我的想法相同，也不叫我去他的住处。

有一阵夜间看书太剧，眼睛吃了苦头，近视不能配眼镜，每一副戴上都要头晕。眼前的景象白花花的一片，见光更是不舒服。

克里斯恰好打电话来，一大清早的。

“Echo，你对小猫咪感不感兴趣呢？”

“不知道，从来没有开过——”我迷迷糊糊地说。

“小猫怎么开呢？”他那边问。

“我——以为你说小赛车呢——”

跟克里斯约好了在小城里见面，一同去看小猫，其实猫我是不爱的。

在跟克里斯喝茶时他递过来几本新杂志，我因眼睛闹得厉害，便是一点光也不肯面对，始终拿双手捂着脸说话，杂志更别想看了。

“再不好要去看医生了。”我苦恼地说。

“让我来治你！”他慢慢地说。

“怎么治呢？”我揉着酸涩的眼睛。

“我写过一本书，简单德文的叫做《自疗眼睛的方法》，你跟我回去拿吧！”

原来克里斯又出过一本书。可是当时我已是无法再看书了。

“讲出来我听好了，目前再用眼会瞎掉的。”

“还要配合做运动，你跟我回家去我教你好吗？”

“也好——”我站起来跟克里斯一路往城外走去。

克里斯住的区叫做圣法兰西斯哥，那儿的街道仍是石块铺的，每一块石头缝里还长着青草，沿街的房子大半百年以上，衬着厚厚的木门。

那是一幢外表看去几乎已快塌了的老屋，大门根本没有了颜色，灰净的木板被岁月刻出了无以名之的美。

克里斯拿出一把好大的古钥匙来开门，风吹进屋传来了风铃的声响。

我们穿过一个壁上水渍满布的走廊，掀开一幅尼龙彩色条子的门帘，到了一间小厅，只一张方形小饭桌和两把有扶手的椅子便挤满了房间，地上瓶瓶罐罐的杂物堆得几乎不能走路，一个老太太坐在桌子面前喝牛奶，她戴了眼镜，右眼玻璃片后面又塞了一块白白的棉花。

这明明是中国老太太嘛！

“郭太太，Echo 来了！”克里斯弯身在这位老太太的耳旁喊着，又说：“Echo，这是我的房东郭太太！”

老太太放下了杯子，双手伸向我，讲的却是荷兰语：“让我看看 Echo，克里斯常常提起的朋友——”

以前在丹纳丽芙岛居住时，我有过荷兰紧邻，这种语文跟德文有些相似，胡乱猜是能猜懂的，只是不能说而已。

“你不是中国人吗？”我用英文问。

“印尼华侨，独立的时候去了荷兰，现在只会讲荷语啦！”克里斯笑着说，一面拂开了椅上乱堆的衣服，叫我坐。

“克里斯，做一杯柠檬水给 Echo——”老太太很有权威的，克里斯在她面前又显得年轻了。

“这里另外还住着一位中国老太太，她能写自己的名字，你看——”克里斯指指墙上钉的一张纸，上面用签字笔写着中文——**郭金兰**。

“也姓郭？”我说。

“她们是姐妹。其实都没结婚，我们仍叫她们郭太太。”

“我呀——在这里住了十七年了，荷兰我不喜欢，住了要气喘——”老太太说。

“听得懂？”克里斯问我。

我点点头笑了起来。这个世界真是有趣。她说的话我每一句都懂，可是又实在是乱猜的，总是猜对了。

克里斯将我留在小厅里,穿过天井外的一道梯阶到天台上去了。

我对着一个讲荷语的中国老太太喝柠檬水。

过了一会儿，克里斯下来了，手里多了几本书，里面真有他写的那本。

“不要看，你教吧！”我说。

“好！我们先到小天井里去做颈部运动。”说着克里斯又大声问老太太：“郭太太，Echo 要用我的法子治眼睛，你也来天井坐着好吗？”

老太太站了起来，笑眯眯地摸出了房门，她坐在葡萄藤下看着我，说：“专心，专心，不然治不好的，这个法子有用——”

我照着克里斯示范的动作一步一步跟，先放松颈部，深呼吸，捂眼睛静坐十分钟，然后转动眼球一百次……

“照我的方法有恒心地去做，包你视力又会恢复过来——”

我放开捂住的眼睛，绿色的天井里什么时候聚了一群猫咪，克里斯站在晒着的衣服下，老太太孩童似的颜面满怀兴趣地看着我。

“讲你的生平来我听——”老太太吩咐着。

“说什么话？”我问克里斯。

“西班牙文好啦！郭太太能懂不能讲——”

我吸了口气，抬眼望着天井里露出来的一片蓝天，便开始了：“我的祖籍是中国沿海省份的一个群岛，叫做舟山，据一本西班牙文书上说，世界以来第一个有记载的海盗就是那个群岛上出来的——而且是个女海盗。我的祖父到过荷兰，他叫汽水是荷兰水。我本人出生在中国产珍奇动物熊猫的那个省份四川。前半生住在台湾，后半生住在西班牙和一些别的地方，现在住在你们附近的海边，姓陈。”

克里斯听了仰头大笑起来，我从来没有看见他那样大笑过。老太太不知听懂了多少，也很欣赏地对我点头又微笑。

“克里斯，现在带Echo去参观房子——”老太太又说，好似在跟我们玩游戏似的粲然。

“房子她看到了嘛！小厅房、天井、你们的睡房——”克里斯指指身旁另一个小门，门内两张床，床上又有一堆猫咪蜷着。

“天台上的呢——”老太太说。

克里斯的脸一下不太自在了：“Echo，你要参观吗？”

“要。”我赶快点头。

我跟着克里斯跑上天台，便在那已经是很小的水泥地上，立着一个盒子似的小屋。

“看——”克里斯推开了房门。

房间的挤一下将眼睛堵住了。小床、小桌、一个衣柜、几排书架便是一切了，空气中飘着一股丢不掉的霉味。不敢抬头看屋顶有没有水渍，低眼一瞧，地上都是纸盒子，放满了零碎杂物，几乎不能插脚。

我心中默默地想，如果这个小房间的窗子打开，窗台上放一瓦盆海棠花，气氛一定会改观的。就算那么想，心底仍是浮上了无以名之的悲伤来。那个床太窄了，克里斯是大个子，年纪也不算轻了。

“天台都是你的，看那群远山，视野那么美！”我笑着说，“黄昏的时候对着落日打打字也很好的！”

“那你是喜欢的了——”克里斯说。

“情调有余，让天井上的葡萄藤爬上来就更好了——”

我又下了楼梯与老太太坐了一下。克里斯大概从来没有朋友来过，一直在厨房里找东西给我尝。我默默地看看这又破又挤却是恬然的小房子，一阵温柔和感动淡淡地笼罩了我。两位老太太大概都九十好多了，克里斯常在超级市场里买菜大半也是为着她们吧。

那天我带回去了克里斯的小黑皮书和另外一些他发表在美国杂志上的剪报，大半是同类的东西。

在家里，我照着克里斯自疗眼睛的方法在凉棚下捂住脸，一直对自己说：

“我看见一棵在微风中轻摆的绿树，我只看见这棵优美的树，我的脑子里再没有复杂的影像，我的眼睛在休息，我只看见这棵树……”

然后我慢慢转动眼球一百次，直到自己头昏起来。

说也奇怪，疲倦的视力马上恢复了不少，也弄不清是克里斯的方法治对了我，还是前一晚所服的高单位维他命A生了效用。

眼睛好了夜间马上再去拼命地看书。

克里斯的那些心理测验终于细细地念了一遍。

看完全部，不由得对克里斯的看法有了很大的改变，此人文字深入浅出，流畅不说，讲的还是有道理的，竟然不是枯燥的东西。

我将自己初次见他时所挑的那两个符号的组合找了出来，看看书内怎么说。深夜的海潮风声里，赫然读出了一个隐藏的真我。

这个人绝对在心理上有过很深的研究。克里斯的过去一直是个谜，他只说这十年来在岛上居住的事，前半生好似是一场空白。他学什么的？

我翻翻小书中所写出的六十四个小段落的组合，再看那几个基本的符号——八八六十四，这不是我们中国八卦的排法。

另外一本我也带回家来的治眼睛的那本书注明是克里斯与一位德国眼科医生合著的，用心理方法治疗视弱，人家是眼科，那么克里斯又是谁？他的书该有版税收入的，为什么又活得那么局促呢？

那一阵荷西的一批老友来了岛上度假，二十多天的时间被他们拖着到处跑，甚至坐渡轮到邻岛去。岛上没有一个角落，不去踩一踩的。一直跟他们疯到机场，这才尽兴而散。

朋友们走了，我这才放慢步子，又过起悠长的岁月来。

“Echo，你失踪了那么多日子，我们真担心极了，去了哪儿？”克里斯的声音在电话中传来。

“疯去了！”我叹了口气。

“当心乐极生悲啊！”他在那边温和地说。

“正好相反，是悲极才生乐的。”我噗的一下笑了出来。

“来家里好吗？两位郭太太一直在想你——”

克里斯的家越来越常去了，伴着这三个萍水相逢的人，抱抱猫咪，在天井的石阶上坐一下午也是一场幻想出来的亲情，那个家，比我自己的家像家。他们对待我亦是自自然然。

始终没有请克里斯到我的家来过，两位老太太已经不出门了，更是不会请她们。有时候，我提了材料去他们家做素菜一起吃。

那日我又去找克里斯，郭太太说克里斯照旧每星期去南部海边，要两三天才回来。我看了看厨房并不缺什么东西，坐了一会儿便也回家了。

过了好一阵在城内什么地方也没碰见克里斯，我也当做自然，没想到去找他。

一天清晨，才六点多钟，电话铃吵醒了我，我迷迷糊糊地拿起话筒来，那边居然是郭太太。

“Echo，来！来一趟！克里斯他不好了——”

老太太从来不讲电话的，我的渴睡被她完全吓醒了。两人话讲不通，匆匆穿衣便开车往小城内驶去。

乒乒乓乓地赶去打门，老太太耳朵不好又不快来开。

“什么事——”在冷风里我瑟瑟地发抖，身上只一件单衣。

“发烧——”另外一个老太太抢着说。

那对姐妹好似一夜未睡，焦急的脸将我当成了唯一的拯救。

“我去看看——”我匆匆跑上了天台。

克里斯闭着眼睛躺在那张狭小的床上，身上盖了一床灰濛濛的橘色毯子。他的嘴唇焦裂，脸上一片通红，双手放在胸前剧烈地喘着。我进去他也没感觉，只是拼命在喘。

我伸手摸摸他额头，烫手的热。

“有没有冰？”我跑下楼去问，也不等老太太回答，自己跑去了厨房翻冰箱。

那个小冰箱里没有什么冰盒，我顺手拿起了一大袋冷冻豌豆又往天台上跑。

将克里斯的头轻轻托起来，那包豆子放在他颈下。房内空气混浊，我将小窗打开了一条缝。克里斯的眼睛始终没有张开过。

“我去叫医生——”我说着便跑出门去，开车去急救中心找值班医生。

“我不能去，值班不能走的。”医生说。

“人要死了，呼吸不过来——”我喊着。

“快送去医院吧！”医生也很焦急地说。

“抬不动，他好像没知觉了。你给叫救护车，那条街车子进不去。快来！我在街口等，圣法兰西斯哥区口那儿等你的救护车——”

克里斯很快被送进了小城那家新开的医院，两个老太太慌了手脚，我眼看不能顾她们，径自跟去了医院。

“你是他的什么人？”办住院手续时窗口问我，那时克里斯已被送进急诊间去了。

“朋友。”我说。

“有没有任何健康保险？”又问。

“不知道。”

“费用谁负责，他人昏迷呢。”

“我负责。”我说。

医院抄下了我的身份证号码。我坐在候诊室外等得几乎麻掉。

“喂！你——”有人推推我，我赶快拿开了捂着脸的手，站了起来。

“在病房了，可以进去。”

也没看见医生，是一个护士小姐在我身边。

“什么病？”

“初看是急性肺炎，验血报告还没下来——”

我匆匆忙忙地跑着找病房，推开门见克里斯躺在一个单人房里，淡绿色的床单衬着他憔悴的脸，身上插了很多管子，他的眼睛始终闭着。

“再烧要烧死了，拿冰来行不行——”我又冲出去找值班的护士小姐。

“医生没说。”冷冷淡淡地，好奇地瞄了我一眼。

在我的冰箱里一向有一个塑胶软冰袋冻着的，我开车跑回去拿了又去医院。

当我偷偷地将冰袋放在克里斯颈下时，他大声地呻吟了一下。

医生没有再来，我一直守到黄昏。

郭太太两姐妹和我翻遍了那个小房间，里面一堆堆全是他的稿件，没有刊出来的原稿。可是有关健康保险的单子总也没有着落。克里斯可说没有私人信件，也找不到银行存折，抽屉里几千块钱丢着。

“不要找了，没有亲人的，同住十年了，只你来找过他。”另一位郭太太比较会讲西班牙文，她一焦急就说得更好了。

我问起克里斯怎么会烧成那样的，老太太说是去南部受了风寒，喝了热柠檬水便躺下了，也没见咳，不几日烧得神志不清，她们才叫我去了。

我再去医院，医生奇怪地说岛上这种气候急性肺炎是不太可能的，奇怪怎么的确生了这场病。

到了第五日，克里斯的病情总算控制下来了，我每日去看他，有时他沉睡，有时好似醒着，也不说话，总是茫茫然地望着窗外。

两个老太太失去了克里斯显得惶惶然的，她们的养老金汇来了，我去邮局代领，惊讶地发觉是那么的少，少到维持起码的生活都是太艰难了。

到了第六日，克里斯下午又烧起来了，这一回烧得神志昏迷，眼看是要死掉了。我带了老太太们去看他，她们在他床边不停地掉眼泪。

我打电话去给领事馆，答话是死亡了才能找他们，病重不能找的，因为他们不能做什么。

第七日清晨我去医院，走进病房看见克里斯在沉睡，脸上的红潮退了，换成一片死灰。我赶快过去摸摸他的手，还是热的。

茶几上放着一个白信封，打开来一看，是七日的账单。

这个死医院，他们收大约合两百美金一天的住院费，医药急诊还不在内。

残酷的社会啊！在里面生活的人，如果不按着它铺的轨道乖乖地走，便是安分守己，也是要吃鞭子的。没有保险便是死好啰！谁叫你不听话。

我拿了账单匆匆开车去银行。

“给我十万块。”我一面开支票，一面对里面工作的朋友说。

“开玩笑！一张电话费还替你压着没付呢！”银行的人说。

“不是还有十几万吗？”我奇怪地说。

“付了一张十四万的支票，另外零零碎碎加起来，你只剩一万啦！”

“账拿来我看！”我紧张了。

一看账卡，的确只剩一万了，这只合一百二十美金。那笔十四万的账是自己签出的房捐税，倒是忘个干净。

“别说了，你先借我两万！”我对朋友说。

他口袋里掏了一下，递上来四张大票。两万块钱才四张纸，只够三十小时的住院钱。

我离开了中央银行跑到对街的南美银行去。

进了经理室关上门便喊起来：“什么美金信用卡不要申请了，我急用钱！”

经理很为难地看着我。为了申请美金户的信用卡，他们替我弄了一个月，现在居然要讨回保证金。

“Echo，你急钱用我们给你，多少？信用卡不要撤了申请——”

“借我十六万，马上要——”

总得准备十天的住院费。

经理真是够义气，电话对讲机只说了几句话，别人一个信封送了进来。

“填什么表？”我问。

“不用了！小数目，算我借你，不上账的。”

“谢了，半个月后还给你。”我上去亲了一下这个老好人，转身走掉了。

人在故乡就有这个方便，越来越爱我居住的小城了。

自从克里斯病了之后，邮局已有好几天未去了，我急着去看有没有挂号信。

三封挂号信等着我，香港的、台湾的、新加坡的，里面全是稿费。

城里有一个朋友欠我钱，欠了钱以后就躲着我，这回不能放过他。我要我的三万块西币回来。

一个早晨的奔走，钱终于弄齐了。又赶着买了一些菜去郭太太那儿。

方进门，老太太就拼命招手，叫我去听一个电话，她讲不通。

“请问哪一位，克里斯不在——”我应着对方。

南部一个大旅馆夜总会打来的，问我克里斯为什么这星期没去，再不去他们换人了。

“什么？背冰？你说克里斯没去背冰？他给冷冻车下冰块？”我叫了起来，赫然发现了克里斯赖以谋生的方法。

这个肺炎怎么来的也终于有了答案。

想到克里斯满房没有刊登出来的那些心理上的文稿和他的年纪，我禁不住深深地难过起来。

“是这样的，克里斯，你的那本小书已经寄到台湾去了，他们说可以译成中文，预付版税马上汇来了，是电汇我的名字，你看，我把美金换成西币，黑市去换的，我们还赚了——”

在克里斯的床边，我将那一包钱放在他手里。说着说着这事变成了真的，自己感动得很厉害，克里斯要出中文书了，这还了得。

克里斯气色灰败的脸一下子转了神色，我知他心里除了病之外还有焦虑，这种金钱上的苦难是没有人能说的，这几日就算他不病也要愁死了。

他摸摸钱，没有说话。

“请给我部分的钱去付七天的住院费——”我趴在他身边去数钱。

数钱的时候，克里斯无力的手轻轻摸了一下我的头发，我对他笑笑，斜斜地睇了他一眼。

克里斯又发了一次烧，便慢慢地恢复了。

那几日我不大敢去医院，怕他要问我书的事情。

我在克里斯的房内再去看他的稿件，都是打字打好的，那些东西太深了，文字也太深，我看不太懂。他写了一大堆。

没几日，我去接克里斯出院，他瘦成了皮包骨，走路一晃一晃的，腰仍是固执地挺着。

“什么素别再吃啦！给你换鲜鸡汤吧！”我笑着说，顺手将一块做好的豆腐倒进鸡汤里去。

克里斯坐在老太太旁边晒太阳，一直很沉静，他没有问书的事情，这使我又是心虚了。

后来我便不去这家人了。不知为什么不想去了。

那天傍晚门铃响了，我正在院中扫地，为着怕是邻居来串门子，我脱了鞋，踮着脚先跑去门里的小玻璃洞里悄悄张望，那边居然站着克里斯，那个随身的大背包又在身上了。

我急忙开锁请他进来，这儿公车是不到的，克里斯必是走来的，大病初愈的人如何吃得消。他的头发什么时候全白了。

“快坐下来，我给你倒热茶。”我说。

克里斯在沙发上坐了下来微微笑着，眼光打量着这个客厅，我不禁赧然，因为从来没有请他到家里来过。

“这是荷西。”他望着书桌上的照片说。

“你也来认识一下他，这边墙上还有——”我说。

那个黄昏，第一次，克里斯说出了他的过去。

“你就做过这件事？”我沉沉地问。

“还不够罪孽吗？”他叹了口气。

二次世界大战时，克里斯，学心理的毕业生入了纳粹政府，战争最后一年，集中营里的囚犯仍在做试验，无痛的试验。

一个已经弱得皮包骨的囚犯，被关进隔音的小黑房间一个月，没有声音，不能见光，不给他时间观念，不与他说话，大小便在里面，不按时给食物。

结果，当然是疯了。

“这些年来，我到过沙摩阿、斐济、加州、加纳利群岛，什么都放弃了，只望清苦的日子可以赎罪，结果心里没法平静——”

“你欠的——”我叹了口气说。

“是欠了——”他望着窗外的海，没有什么表情，“不能弥补，不能还——”

“有没有亲人？”我轻轻地问。

“郭太太她们——”接着他又说，“她们日子也清苦，有时候我们的收入混着用。”

“克里斯，这次病好不要去下冰了，再找谋生的方法吧！”我急急地冲口而出。

克里斯也没有惊讶我这句话，只是呆望着他眼前的茶杯发愣。

“你的书，不是印着五十万册已经售出了吗？版税呢？”我很小心地问。

“那只是我谋生的小方法。”克里斯神情黯然地笑笑，“其实一千本也没卖出去，出版商做广告，五十万本是假的——”

“那些较深的心理方面的文稿可以再试着发表吗？”

“试了五十多次，邮费也负担不起了——”

“你想不想开班教英文——”我突然叫了起来，“我来替你找学生——”

“让我先把你的债还完，南部下星期又可以工作了，他们付得多——”

“克里斯，别开玩笑，那不是我的钱——”

他朝我笑了笑，我的脸刷一下热了起来。

克里斯坐了一会儿说是要走，问明他是走路来的，坚持要送他。

知道克里斯只为了研究的兴趣残酷地毁过另一个人的一生，我对他仍是没有恶感。这件事是如此地摸触不着，对他的厌恶也无法滋长，我只是漠然。

他们家，我却是真不去了。

过了好一阵，我收到一封信，是丢进我门口的信箱来的，此地有信箱而邮差不来，所以我从没有查看信箱的习惯，也不知是搁了多久了。

Echo，我的朋友，跟你讲了那些话之后，你是不是对我这个人已有了不同的看法。本来我早已想离开这个岛的，可是十年来与郭太太们相依为命，实是不忍心丢下高年的她们远走。

你为了我的病出了大力，附上这个月所剩的五千元，算做第一期的债款。

出书是你的白色谎话，在我病中给了我几天的美梦和希望，谁也明白，我所写的东西在世上是没有价值的。

我很明白为什么你不大肯再来家里，你怕给我压力，事实上，就算是在金钱上回报了你，你所施给我的恩情，将成为我另一个十字架，永远背负下去。

我也不会再去烦你，没有什么话可说，请你接受我的感谢！

克里斯上

我握着那五千块钱，想到克里斯没法解决的生活和两位清苦的老太太，心中执意要替他找学生教英文了。

世上的事情本来便是恩怨一场，怎么算也是枉然，不如叫它们随风而去吧！

那天早晨我骑车去小城，在那条街上又见克里斯的格子衬衫在人群里飘着，我加足油门快速地经过他，大喊一声："克里斯再见！"

他慌慌张张地回过头来，我早已掠过了，远远的他正如第一次与我告别时一样，高高地举起手来。

离乡回乡

几天前，新闻局驻马德里代表刘先生给我来了长途电话，说是宋局长嘱我回国一次，日期就在眼前，如果同意回去，收拾行装是刻不容缓的事了。

起初，我被这突然而来的电话惊住了，第一个反应是本能的退却，坚持没有回台的计划和准备，再说六月初当是在摩洛哥和埃及的。

放下了电话，我的心绪一直不能平静，向国际台要接了台湾的家人，本是要与父母去商议的，一听母亲声音传来，竟然脱口而出："妈妈，我要回家了！"

可怜的母亲，多少相思便在这一句话里得到化解。只说肯回去，对父母也如施恩。这一代的儿女是没有孝道的。

我让自己安静下来，再拨电话去找马德里的刘先生，说是喜欢回台，谢谢美意。

半生的日子飘飘零零也是挡了下来，为什么一提回国竟然情怯如此。

每次回国，未走之前已是失眠紧张，再出国，又是一场大恸。十四年在外，一共回去过三次，抵达时尚能有奢侈的泪，离去时竟连回首都不敢。我的归去，只是一场悲喜，来去匆匆。

在这边，夏天的计划全都取消了，突然而来的琐事千头万绪。

邻居的小男孩来补英文，我跟他说以后不再上课了，因为Echo 要回中国去。

本来内向的孩子，听了这句话，便是痴了过去，过了半晌，才蹦出一句话来："我跟你走。绝对不吵的！"

要走的事情，先对一个孩子说了，他竟将自己托付了给我，虽是赤子情怀，这份全然的信，一样使我深思感动。

朋友们听见我要去了的话，大半惊住了，"Echo，不可以！你再想想，不可以，你是这里的人了，要去那么远做什么，不行的——"

我说，我仍会回来的，那些人不肯相信，只怕我一去不返，硬是要留下人的翅膀来。

其实在一九八五年之前，是不会永远离开群岛的，放下朋友容易，丢下亲人没有可能。五年之后请求捡骨，那时候心愿已了，何处也可成家，倒不一定要死守在这个地方了。

我通知马德里的朋友，夏天不必来岛上了，那时我已在远方。

"不行的！你讲，去多久？不能超过两个月，听见没有！不能这样丢下我们，去之前先来马德里见面，只我一个人跟你处两天，别人不要告诉——"

"才回一趟自己的国家你们就这个样子，要是一天我死了呢？"我叹了口气。

"你还没有死嘛！"对方固执地说。

"马德里机场见一面好了，告诉贝芭，叫她也来，别人不要说了。"

不到一会儿，长途电话又来了，是贝芭，声音急急的："什么机场见，什么回中国去了，你这是没有心肝，八月我们岛上看谁去？——”

我是没有心肝的人，多少朋友前年共过一场生死，而今要走了却是懒于辞行。

父母来过一次岛上，邻居想个礼物都是给他们，连盆景都要我搬回去给妈妈，这份心意已是感激，天下到处有情人，国不国籍倒是小事了。

那天黄昏，气温突降，过了一会儿，下起微微的细雨来，女友卡蒂狂按我的门铃。

“哗！你也要走了！一定开心得要死了吧！”

卡蒂再过几日也要回瑞士去了。

“惊喜交织！”我哈哈地笑着。

“怎么样？再去滑一次冰，最后一次了。”

“下雨咄！再说，我还在写稿呢！”

“什么时候了，不写算了嘛！”

我匆匆换了短裤，穿起厚外套，提着轮式冰鞋，便与卡蒂往旧飞机场驶去。

卡蒂的腿不好，穿了高低不同的鞋子，可是她最喜欢与我两人去滑冰。

在那片废弃的机场上，我慢慢地滑着，卡蒂与她的小黑狗在黄昏的冷雨里，陪着我小跑。

“这种空旷的日子，回台湾是享受不到了！”我深深地吸了口气。

“舍不得吧！舍不得吧！”卡蒂追着我喊。

我回头朝她疼爱地笑了一眼，身上用耳机的小录音机播出音乐来，脚下一用劲，便向天边滑去。

“数峰清苦，商略黄昏雨，燕雁无心，太湖西畔随云去……”

走了！走了！心里不知拌成了什么滋味，毕竟要算是幸福的人啊！

写了一张台湾朋友的名单，真心诚意想带些小礼物，去表达我的爱意。那张名单是那么的长，我将它压在枕头下面，不敢再去想它。

本来便是失眠的人，决定了回国之后，往往一夜睁眼到天亮。往事如梦，不堪回首，少小离家的人，只是要再去踏一踏故国的泥土，为什么竟是思潮起伏，感触不能自已。

梦里，由台湾再回岛上来，却怎么也找不到那座常去的孤坟。梦里，仆跌在大雪山获伊笛的顶峰，将十指挖出鲜血，而地下翻不到我相依为命的人。

中国是那么的远，远到每一次的归去，都觉得再回来的已是百年之身。

一次去，一场沧桑，失乡的人是不该去拾乡的，如果你的心里还有情，眼底尚有泪，那么故乡不会只是地理书上的一个名词。

行装没有理好，心情已是不同，夜间对着月光下的大西洋，对着一室静静的花草，仍是有不舍，有依恋，这个家因为我的缘故才有了欣欣向荣的生命，毕竟这儿也是我真真实实的生活与爱情啊！

这份别离，必然也是疼痛，那么不要回去好了，不必在情感上撕裂自己，梦中一样可以望乡，可是梦醒的时候又是何堪？

《绿岛小夜曲》不是我喜欢的歌，初夏的夜晚却总听见有人在耳边细细幽幽地唱着，这条歌是淡雾形成的带子，里面飘浮着我的童年和亲人。

再也忘不掉的父亲和母亲，那两个人，永不消失的对他们的情爱，才是我永生的苦难和乡愁啊！

一个朋友对我说：“我知道你最深，不担心你远走，喝过此地的水就是这儿的人了。你必回来。”

水能变血吗？谁听过水能变成血的？

要远行了，此地的离情也如台湾，聚散本是平常事，将眼泪留给更大的悲哀吧。

“多吃些西班牙菜，此去吃不着这些东西了。”

朋友只是往我盘里夹菜，脸上一片濛濛的伤感。我却是食不下咽了！

上次来的时候，母亲一只只大虾剥好了放在我盘里，说的也是相同的话，只是她更黯然。

离乡又回乡，同时拥有两个故乡的人，本当欢喜才对，为什么我竟不胜负荷？

这边情同手足，那儿本是同根。人如飞鸟，在时空的幻境里翱翔，明日此时我将离开我的第二祖国，再醒来已在台湾，那个我称她为故乡的地方。

雨禅台北

那一阵子我一直在飞，穿着一双白色的溜冰鞋在天空里玩耍。

初学飞的时候，自己骇得相当厉害，拼命乱扑翅膀。有时挣扎太过，就真的摔了下来。

后来，长久的单独飞行，已经练出了技术。心不惊，翅膀几乎不动，只让大气托着已可无声无息地翱翔。

那时我不便常下地了，可是那双红色轮子的溜冰鞋仍是给它绑在脚上。它们不太重，而且色彩美丽。

飞的奥秘并不复杂，只有一个最大的禁忌，在几次摔下来时已被再三叮咛过了——进入这至高的自由和天堂的境界时，便终生不可回头，这事不是命令，完全操之在己。喜欢在天上，便切切记住——不要回头，不可回头，不能回头——因为毕竟还是初学飞行的人。有一日，道行够了，这些禁忌自然是会化解掉的，可是目前还是不要忘了嘱咐才好。

我牢牢地记住了这句话，连在天上慢慢转弯的时候，都只轻轻侧一下身体和手臂。至于眼底掠过的浮影，即使五光十色，目眩神迷，都不敢回首。我的眼睛始终向着前面迎来的穹苍。

有一日黄昏，又在天上翱翔起来，便因胆子壮了一些，顽心大发，连晚上也不肯下地回家了。

夜间飞行的经验虽然没有，三千里路云和月，追逐起来却是疯狂的快乐。

这一来，任着性子披星戴月，穿过一层又一层黑暗的天空，不顾自己的体力，无穷无尽地飞了下去。

那时候，也许是疲倦了，我侧着身子半躺着，下面突然一片灯火辉煌，那么多的人群在华灯初上的夜里笑语喧哗，连耳边掠过的风声都被他们打散了。

我只是奇异地低头看了一眼，惊见那竟是自己的故乡，光芒万丈地照亮了漆黑的天空。

我没有停飞，只是忍不住欢喜地回了一下头。

这一动心，尚未来得及喊叫，人已坠了下来。

没有跌痛，骇得麻了过去，张开眼睛，摸摸地面，发觉坐在台北国父纪念馆广场侧门的石阶上，那双溜冰鞋好好地跟着我。奇怪的是怎么已经骤然黄昏。

我尚不能动弹，便觉着镁光灯闪电似的要弄瞎我的眼睛，我举起手来挡，手中已被塞进了一支原子笔，一本拍纸簿，一张微笑的脸对我说："三毛，请你签名！"

原来还有一个这样的名字，怎么自己倒是忘了。

在我居住的地方，再没有人这样叫过它。而，好几千年已经过去了。

我拿起笔来，生涩地学着写这两个字，写着写着便想大哭起来——便是故乡也是不可回首的，这个禁忌早已明白了，怎么那么不当心，好好飞着的人竟是坠了下来。我掉了下来，做梦一般地掉了下来，只为了多看一眼我心爱的地方。

雨水，便在那时候，夹着淡红色的尘雾，千军万马地向我杀了过来。

我定定地坐着，深深吸了口气。自知不能逃跑，便只有稳住自己，看着漫漫尘水如何地来淹没我。

那时我听见了一声叹息："下去了也好，毕竟天上也是寂寞——"那么熟悉又疼爱的声音在对我说："谁叫你去追赶什么呢！难道不明白人间最使你动心的地方在哪儿吗？"

雨是什么东西我已不太熟悉了，在我居住的地方，不常下雨，更没有雨季。

没有雨的日子也是不太好的，花不肯开，草不愿长，我的心园里也一向太过干涩。

有一阵长长的时期，我悄悄地躲着，倒吞着咸咸的泪水，可是它们除了融腐了我的胃以外，并没有滋润我的心灵。后来，我便也不去吞它们了。常常胃痛的人是飞不舒服的。

据说过那边去的人——在我们世上叫做死掉的人，在真正跨过去之前，是要被带去"望乡台"上看的。他们在台上看见了故乡和亲人，方知自身已成了灵魂，已分了生死的界限，再也回不来了。那时因为心中不舍，灵魂也是会流泪的，然后，便被带走了。故乡，亲人，只得台上一霎相望便成永诀。

我是突然跌回故乡来的。

跌下来，雨也开始下了。坐在国父纪念馆的台阶上，高楼大厦隔住了视线，看不见南京东路家中的父亲和母亲，可是我还认识路，站起来往那个方向梦游一般地走去。

雨，大滴大滴地打在我的身上、脸上、头发上。凉凉的水，慢慢渗进了我的皮肤，模糊了我的眼睛，它们还是不停地倾盆而来，直到成为一条小河，穿过了那颗我常年埋在黄土里已经干裂了的心。

然后，每一个早晨，每一个深夜，突然在雨声里醒来的时候，我发觉仍然是在父母的身边。

“望乡台”不是给我的，没有匆匆一霎便被带走，原来仍是世上有血有肉的人。

这是一个事实，便也谈不上悲喜了。

既然还是人，也就不必再挣扎了。身落红尘，又回来的七情六欲也是当然。

繁华与寂寞，生与死，快乐与悲伤，阳光和雨水，一切都是自然，那么便将自己也交给它吧！

一向是没有记事簿的人，因为在那边岛上的日子里要记住的事情不多。再说，我还可以飞，不愿记住的约会和事情来时，便淡然将溜冰鞋带着飞到随便什么地方去。

回来台北不过三四天，一本陌生的记事本却因为电话的无孔不入而被填满到一个月以后还没有在家吃一顿饭的空当。

有一天早晨，又被钉在电话旁边的椅子上，每接五个电话便玩着写一个“正”字，就如小学时代选举班长和什么股长一般的计票方式。当我画到第九个正字时，我发了狂，我跟对方讲：“三毛死掉啦！请你到那边去找她！”挂掉电话自己也骇了一跳，双手蒙上了眼睛。

必然是疯了，再也不流泪的人竟会为了第九个正字哭了一场。这一不逞强，又使我心情转到自己也不能明白的好。翻开记事簿，看看要做的事情，要去的地方，想想将会遇到的一个一个久别了的爱友，我跳进自己的衣服里面去，向看家的母亲喊了一声：“要走啦！尽快回来！好大的雨呀！”便冲了出去。

不是说天上寂寞吗？为什么人间也有这样的事情呢？中午家中餐桌上那一副孤零零的碗筷仍然使我几乎心碎。

五月的雨是那么的欢悦，恨不能跳到里面去，淋到融化，将自己的血肉交给厚实的大地。太阳出来的时候，我的身上将会变出一摊繁花似锦。

对于雨季，我已太陌生，才会有这样的想法吧。

可是我一直在雨的夹缝里穿梭着，匆匆忙忙地从一个地方赶到另一个地方。都是坐在一滴雨也不肯漏的方盒子里。

那日吃完中饭已是下午四点半了，翻了一下记事簿，六点半才又有事情。突然得了两小时完全属于自己的时间。

我站在雨中，如同意外出笼了的一只笨鸟，快乐得有些不知何去何从。

我奔去了火车站前的广场大厦找父亲的办公室。那个从来没有时间去的地方。

悄悄推开了木门，跟外间的秘书小姐和父亲两个年轻的好帮手坐了几分钟。然后父亲的客人走了，我轻轻走进去，笑着喊：“终于逃出来玩啦！”

父亲显见地带着一份也不隐藏的惊喜，他问我要做什么。我说：“赶快去踩踩台北的街道呀！两小时的时间，想想有多奢侈，整整两小时完全是自己的吔！”

父亲马上收拾了公事包，拿了一把雨伞，提早下班，与我一同做了逃学的孩子。

每经过一个店铺，一片地摊，一家小食店，父亲便会问我：“要什么吗？想要我们就停下来！”

哪里要什么东西呢？我要的是在我深爱的乱七八糟的城市里发发疯，享受一下人世间的艳俗和繁华罢了。

雨仍是不停地下着。一生没有挡雨的习惯，那时候却有一个人在我身边替我张开了一把伞。那个给我生命的人。

经过书店，忍不住放慢了脚步。结果就是被吸了进去。那么多没有念过的书使我兴奋着急得心慌，摸了一本又一本。看见朋友们的书也放在架上，这些人我都认识，又禁不住地欢喜了起来。

过街时，我突然对父亲说：“回国以来，今天最快乐，连雨滴在身上都想笑起来吔！”

我们穿过一条又一条街，突然看见橱窗内放着李小龙在影片中使的“双节棍”，我脱口喊出来：“买给我！买给我！”

奇怪的是，做小孩子的时候是再也不肯开口向父亲讨什么东西的。

父亲买了三根棍子，付账时我管也不管，跑去看别的东西去了。虽然我的口袋里也有钱。

受得泰然，当得起，因为他是我的父亲。

功学社的三楼有一家体育用品社的专柜，他们卖溜冰鞋——高筒靴的那种。

当我从天上跌下来时尚带着自己那双老的，可是一走回家，它们便消失了。当时我乱找了一阵，心中有些懊恼，实在消失了的东西也不能勉强要它回来，可是我一直想念它们，而且悲伤。

父亲请人给我试冰鞋，拿出来唯一的颜色是黑的。

“她想要白的，上面最好是红色的轮子。”父亲说。

“那种软糖一样的透明红色。”我赶快加了一句。

商店小姐客气地说白色的第二天会有，我又预先欢喜了一大场。

雨仍然在下着，时间也不多了，父亲突然说：“带你去坐公共汽车！”

我们找了一会儿才找到了站牌。父亲假装老练，我偷眼看他，他根本不大会找车站，毕竟也是近七十的父亲了，以他的环境和体力，实在没有挤车的必要。可是这是他多年的习惯，随时给我机会教育，便也欣然接受。

我从不视被邀吃饭是应酬。相聚的朋友们真心，我亦回报真心。这份感激因为口拙，便是双手举杯咽了下去。

雨夜里我跑着回家，已是深夜四时了。带着钥匙，还没转动，门已经开了，母亲当然在等着我。

那么我一人在国外时，她深夜开门没有女儿怎么办？这么一想又使我心慌意乱起来。

我推了母亲去睡，看出她仍是依依不舍，可是为着她的健康，我心硬地不许她讲话。

跑进自己全是坐垫的小客厅里，在静静的一盏等着我回家的柔和的灯火及父亲预先替我轻放着的调频电台的音乐声里，赫然来了两样天堂里搬下来的东西。

米色的地毯上站着一辆枣红色的小脚踏车，前面安装了一个纯白色的网篮，篮子里面，是一双躺着的溜冰鞋。就是我以前那双的颜色和式样。

我呆住了，轻轻上去摸了一下，不敢重摸，怕它们又要消失。

在国外，物质生活上从来不敢放纵自己，虽然什么也不缺，那些东西毕竟不是悄然而来，不是平白得到，不是没有一思再思，放弃了这个才得来了那个的。

怎么突然有了一份想也不敢想的奢侈，只因我从天上不小心掉了回家。

我坐在窗口，对着那一辆脚踏车看了又看，看了又看。雨是在外面滴着，不是在梦中。可是我怕呢！我欢喜呢！我欢喜得怕它们又要从我身边溜走。我是被什么事情吓过了？

第二日，在外吃了午饭回来，匆匆忙忙地换上蓝布裤，白衬衫，踏了球鞋，兴冲冲地将脚踏车搬下楼去，母亲也很欢喜，问我："去哪里溜冰呢？不要骑太远！"

我说要去国父纪念馆，玩一下便回家，因为晚饭又是被安排了的。

骑到那个地方我已累了，灰灰的天空布满了乌云。我将车子放在广场上时，大滴的雨又豆子似的洒了下来。

我坐在石凳上脱球鞋，对面三个混混青年开口了："当众脱鞋！"

我不理他们，将球鞋放在网篮内，低头绑溜冰鞋的带子。然后再换左脚的鞋，那三个人又喊："再脱一次！"

我穿好了冰鞋坐着，静等着对面的家伙。就是希望他们过来。

他们吊儿郎当地慢慢向我迫来，三个对一个，气势居然还不够凌人。

还没走到近处，我头一抬，便说："你别惹我！"

奇怪的是来的是三个，怎么对人用错了文法。

他们还是不走，可是停了步子。其中的一个说："小姐好面熟，可不可以坐在你身边——"

椅子又不是我的，居然笑对他们说："不许！"

他们走开了，坐到我旁边的凳子上去，嘴巴里仍是不干不净。

雨大滴地洒了下来。并不密集。我背着这三个人慢慢试溜着，又怕他们偷我脚踏车上挂着的布包，一步一回头，地也不平，差点摔了一跤。

后来我干脆往他们溜过去，当然，过去了，他们的长脚交叉着伸了出来。

我停住了，两边僵在雨中。

“借过……”我说了一声，对方假装听不见。

“我说——借过！”我再慢慢说一次。

这时，这三个人不约而同地站了起来，假装没事般地拼命彼此讲话，放掉了作弄我的念头。

赶走了人家，自己又是开心得不得了，尽情地在雨中人迹稀少的大广场上玩了一个够。当我溜去问一个路人几点钟时，惊觉已是三小时飞掉了。

那是回台湾以来第一次放单玩耍，我真是快乐。

一个人生活已成了习惯,要改变是难了。怎么仍是独处最乐呢?

书桌上转来的信已堆集成了一摊风景，深夜里，我一封一封慢慢地拆，细细地念，慢慢地想，然后将它们珍藏在抽屉里。窗外已是黎明来了。

那些信全是写给三毛的。再回头做三毛需要时间来平衡心理上的距离，时间不到，倔强地扳回自己是不聪明的事情，折断了一条方才形成的柳枝亦是可惜。将一切交给时间，不要焦急吧!

雨，在我唯一午间的空当里也不再温柔了。它们倾盆而下，狂暴地将天地都抱在它的怀里，我的脚踏车寂寞，我也失去了想将自己淋化的念头。

在家中脱鞋的地方，我换上了冰鞋，踏过地毯，在有限的几条没有地毯的通道上小步滑着，滑进宽大的厨房，喊一声："姆妈抱歉！"打一个转又往浴室挤进去。

母亲说："你以为自己在国父纪念馆吗？"

"是呀！真在那边。'心到身到'，这个小魔术难道你不明白吗？"在她的面前我说了一句大话。

说着我滑到后阳台去看了一盆雨中的菊花叶子，喊一声："好大的雨啊！"转一个身，撞到家具，摔了一跤。

那夜回家又不知是几点了，在巷口碰到林怀民，他的舞蹈社便在父母的家旁边。

我狂喊了起来："阿民！阿民！"在细雨中向他张开双臂奔去。他紧抱着我飞打了一个转，放下地时问着："要不要看我们排舞？"

"要看！可是没时间。"我说。

旁边我下的计程车尚停着，阿民快步跑了进去，喊了一声："再见！"我追着车子跑了几步，也高喊着："阿民再见！"

静静的巷口已没有人迹，"披头"的一条歌在我心底缓缓地唱了起来："你说哈啰！我说再见！你说哈啰！我说再见——"

我踏着这条歌一步一步走上台阶——人生聚散也容易啊，连告别都是匆匆！

难得有时间与家人便在家附近的一家西餐厅吃了一次饭，那家餐馆也是奇怪，居然放着书架。餐桌的另一边几张黑色的玻璃板，上面没放台布。

弟弟说那些是电动玩具，我说我在西班牙只看过对着人竖起来下面又有一个盘面的那种。他们笑了，说那已是旧式的了。

"来，你试试看！"弟弟开了一台，那片动态的流丽华美真正眩惑住了我的心灵。它们使我想起《黄色潜水艇》那部再也忘怀不掉的手绘电影。在西柏林时就为了它其中的色彩，连看过六遍。

“你先不要管它颜色好不好看，专心控制！你看，这个大嘴巴算是你，你一出来，就会有四个小精灵从四面八方围上来吃你，你开始快逃，吃不掉就有分数。”弟弟热心地解释着。

“好，我来试试！”我坐了下来。

还没看清楚自己在哪里，精灵鬼已经来了！

“啊！被吃掉了！”我说。

“这个玩具的秘诀在于你知道什么时候要逃，什么时候要转弯，什么时候钻进隧道，胆怯时马上吃一颗大力丸吓一吓那只比较笨的粉红鬼。把握时机，不能犹豫，反应要快，摸清这些小鬼每一只的个性——”弟弟滔滔不绝地说着。

“这种游戏我玩过好多次了嘛！”我笑了起来。

“不是第一次坐在电动玩具面前吗？”他奇怪地说。

我不理他，只问着：“有没有一个转钮，不计分数，也不逃，也不被吃，只跟小精灵一起玩耍玩耍就算了。不然我会厌呢！”

弟弟哑然失笑，摇摇头走开了，只听见他说：“拿你这种人没办法！”

还是不明白这么重复的游戏为什么有人玩了千万遍还是在逃。既然逃不胜逃，为什么不把自己反过来想成精灵鬼，不是又来了一场奇情大进击吗！

弟弟专心地坐下来，他的分数节节高升，脸上表情真是复杂。

我悄悄弯下腰去，对他轻说一句：“细看涛生云灭——”

这一分心，啪一下被吃掉了。

“你不要害人好不好！”他喊了起来。

我假装听不见，趴到窗口去看雨，笑得发抖。

雨仍是不停地下着，死不肯打伞这件事使母亲心痛。每天出门必有一场争执。

有时我输了，花伞出门，没有伞回家。身外之物一向管不牢，潜意识第一个不肯合作。

那日云层很厚，是个阴天。我赶快搬出了脚踏车往敦化南路的那个方向骑去。碰到了一个圆环，四周不是野狼便是市虎。我停在路边，知道挤进去不会太安全。

那时来了一位警察先生，我对他无奈地笑笑，坐在车上不动。他和气地问我要去哪儿，我说去国父纪念馆呢！

“那你往复兴南路去，那条路比较近。”

本想绕路去看看风景的，便是骑术差到过不了一个小圆环，我顺从地转回了头。

就因为原先没想从复兴南路走，这一回头，又是一场不盼自来的欢喜。

回到台北之后，除了餐馆之外可以说没有去什么别的地方。

我的心在唯一有空闲的时间便想往国父纪念馆跑，那个地方想成了乡愁。

相思最是复杂，可是对象怎么是一幢建筑。

我绕着那片广场一遍又一遍地骑，一圈又一圈慢慢地溜——我在找什么，我在等什么，我在依恋什么，我在期待什么？

不敢去想，不能去想，一想便是心慌。

有什么人在悄悄地对我说：这里是你掉回故乡来的地方，这里是你低头动了凡心的地方。

时候未到，而已物换星移，再想飞升已对不准下来时的方向——我回不去那边了。

不，我还是不要打伞，羽毛是自己淋湿的，心甘情愿。那么便不去急，静心享受随波逐浪的悠然吧！

梦中，我最爱看的那本书中的小王子跑来对我说："你也不要怕，当我要从地球上回到自己的小行星上去的时候也是有些怕的，因为知道那条眼镜蛇会被派来咬死我，才能将躯壳留在地上回去。你要离开故乡的时候也是会痛的，很痛，可是那只是一霎间的事情而已——"

我摸摸他的头发对他说："好孩子，我没有一颗小行星可以去种唯一的玫瑰呢！让我慢慢等待,时候到了自然会有安排的。再说，我还怕痛呢！"

小王子抱着我替他画的另外一只绵羊满意地回去了。我忘了告诉他，这只绵羊没有放在盒子里，当心它去吃掉了那朵娇嫩的玫瑰花。这件事情使我担心了一夜，忘了玫瑰自己也有四根刺！

雨仍在下着，我奔进一辆计程车，时间来不及了，日子挤着日子，时光飞逝，来不及地捉，来不及地从指缝里渗走，手上一片湿湿的水。

可是我不再那么惊慌失措了。张开十指，又有片片光阴落了下来，静静地落给我，它们来得无穷无尽无边无涯只要张开手便全是我的。

司机先生在后视镜中一再地偷看我，下车时他坚持不肯收钱，说："下次有缘再收！只请你不要再说封笔——"

我吃了一惊，看见车内执照上他姓李，便说："李先生，我们的缘分可能只有这一霎，请你千万收费！心领了！"

一张钞票在两人之间塞来塞去，我丢下了钱逃出了车子。李先生就将车停在路中间追了上来，那时我已进了一家餐馆。

“三毛——”他口拙得说不出另外的话。

我伸手接下了已经付出去了的车钱。

打开掌心，那张塞过来的钞票，什么时候，赫然化成了一朵带着露珠的莲花。

周　末

星期六，父亲母亲的登山朋友们相约去神木群中旅行，要两日方能回来。

原先父母是算定了我也同去的，游览车内预先给订了位子，在朋友间也做了女儿同去的承诺。

在父母的登山旅行中必有车内唱歌表演之类的节目。尤其是一位沐伯伯，前年开始勤练《橄榄树》这首歌，他是父母挚爱的朋友，唱这条歌无非是想令我欢喜。虽然这样迁就答应在车上唱歌我听，而我，却是连借口也不肯找地拒绝参加。

之所以不去旅行，实在是习性已成。结群同游的事情最辛苦的是不能独处。再说万一长辈们命我唱个歌什么，那便难堪了。

众乐乐的事情在我来说仍是累人，而且艰难。

父母中午才离开台北，我的不肯参加或许伤了他们的心。孝而不顺一向是自知的缺点，万里游子，只不过归来小歇，在这种事情上仍然做得自私。有时候我也不很明白自己。

母亲离家时依依叮咛冰箱里有些什么食物，我口中漫应着，将父母往门外送，竟无一丝离情。

对着一室寂寂，是骇然心惊，觉得自己这回做得过分。又骇只是不陪父母出游，竟然也会有这样深重的罪恶感，家庭的包袱未免背得太沉重了。

我将大门防盗也似的一层层下了锁，马上奔去打电话给姐姐和弟弟——这个周末谁也不许回父母家来，理由对他们就也简单了，不要见任何人。

在台湾，自己的心态并不平衡，怕出门被人指指点点，怕眼睛被人潮堵住，怕电话一天四十几个，怕报社转来的大批信件，更怕听三毛这个陌生的名字，这些事总使我莫名其妙地觉着悲凉。

每一次，当我从一场座谈会，一段录音访问，一个饭局里出来，脸上虽然微微地笑着，寂寞却是彻骨，挥之无力，一任自己在里面恍惚浮沉，直到再不能了。

本性最是爱玩的人，来了台湾，只去了一趟古老的迪化街，站在城隍庙的门口看他们海也似的一盏盏纸灯，看得痴迷过去。

那一带是老区，二楼的窗口间或晒着大花土布做成的被套，就将那古代的桃红柳绿一个竹竿撑进了放满摩托车的回廊。午后恹恹的阳光，看见这样的风景，恍如梦中，心里涨得满满的复杂滋味，又没有法子同谁去说。

在每一个大城里，我的心总是属于街头巷尾，博物馆是早年的功课和惊叹，而今，现世民间的活泼才是牢牢抓住我的大欢喜。

只是怀念迪化街，台北的路认识的不多。

迪化街上也有行人和商家，一支支笔塞进手中，我微微地笑着写三毛，写了几个，那份心也写散了，匆匆回家，关在房间里话也懒得讲。

自闭症是一点一点围上来的，直到父母离家，房门深锁，才发觉这种倾向已是病态得不想自救。

那么就将自己关起来好了，只两天也是好的。

记事簿上的当天有三个饭局，我心里挣扎得相当厉害，事先讲明时间不够，每个地方到一会儿便要离开，主人们也都同意了。

再一想，每个地方都去一下诚意不够，不如一个也不去。电话道歉，朋友们当然大呼小叫了一场，也就放了我。

我再度去检查了一下门锁，连那串铁链也给它仔细扣上。窗子全关，窗帘拉上，一屋的阴暗里，除了寂寂之外，另有一层重重的压迫逼人。

我将电话筒拿起来放在一边，书桌上读者的来信叠叠理清全放进衣箱里去。盆景搬去冲水，即便是后面三楼的阳台，也给锁了个没有去路。

然后我发觉这两幢里面打通的公寓已成了一座古堡，南京东路四段里的一座城堡。我，一个人像十六世纪的鬼也似的在里面悄悄地坐着啃指甲。

回台时带的夏天衣服没有几件，加纳利群岛没有盛夏，跟来的衣服太厚了。

那次迪化街上剪了两块裙子布，送去店里请人做，拿回来却是说不出有什么地方不合意，虽然心中挑剔，当时还是道谢了，不敢说请人再改的话，毕竟人家已经尽心了。

一向喜欢做手工，慢慢细细地做，总给人一份岁月悠长，漫无止境的安全和稳当。

我趴在地毯上，将新裙子全部拆掉，一刀一刀再次剪裁，针线盒中找不到粉块，原子笔在布的反面轻轻细细地画着。

原先收音机里还放着音乐，听了觉得外界的事物又是一层骚扰，啪一下给它关掉了。

说是没有耐性的人，回想起来，过去每搬一次家，家中的窗帘便全是日日夜夜用手缝出来的。

最爱在晚饭过后，身边坐着我爱的人，他看书或看电视，我坐在一盏台灯下，身上堆着布料，两人有一搭没一搭地说着闲话，将那份对家庭的情爱，一针一针细细地透过指尖，缝进不说一句话的帘子里去。然后有一日，上班的回来了，窗口飘出了帘子等他——家就成了。

有一年家里的人先去了尼日利亚，轮到我要去的前一日，那边电报来了，说要两条短裤。

知道我爱的人只穿斜纹布的短裤，疯了似的大街小巷去找，什么料子都不肯，只是固执而忠心地要斜纹。

走到夜间商店打烊，腿也快累断了，找到的只有大胖子穿的五十四号，我无可奈何地买下了。连夜全部拆开剪小，五十四号改成四十二号，第二日憔悴不堪地上飞机，见了面衣箱里拿出两条新短裤，自己扑倒在床上呻吟，细密的针脚，竟然看不出那不是机器缝出来的东西。

缝纫的习惯便是这么慢慢养成了，我们不富裕，又是表面上看去朴素，其实小地方依旧挑剔的人，家中修改的衣物总是不断的。

难得回到自己的国家来，时间紧凑，玩都来不及才是，可是这生活少了一份踏实和责任，竟有些迷糊的不快乐和茫然。

天热得令人已经放弃了跟它争长短的志气。冷气吵人，电扇不是自然风，窗子不肯开，没有风吹进来。

整整齐齐的针脚使自己觉得在这件事上近乎苛求，什么事都不求完美的人，只是在缝纫上付出又付出，要它十全十美。而我，在这份看来也许枯燥又单调的工作里，的确得到了无以名之的满足，踏踏实实地缝住了自己的心。

开始缝裙子是在正午父母离家时间，再一抬头，惊见已是万家灯火，朦胧的视线里，一室幽暗，要不是起身开灯，那么天长地久就是一辈子缝下去都缝不转的了。

深蓝底小白点的长裙只差荷叶边还没有上去，对着马上可以完工的衣服，倒是没有什么太大的喜悦。这便有如旅行一般，眼看目的地到了，心中总有那么一份不甘心和怅然。

夜来了，担心父母到了什么地方会打长途电话回来，万一电话筒老是搁着，他们一定胡思乱想。当然知道他们担心什么，其实他们担心的事是不会发生的，这便是我的艰难了。

刚刚放好电话，那边就响过来了，不是父母，是过去童年就认识的玩伴。

“我说你们家电话是坏了？”

“没有，拿下来了。”

“周末找得到你也是奇迹！”

我在这边笑着，不说什么。

“我们一大群老朋友要去跳舞，都是你认识的，一起去吧！”

“不去哦！”

“在陪家里人？”

“家里没人，一直到明天都没有人呢！”

“那你是谁？不算人吗？”那边笑了起来，又说：“出来玩嘛！闷着多寂寞！”

“真的不想去，谢啰！”

那边挂了线，我扑在地上对着那摊裙子突然心恸。

要是这条裙子是一幅窗帘呢！要是我缝的是一幅窗帘，那么永远永远回不去了的家又有谁要等待？

冰箱里一盆爱玉冰，里面浮着柠檬片，我爱那份素雅，拿来当了晚饭。

吃完饭，倒了一盆冰块，躺下来将它们统统堆在脸上，一任冷冷的水滴流到耳朵和脖子里去。

电视不好看，冰完了脸再回到裙子上去，该是荷叶边要缝窄些了。

想到同年龄的那群朋友们还在跳舞，那一针又一针长线便是整整齐齐也乱了心思。即便是跟了去疯玩，几小时之后亦是曲终人散，深夜里跑着喊再见、再见，虽然也是享受，又何苦去凑那份不真实的热闹呢！

针线本不说话，可是电话来过之后，一缕缕一寸寸针脚都在轻轻问我："你的足迹要缝到什么地方才叫天涯尽头？"

针刺进了手指，缓缓浮出一滴圆圆的血来。痛吗？一点也不觉得。是手指上一颗怪好看的樱桃。

这么漂亮的长裙子，不穿了它去跳圆舞曲，那么做完了就送人好了。送走了再做一条新的。

邻居不知哪一家人，每到夜间十二点整，闹钟必定大鸣。一定是个苦孩子考学校，大概是吃了晚饭睡一会儿，然后将长长的夜交给了书本。

闹钟那么狂暴的声音，使我吓了一跳，那时候，正穿了新裙子低头在绑溜冰鞋。家里都是地毯，走几步路都觉得局促。燠热的夜，胶水一样地贴在皮肤上，竟连试滑一下的兴致都没有，懒懒地又脱了鞋子。

听说青年公园有滑冰场，深夜里给不给人进去呢！

这座城堡并不是我熟悉的，拉开窗帘一角看去，外面只是一幢又一幢陌生的公寓，看不见海上升起的那七颗大星。

夜，被夏日的郁闷凝住了，不肯流过。拂晓迟迟不来，那么我也去储藏室里找我的旧梦吧！

这个房间没有什么人进来的，一盏小黄灯昏暗，几层樟木箱里放着尘封的故事。

每一次回台湾来，总想翻翻那本没有人再记得的厚书，重本红缎线装的厚书又被拿了出来，里面藏着整个家族生命的谜。

《陈氏永春堂宗谱》放在膝盖上，一个一个祖先的灵魂在幽暗的光影里浮动，那些名字像鬼，可是他们曾经活活地一步一步从河南跋涉到浙江，再乘舟去定海。四百年的岁月重沉沉地压在第几世子孙的心头。到我陈家已是第几世了？

宗谱里明明写着："女子附于父传之末仅叙明夫婿姓名不具生卒年月日者以其适人详于夫家也。"

难道女子是不入宗谱的吗？在我们的时代里，父亲将为我续下一笔吗？

最爱细读祖父传奇的故事，辛酸血泪白手成家的一生。泰隆公司经售美孚煤油，祥泰行做木材生意，顺和号销启新水泥，江南那里没有他的大事业。可是祖父十四岁时只是一个孤零零小人儿，夹着一床棉被，两件单衣和一双布鞋到上海做学徒出来的啊！

晚年的祖父，归老家乡，建医院，创小学，修桥铺路，最后没有为自己留下什么产业，只是总在庙里去度了余生，没有见过面的祖父，在我的身上也流着你的血液，为什么不列上我一个名字呢！

家谱好看，看到祖宗茔葬的地点，便是怕了。

他们的结尾总是大大地写着：坟墓。下面小字，葬什么什么地方，曾祖父葬下屋门口坐南朝北栏土坟门大树下。

我放好了家谱，逃出了那个满是灵魂的小房间。

柜子里翻出了自己小时候的照片，看看影中以前的自己，竟然比见了鬼还陌生。

岁月悠悠，漫长没有止境，别人活了一生，终就还得了一个土馒头。那我呢，已活了几场人生了，又得了些什么？

想到身体里装着一个生死几次的灵魂，又吓得不敢去浴室，镜里的人万一仍是如花，那就更是骇人心碎了。

深夜的电话忘了再拿下来，是几点了，还有人打进来找谁？我冲过去，那边就笑了。

“知道你没睡，去花市好不好？”

“深夜呢！”我说。

“你看看天色！”

什么时候天已亮了。

“是不去的，门都上锁了，打不开！”

“一起去嘛！也好解解你的寂寞。”

听见对方那个说法，更是笑着执意不去了。

寂寞如影，寂寞如随，旧欢如梦，不必化解，已成共生，要割舍它倒是不自在也不必了。

我迷迷糊糊地在地毯上趴着，睡了过去。

醒来的时候，又是好一会儿不知身在何处。

多么愿意便这样懒懒地躺下去，永远躺在一棵大树下吧！

可是记事簿上告诉我，这是台北，你叫三毛，要去什么地方吃中饭呢！

门锁着，我出不去。开锁吗？为什么？

知道主客不是自己，陪客也多，缺席一个，别人不是正好多吃一份好菜。

打电话去道歉，当然被骂了一顿，童年就认识的老朋友了，又骂不散的。

我猜为什么一回台湾便有些迷失，在家里，完全的呵护拿走了生命的挑战和责任，不给负责的人，必然是有些不快乐的。

回来好多天了，不会用母亲的洗衣机，胡乱将衣服用手搓了一下，拿去后阳台上晒。

对面后巷一个主妇也在晒衣服，我向她笑了一笑。她好像有些吃惊，还回头看了一下。回什么头呢，你又不是在街上，当然是专门笑给你的嘛！

“你们的盆景长得真好呀！”我喊了过去。

她是不惯这种喊话的，看得出来。僵僵地瞄了我一眼，纱门砰的一响，人是不见了。

我慢慢地给竹竿穿衣服，心惊肉跳的，怕衣服要跌到楼下去。

一盆素心兰晒到了大太阳，懒得搬它进房，顺手撑起一把花伞，也算给它了一个交代。

这回离开，该带一把美浓的桐油纸伞走啰！

伞是散吗？下雨天都不用伞的人，怎么老想一把中国伞呢！

以前做过那么一个梦：伦敦雨雾迷濛的深夜街头，孤零零地穿了一条红艳如血的长裙子，上面撑着一面中国桐油伞，伞上毛笔写着四个大字——风雨英雄。

醒来还跟身边的人笑了一大场，那么幼稚的梦，居然会去做它，好没格调的。

弟弟打电话来，说是全家去故宫看好东西去，问我也去吗。我不去，星期天的故宫更是不去了。

还有一条裙子没有改，这条才是奇怪，三段式的颜色，旗子一样。

当时裁缝做得辛苦，还笑着对我说："这么大胆的配色一辈子还没做过。"拿回新裙子，才觉得反面的布比较不发亮，这种理由不能请人再改，于是全部拆开来给它翻个面。

热热闹闹寂寞的星期天啊，我要固执地将你缝进这条快乐而明艳的裙子里去。

幻想这是一幅船旗，飘扬在夏天的海洋上。

嗅到海洋特有的气息，觉着微风拂面长裙飞舞，那片蓝澄澄的晴空，正串起了一架彩桥，而我，乘风破浪地向那儿航去。

船旗有许多种，代表不同的语言和呼唤。

我的这一幅只要拿掉一个颜色，就成了一句旗语——我们要医生！

奇怪，是谁教我认的旗帜，又有谁在呼唤着医生！

我寂寞的女人啊！你在痴想什么呢！

抬头望了一眼书桌上的放大照片，我的眼光爱抚地缠着照片里的人缱绻地笑了。什么时候，又开始了这最亲密的默谈，只属于我们的私语。

船长，我的心思你难道不明白吗？一切都开始了，我只是在静心等待着，等待那七颗星再度升空的时候，你来渡了我去海上！

家里死一般的寂静，针线穿梭，没有声音。

将这未尽的青春，就这样一针一针地缝给天地最大的肯定吧！

午后的夏日没有蝉声，巷口悠长的喊声破空而来——收买旧报纸旧瓶啊——

我停了针线，静听着那一声声胜于夜笛的悲凉就此不再传来。可是那声音又在热炽如火的烈日下哀哀地一遍又一遍地靠近了。

想到父亲书房铁柜上那层层叠叠的报纸，几乎想冲下楼去，唤住那个人，将报纸全部送给他，再请他喝一碗凉凉的爱玉冰。

可是我不知父亲的习惯，他收着报纸是不是有另外的用途。又疑心母亲的钱是藏在什么报堆里，怕送走了一份双方的大惊吓。

竟是呆呆地听着那唤声渐行渐远，而我，没有行动，只是觉着滋味复杂的辛酸。

再去阳台上摸摸衣服，都已经干了。将竹竿往天上一竖，蓝天里一件一件衣服直直地滑落下来，比起国外的晒衣绳又多了一份趣味，这陌生的喜悦是方才懂的，居然因此一个人微笑起来。

皱皱的衣服在熨斗下面顺顺贴贴地变平滑了，这么热的天再用热气去烫它们，衣服都不反抗，也是怪可怜的，它们是由不得自己的啊！

昨天吃的爱玉冰碗没有冲洗，经过厨房一看，里面尽是蚂蚁。

不忍用水冲掉这些小东西，只好拿了一匙砂糖放在阳台上，再拿了碗去放在糖的旁边，轻轻地对它们说："过来吃糖，把碗还给我，快快过来这边，不然妈妈回来你们没命啰！"

想到生死的容易，不禁为那群笨蚂蚁着急，甚而用糖从碗边铺了一条路，它们还是不肯出来。

我再回房去缝裙子，等蓝色的那一段缝好了，又忍不住想念着蚂蚁，它们居然还是不顺着糖路往外爬。

我拿起碗来，将它轻轻地丢进了垃圾筒。就算是妇人之仁也好，在我的手中，不能让一个不攻击我的生命丧失，因为没有这份权力。

三层的裙子很缓慢地细缝，还是做完了。我的肩膀酸痛，视线朦胧，而我的心，也是倦了。

我将新裙子用手抚抚平，将它挂在另外一条的旁边。

缝纫的踏实是它的过程，当这份成绩放在眼前时，禁不住要问自己——难道真的要跟谁去跳圆舞曲，哪儿又吹着夏日海上的微风呢！

去浴室里用冷水浸了脸，细细地编了辫子，换一件精神些的旧衣，给自己黯淡的眼睛涂亮，憔悴的脸上只一点点淡红就已焕发。可是我仍然不敢对镜太久，怕看见瞳仁中那份怎么也消失不了的相思和渴望。

星期天很快要过去了，吹不着海风的台北，黄昏沉重。

翻开自己的电话簿，对着近乎一百个名字，想着一张张名字上的脸孔，发觉没有一个可以讲话的人。

在这个星期天的黄昏里，难道真的跟谁去讲两条裙子的故事。

听见母亲清脆的声音在楼下跟朋友们道别，我惊跳起来，飞奔到厨房去，将那一小锅给我预备的稀饭慌忙倒掉，顾不得糟蹋天粮，锅子往水槽里丢下去。

父母还没有走上楼，我一道道的锁急着打开，惊见门外一大盒牛奶，又拾起来往冰箱里乱塞。

他们刚刚进门，便笑着迎了上去：“回来啦！好不好玩？”

母亲马上问起我的周末来，我亮着眼睛喊着："都忙不过来吔！只有早饭是在家里吃的，乱玩了一大场，电话又多，晚上还跟朋友去跳了一夜的舞呢！"

不死鸟

一年多前，有份刊物嘱我写稿，题目已经指定了出来：“如果你只有三个月的寿命，你将会去做些什么事？”

我想了很久，一直没有去答这份考卷。

荷西听说了这件事情，也曾好奇地问过我——“你会去做些什么呢？”

当时，我正在厨房揉面，我举起了沾满白粉的手，轻轻地摸了摸他的头发，慢慢地说：“傻子，我不会死的，因为还得给你做饺子呢！”

讲完这句话，荷西的眼睛突然朦胧起来，他的手臂从我身后绕上来抱着我，直到饺子上桌了才放开。

“你神经啦？”我笑问他，他眼睛又突然一红，也笑了笑，这才一声不响地在我对面坐下来。

以后我又想到过这份欠稿，我的答案仍是那么的简单而固执：“我要守住我的家，护住我的丈夫，一个有责任的人，是没有死亡的权利的。”

虽然预知死期是我喜欢的一种生命结束的方式，可是我仍然拒绝死亡。在这世上有三个与我个人死亡牢牢相连的生命，那便是父亲、母亲，还有荷西，如果他们其中的任何一个在世上还活着一日，我便不可以死，连神也不能将我拿去，因为我不肯，而他也明白。

前一阵在深夜里与父母谈话，我突然说：“如果选择了自己结束生命的这条路，你们也要想得明白，因为在我，那将是一个更幸福的归宿。”

母亲听了这话，眼泪迸了出来，她不敢说一句刺激我的话，只是一遍又一遍喃喃地说：“你再试试，再试试活下去，不是不给你选择，可是请求你再试一次。”

父亲便不同了，他坐在黯淡的灯光下，语气几乎已经失去了控制，他说：“你讲这样无情的话，便是叫爸爸生活在地狱里，因为你今天既然已经说了出来，使我，这个做父亲的人，日日要活在恐惧里，不晓得哪一天，我会突然失去我的女儿。如果你敢做出这样毁灭自己生命的事情，那么你便是我的仇人，我不但今生要与你为仇，我世世代代要与你为仇，因为是——你，杀死了我最最心爱的女儿——”

这时，我的泪水瀑布也似的流了出来，我坐在床上，不能回答父亲一个字，房间里一片死寂，然后父亲站了起来慢慢地走出去，母亲的脸，在我的泪光中看过去，好似静静地在抽筋。

苍天在上，我必是疯狂了才会对父母说出那样的话来。

我又一次明白了，我的生命在爱我的人心中是那么的重要，我的念头，使得经过了那么多沧桑和人生的父母几乎崩溃，在儿女的面前，他们是不肯设防地让我一次又一次地刺伤，而我，好似只有在丈夫的面前才会那个样子。

许多个夜晚，许多次午夜梦回的时候，我躺在黑暗里，思念荷西几成疯狂，相思，像虫一样地慢慢啃着我的身体，直到我成为一个空空茫茫的大洞。夜是那样的长，那么的黑，窗外的雨，是我心里的泪，永远没有滴完的一天。

我总是在想荷西，总是又在心里自言自语："感谢上天，今日活着的是我，痛着的也是我，如果叫荷西来忍受这一分又一分钟的长夜，那我是万万不肯的，幸好这些都没有轮到他，要是他像我这样地活下去，那么我拼了命也要跟上帝争了回来换他。"

失去荷西我尚且如此，如果今天是我先走了一步，那么我的父亲、母亲及荷西又会是什么情况？我从来没有怀疑过他们对我的爱，让我的父母在辛劳了半生之后，付出了他们的全部之后，再叫他们失去爱女，那么他们的慰藉和幸福也将完全丧失了，这样尖锐的打击不可以由他们来承受，那是太残酷也太不公平了。

要荷西半途折翼，强迫他失去相依为命的爱妻，即使他日后活了下去，在他的心灵上会有怎么样的伤痕，会有什么样的烙印？如果因为我的消失而使得荷西的余生再也没有一丝笑容，那么我便更是不能死。

这些，又一些，因为我的死亡将带给我父母及丈夫的大痛苦，大劫难，每想起来，便是不忍，不忍，不忍又不忍。

毕竟，先走的是比较幸福的，留下来的，也并不是强者，可是，在这彻心的苦，切肤的疼痛里，我仍是要说——"为了爱的缘故，这永别的苦杯，还是让我来喝下吧！"

我愿意在父亲、母亲、丈夫的生命圆环里做最后离世的一个，如果我先去了，而将这份我已尝过的苦杯留给世上的父母，那么我是死不瞑目的，因为我已明白了爱，而我的爱有多深，我的牵挂和不舍便有多长。

所以，我是没有选择地做了暂时的不死鸟，虽然我的翅膀断了，我的羽毛脱了，我已没有另一半可以比翼，可是那颗碎成片片的心，仍是父母的珍宝，再痛，再伤，只要他们不肯我死去，我便也不再有放弃他们的念头。

总有那么一天，在超越我们时空的地方，会有六张手臂，温柔平和地将我迎入永恒，那时候，我会又哭又笑地喊着他们——爸爸、妈妈、荷西，然后没有回顾地狂奔过去。

这份文字原来是为另一个题目而写的，可是我拒绝了只有三个月寿命的假想，生的艰难，心的空虚，死别时的碎心又碎心，都由我一个人来承当吧！

父亲、母亲、荷西，爱你们胜于自己的生命，请求上苍看见我的诚心，给我在世上的时日长久，护住我父母的幸福和年岁，那么我，在这份责任之下，便不再轻言消失和死亡了。

荷西，你答应过的，你要在那边等我，有你这一句承诺，我便还有一个盼望了。

明日又天涯

我的朋友，今夜我是跟你告别了，多少次又多少次，你的眼光在默默地问我，Echo，你的将来要怎么过？你一个人这样地走了，你会好好的吗？你会吗？你会吗？

看见你哀怜的眼睛，我的胃马上便绞痛起来，我也轻轻地在对自己哀求——不要再痛了，不要再痛了，难道痛得还没有尽头吗？

明日，是一个不能逃避的东西，我没有退路。

我不能回答你眼里的问题，我只知道，我胃痛，我便捂住自己的胃，不说一句话，因为这个痛是真真实实的。

多少次，你说，虽然我是意气飞扬，满含自信若有所思地仰着头，脸上荡着笑，可是，灯光下，我的眼睛藏不住秘密，我的眸子里，闪烁的只是满满的倔强的眼泪，还有，那一个海也似的情深的故事。

你说，Echo，你会一个人过日子吗？我想反问你，你听说过有谁，在这世界上，不是孤独地生，不是孤独地死？有谁？请你告诉我。

你也说，不要忘了写信来，细细地告诉我，你的日子是怎么地在度过，因为有人在挂念你。

我爱的朋友，不必写信，现在就可以告诉你，我是走了，回到我的家里去，在那儿，有海，有空茫的天，还有那永远吹拂着大风的哀愁海滩。

家的后面，是一片无人的田野，左邻右舍，也只有在度假的时候才会出现，这个地方，可以走两小时不见人迹，而海鸥的叫声却是总也不断。

我的日子会怎么过？

我会一样地洗衣服，擦地，管我的盆景，铺我的床。偶尔，我会去小镇上，在买东西的时候，跟人说说话，去邮局信箱里，盼一封你的来信。

也可能，在天气晴朗，而又心境安稳的时候，我会坐飞机，去那个最后之岛，买一把鲜花，在荷西长眠的地方坐一个静静的黄昏。

再也没有鬼哭神号的事情了，最坏的已经来过了，再也没有什么。我只是有时会胃痛，会在一个人吃饭的时候，有些食不下咽。

也曾对你说过，暮色来时，我会仔细地锁好门窗，也不再在白日将自己打扮得花枝招展，因为我很明白，昨日的风情，只会增加自己今日的不安全，那么，我的长裙，便留在箱子里吧。

又说过，要养一只大狼狗，买一把猎枪，要是有谁，不得我的允许敢跨入我的花园一步，那么我要他死在我的枪下。

说出这句话来，你震惊了，你心疼了，你方才知道，Echo的明日不是好玩的，你说，Echo，你还是回来，我一直是要你回来的。

我的朋友，我想再问你一句已经问过的话，有谁，在这个世界上不是孤独地生，不是孤独地死？

青春结伴，我已有过，是感恩，是满足，没有遗憾。

再说，夜来了，我拉上窗帘，将自己锁在屋内，是安全的，不再出去看黑夜里满天的繁星了，因为我知道，在任何一个星座上，都找不到我心里呼叫的名字。

我开了温暖的落地灯，坐在我的大摇椅里，靠在软软的红色垫子上，这儿是我的家，一向是我的家，我坐下，擦擦我的口琴，然后，试几个音，然后，在那一屋的寂静里，我依旧吹着那首最爱的歌曲——《甜蜜的家庭》。

云在青山月在天

从香港回来的那个晚上，天文来电话告别，说是她要走了，算一算等我再要真走的日期，发觉是很难再见一面了。

其实见不见面哪有真的那么重要，连荷西都能不见，而我尚且活着，于别人我又会有什么心肠。

天文问得奇怪：“三毛，你可是有心没有？”

我倒是答你一句：“云在青山月在天。”你可是懂了还是不懂呢？

我的心吗？去问老天爷好了。不要来问我，这岂是我能明白的。

前几天深夜里，坐在书桌前在信纸上乱涂，发觉笔下竟然写出这样的句子：

> 我很方便就可以用这一支笔把那个叫做三毛的女人杀掉，因为已经厌死了她，给她安排死在座谈会上好了，“因为那里人多”——她说着说着，突然倒了下去，麦克风嘭地撞到了地上，发出一阵巨响，接着一切都寂静了，那个三毛，动也不动地死了。大家看见这一幕先是呆掉了，等到发觉她是真的死了时，镁光灯才拼命无情地闪亮起来。

有人开始鼓掌，觉得三毛死对了地方，“因为恰好给他们看得清清楚楚”，她又一向诚实，连死也不假装——

看着看着自己先就怕了起来，要杀三毛有多方便，只要动动原子笔，她就死在自己面前。

那个老说真话的三毛的确是太真了，真到句句难以下笔，现在天马行空，反是自由自在了，是该杀死她的，还可以想一百种不同的方式。

有一天时间已经晚了，急着出门，电话却是一个又一个地来缠，这时候，我突然笑了，也不理对方是谁，就喊了起来：“告诉你一件事情，你要找的三毛已经死啦！真的，昨天晚上死掉的，倒下去时还拖断了书桌台灯的电线呢！”

有时真想发发疯，做出一些惊死自己的事情来，譬如说最喜欢在忍不住别人死缠的电话里，骂他一句“见你的鬼！”如果对方吓住了，不知彬彬有礼而又平易近人的三毛在说什么，可以再重复好几句：“我是说——见你的鬼，见你的鬼！见你的鬼！”

奇怪的是到底有什么东西在绑住我，就连不见对方脸上表情的电话里，也只骗过那么一次人——说是三毛死掉啦。例如想说的那么一句简单的话“见你的鬼”便是敢也不敢讲。

三毛只是微笑又微笑罢了，看了讨厌得令自己又想杀掉她才叫痛快。

许多许多次，在一个半生不熟的宴会上，我被闷得不堪再活，只想发发疯，便突然说：“大家都来做小孩子好不好，偶尔做做小孩是舒服的事情。”

全桌的人只是看我的黑衣，怪窘地陪笑着，好似在可怜我似的容忍着我的言语。

接着必然有那么一个谁，会说："好啊！大家来做小孩子，三毛，你说要怎么做？"

这一听，原来的好兴致全都不对劲了，反倒只是礼貌地答一句："算啦！"

以后我便一直微笑着直到宴会结束。

小孩子要怎么做就怎么做好了，问得那么笨的人一定做不成小孩子。

对于这种问题人，真也不知会有谁拿了大棒子在他身后追着喝打，打得累死也不会有什么用的，省省气力对他笑笑也够了，不必拈花。

原先上面的稿子是答应了谢材俊的，后来决定要去峇里岛，就硬是赖了过去："没办法，要去就是要去，那个地方这次不去可能死也不会去了，再说又不是一个人去，荷西的灵魂也是同去的。"

赖稿拖上荷西去挡也是不讲理，谁来用这种理由疼惜你真是天晓得，别人早已忘了，你的心里仍是冰天雪地，还提这个人的名字自己讨不讨人嫌？

三三们（按：意指文艺杂志《三三集刊》的同仁们）倒是给我赖了，没有一句话，只因为他们不要我活得太艰难。

今天一直想再续前面的稿子，发觉又不想再写那些了，便是随手改了下来，如果连他们也不给人自由，那么我便不写也罢。写文章难道不懂章法吗，我只是想透一口气而已，做一次自由自在的人而不做三毛了。

跟三三几次来往，最怕的倒不是朱老师，怕的却是马三哥，明明自己比他大，看了他却老是想低头，讨厌他给人的这份压迫感。

那天看他一声不响地在搬书，独个儿出出进进，我便逃到后院去找桃花，还故意问着：“咦，结什么果子呀！什么时候给人采了吃呀！”

当然没有忘了是马三哥一个人在做事，我只是看不见，来个不理不睬——你去苦好啰！我看花还更自在呢。

等到马三哥一个人先吃饭要赶着出门，我又凑上桌，捞他盘里最大的虾子吃，稀里哗啦只不过是想吵闹，哪里真是为吃呢。

跟三三，就是不肯讲什么大道理，去了放松心情，尽挑不合礼数的事情做，只想给他们闹得个披头散发，胡说八道，才肯觉得亲近，也不管自己这份真性情要叫别人怎么来反应才好。

在三三，说什么都是适当，又什么都是不当，我哪里肯在他们里面想得那么清楚，在这儿，一切随初心，初心便是正觉，不爱说人生大道理便是不说嘛！

要是有一天连三三人也跟我一本正经起来，那我便是不去也罢，一本正经的地方随处都是，又何必再加一个景美。

毕竟对那个地方，那些人，是有一份信赖的，不然也不会要哭便哭得个天崩地裂，要笑也给它笑得个云开月出，一切平常心，一切自然心。

跟三三，我是随缘，我不化缘。

其实叫三三就像没在叫谁，是不习惯叫什么整体的，我只认人的名字，一张一张脸分别在眼前掠过，不然想一个群体便没什么意思了。

天文说三毛于三三有若大观园中的妙玉，初听她那么说，倒没想到妙玉的茶杯是只分给谁用的，也没想她是不是槛外人，只是一下便跳接到妙玉的结局是被强盗掳去不知所终的——粗暴而残忍的下场，这倒是像我呢。

再回过来谈马三哥，但愿不看见你才叫开心，碰到马三哥总觉得他要人向他交代些什么，虽然他待我一向最是和气，可是我是欠了马三哥什么，见了便是不自在呢。就如宝玉怕去外书房那一样的心情。

刚刚原是又写完了另一篇要交稿，马三哥说：“你的草稿既然有两份不同的，不如都写出来了更好。”

我说：“两篇完全不同的，一篇要杀三毛，另一篇是写三三。”

他又说两篇都好，我这一混，就写了这第三篇，将一二都混在一起写，这份“放笔”也是只敢对三三任一次性。奇怪的是，不是材俊在编这一期的集刊吗？怎么电话里倒被马三哥给迫了稿，材俊我便是不怕他，见面就赖皮得很。

几次对三三人说，你们是散了的好，散了才是聚了，不散不知聚，聚多了反把“不散的聚”弄得不明白了，说是说得那么清楚，有一次匆匆跑去景美，见不到人，心中又不是滋味，好似白去了似的有些怅然。

到底跟荷西是永远地聚了还是永远地散了，自己还是迷糊，还是一问便泪出，这两个字的真真假假自己就头一个没弄清楚过，又跟人家去乱说什么呢？

那次在泰国海滩上被汽艇一拖，猛然像放风筝似的给送上了青天，身后扎着降落伞，涨满了风，倒像是一面彩色的帆，这一飞飞到了海上，心中的泪滴得出血似的痛。死了之后，灵魂大概就是这种在飞的感觉吧？荷西，你看我也来了，我们一起再飞。

回忆到飞的时候，又好似独独看见三三里的阿丁也飞了上来，他平平地张开双手，也是被一把美丽的降落伞托着，阿丁向我迎面飞过来，我抓不住他，却是兴奋地在大喊：“喂，来接一掌啊！”

可是风是那么的紧，天空是那样的无边无涯，我们只来得及交换一个眼神，便飞掠过了，再也找不到阿丁的影子，他早已飞到那一个粉红色的天空里去了。

我又飞了一会儿，突然看见阿丁又飞回来了，就在我旁边跟着，还作势要扑上来跟我交掌，这一急我叫了起来：“别乱闯，当心绳子缠住了大家一起掉下去！”

这一嚷阿丁闪了一下，又不见了，倒是吓出我一身汗来。

毕竟人是必须各自飞行的，交掌都不能够，彼此能看一眼已是一霎又已是千年了。

最是怕提笔，笔下一斟酌，什么大道理都有了伏笔，什么也都成了放在格子里的东西。

天女散花时从不将花撒成“寿”字形，她只是东一朵、西一朵地掷，凡尘便是落花如雨，如我，就拾到过无数朵呢。

飞鸿雪泥，不过留下的是一些爪印，而我，是不常在雪泥里休息的，我所飞过的天空并没有留下痕迹。

这一次给三三写东西，认真是太放松了自己，马三哥说随我怎么写，这是他怕我不肯写哄我的方法，结果我便真真成了一枝无心柳，插也不必插了，顺手沾了些清水向你们洒过几滴，接得接不着这些水露便不是我的事情了。

归

亲爱的双亲：

虽然旅行可以逃避一时，可是要来的仍是躲也躲不掉，回到加纳利群岛已有一星期了。

在马德里时曾打电话给你们，因为婆婆不放心我用电话，所以是在姐姐家打的。请你们付电话费实是没有办法，婆家人怕我不付钱，所以不肯我打，只有请台北付款他们较安心。

电话中与毛毛及素珍说了很久的话，虽然你们不在家，可是也是安慰的，毛毛说台北一切都好，我亦放心些了。

抵达此地已是夜间，甘蒂和她的丈夫孩子都在，另外邮局局长夫妇也来了，就如几个月前我们回台时同样的那群朋友在接我。

因是在夜里，甘蒂坚持将我的衣箱搬到她家，不肯我独自回去。虽说如此，看见隔墙月光下自己房顶的红瓦，还是哽咽不能言语，情绪激动胃也绞痛起来，邮局局长便拉了我去他们家弹电风琴给我听，在他们的大玻璃窗边仍是不断地张望我那久别了的白屋。又开了香槟欢迎我的归来，一举杯，眼泪便狂泻下来，这么一搞只得下楼去打乒乓球，朋友们已是尽情尽意地在帮助我度过这最艰难的一刻，不好再不合作。吵吵闹闹已是深夜，当晚便睡在他们家，白天回自己的房子总是光明些。

清晨，克里斯多巴还在睡，我留下条子便回家去了。虽说家中几个月没人居住已是灰天灰地，可是邻居知道我要回来，院子已扫过了，外面的玻璃也替我清洗了，要打扫的只是房子里面。

旅途中不断地有家书寄回去，瑞士、意大利、奥国及西班牙都有信寄出，不知你们是否已收到，挂念得很。

经过一个星期的打扫，家又变得清洁而美丽。院中的草也割了，树长大了，野鸟仍在屋檐下筑巢，去年种的香菜也长了一大丛，甘蒂他们周末来时总是进来采的。花也开了几朵，圣诞红是枯死了。

回来第二天邮局开车拖下来一个大布口袋的信件，因我实在搬不动，所以他们送到家中来，大半是这几个月积下来的，难得镇上的朋友那么照顾和帮忙。

拆信拆了一个下午，回信是不可能的，因为不可能，太多太多了。

这几日已去法院申报遗产分割之事，因荷西没有遗嘱，公婆法律上当得的部分并不是我们私下同意便成立，必须强迫去法院。法院说如果公婆放弃继承权，那么手续便快得多。事情已很清楚，便是这幢小房子也不再是我的，公婆再三叮咛要快快弄清，所以一来就开始申请文件，光是证明文件约要二十多张，尚得由西班牙南部公婆出生的地方开始办理，已托故乡的舅舅在申请。我个人的文件更是困难，因西属撒哈拉已不存在，文件证明不知要去哪里摸索。想到这些缓慢的公文旅行，真是不想活了。

答应姆妈三五月内回台是不可能的事情，如说完全将此地的一切都丢掉不管亦是太孩子气，只有一步一步地来熬吧。

电话也去申请了，说是两个月之后便给装。过了那么多年没有电话的日子，回想起来仍是非常幸福，现在为了一己的安全而被迫改变生活的形态是无奈而感伤，不过我仍然可以不告诉外人电话号码，只打出去不给人打进来。

这几天来一直在对神说话，请求他给我勇气和智慧，帮我度过这最艰难的时刻。我想智慧是最重要的，求得渴切的也是这个。

夜里常常惊醒，不知身在何处，等到想清楚是躲在黑暗里，完全孤独的一个人，而荷西是死了，明明是自己葬下他的，实在是死了，我的心便狂跳起来，跳得好似也将死去一般的慌乱。开灯坐起来看书，却又听见海潮与夜的声音，这么一来便是失眠到天亮无法再睡。

每天早晨大半是在法院、警察局、市政府、社会福利局和房地产登记处这种地方弄文件，下午两点左右回海边，傍晚总有朋友们来探望我，不然便是在院子里除草，等到体力消耗得差不多了，夜间方才睡下，只要半夜不惊醒，日子总是好过些的。午夜梦回不只是文人笔下的形容，那种感觉真是尝怕了又挽回不了任何事情。

此地朋友仍是嫌太多，从来没有刻意去交朋友，可是他们不分国籍地来探望我，说的话虽是情真意切，而我却没有什么感觉，触不到心的深处，反而觉得很累，只是人家老远地跑来也是一番爱心诚意，不能拒人千里之外，总是心存感激的。

旅途中，写的家信曾经一再地说，要离开此地另寻新的生活，可是回到了西班牙，一说西班牙话，我的想法又有了改变，太爱这个国家，也爱加纳利群岛。虽说中国是血脉，西班牙是爱情，而非洲，在过去的六年来已是我的根，又要去什么地方找新的生活呢？

这儿有我深爱的海洋，有荒野，有大风，撒哈拉就在对岸，荷西的坟在邻岛，小镇已是熟悉，大城五光十色，家里满满的书籍和盆景，虽是一个人，其实它仍是我的家。

台北是太好的地方，可是我的性情，热闹一时是可以应付下来，长久人来人往总是觉得身心皆疲，那么多的朋友亲人在台北疼我，不是宠坏了我吗？虽然知道自己是永远也宠不坏的，可是在台北那样的滚滚红尘里过日子总是太复杂了，目前最需要的还是恢复一个单纯而清朗的日子，荷西在过去六年来教给我的纯净是不该失去的。

爹爹，姆妈，我一时里不回到台北，对做父母的来说自是难过牵挂，其实人生的聚散本来在乎一念之间，不要说是活着分离，其实连死也不能隔绝彼此的爱，死只是进入另一层次的生命，如果这么想，聚散无常也是自然的现象，实在不需太过悲伤。

请相信上天的旨意，发生在这世界上的事情没有一样是出于偶然，终有一天这一切都会有一个解释。几个月来，思想得很多，对于生死之谜也大致有了答案，这一切都蕴藏着因果缘分，更何况，只要知道荷西在那个世界安好，我便坦然感恩，一样可以继续地爱他如同生前一样。

我们来到这个生命和躯体里必然是有使命的，越是艰难的事情便越当去超越它，命运并不是个荒谬的玩笑，虽然有一度确是那么想过。

偏偏喜欢再一度投入生命，看看生的韧力有多么的强大而深奥。当然，这一切的坚强不是出于我自己，而是上天赋予我们的能力，如果不好好地去善用它不是可惜了这一番美意。

姆妈的来信是前天收到的。姆妈，请你信任我，绝对不要以为我在受苦，个人的遭遇、命运的多舛都使我被迫成熟，这一切的代价都当是日后活下去的力量。再说，世上有那么多的苦难，我的这些挫折又算得了什么呢？至于心中的落落寡欢，那已是没有办法的创伤，也不去多想它了。

健康情形非常好，甘蒂他们周末总是来的，昨天在他们家吃饭，过几日甘蒂教书的那一班小学生要我去讲话，我想还是去上一课，有时甘蒂身体不适也讲好了由我去代课。

许多你们去年在此认识的朋友来看我，尼哥拉斯下月与凯蒂回瑞士去结婚。记不记得，就是我有一篇文章中写的，坐轮椅而太太生肝病去世的那个先生，他又要结婚了，约我同去参加婚礼，我才从瑞士回来实是不打算再去了。

还有许许多多朋友来看我，也讲不清楚，怎么有那么多人不怕烦地来，实是不明白。

现在再次展读姆妈的来信，使我又一度泪出。姆妈，我的牵挂是因为你们对我的牵挂而来，其实每一个孩子都有自己的福分，你们的四个孩子中看上去只有我一个好似孑然一身，举目无亲，可是只要我本身不觉得辛酸，便不需对我同情，当然在你们的心中不会是同样的想法，因为我是来自你们的骨肉，不疼惜我也办不到。

如说我的心从此已没有创伤和苦痛，那便是说谎了，可是这并不代表我失去了生活的能力和信心，而今孩子是站在自己的脚上。爹爹、姆妈，实在不知如何安慰你们，如果这样说仍是不能使你们安心，那么我变卖一切回台也是肯的，只是在台又要被人视为三毛，实在是很厌烦的事情。

说了那么多道理，笔下也呆笨起来了，还是不再写这些了。

前天中午因为去南部的高速公路建好了，临时一高兴便去跑了一百多公里，车子性能好，路面丝一样的平滑，远山在阳光下居然是蓝紫色的，驾驶盘稳稳地握在手里，那样快速地飞驰真是无与伦比的美好，心中酸甜苦辣什么滋味都掺在一起，真恨不得那样开到老死，虽是一个人，可是仍是好的。

也泡了咸蛋，不太会做，是此次在维也纳曼嫂教我的。这种东西吃起来最方便，只是不知要多久才能咸。

这个家照样有许多事做，仍然充满着过去的温馨和欢乐的回忆，荷西的感觉一日强大一日，想起他仍是幸福的。

我仍是个富足的人。

甘蒂有一条新狗，平日叫我喂它，周末他们来了才自己喂。甘蒂说，我吃剩的食物便给狗吃，狗那么大一条，当然是以它为主，平日煮了一大锅通心粉加碎肉，与狗一同吃。台北的山珍海味却是不想念，能吃饱已很满足了，再说一个人吃饭实在不是滋味。

海滩风很大，有海鸥在哀鸣，去了两次海边散步，没有见到一个邻居。海是那么的雄壮而美丽，对它，没有怨也没有恨，一样地爱之入骨。

附近的番茄田也收获了，篱笆拆掉了，青椒也收成了，田主让我们去采剩下的果实，只因我一个人吃不了，便没有去。往日总是跟荷西在田里一袋一袋地拾，做成番茄酱吃上半年也吃不完。洛丽，那个电信局送电报彼得的太太倒是给我送来一袋大青椒。这时候的黄昏大家都在田里玩。

你们认识的路易斯，去年在他们家喝茶的那个智利朋友，一直要我去看他的律师，叫我跟保险公司打官司。其实我是打定主意不去为这笔人寿保险争公理，虽然公司不赔偿是不合理的，可是为了这笔也不会富也不会穷的金钱一再地上法院实是不智，因为付出的精神代价必然比获得的金钱多太多，再说要我一再地述说荷西出事的经过仍是太残忍。让快乐的回忆留住，最最惊骇伤痛的应该不再去想它，钱固然是重要，可是这种钱尚要去争便不要也罢。

下月初乘机去拉芭玛岛，明知那儿只是荷西的躯体，他并不在那儿，可是不忍坟地荒芜，还是去整理一下才好安心。去了住拉蒙那位你们认识的医生家，约两三天便回来。

去年海中找到荷西尸体的男人没有留下地址，只知住在岛的北部。这事我一直耿耿于怀，此次去想去他的乡村打听，是要跪下谢他的。另外想打一条金链条给他，也是我的一点心意，这种恩情一生无法回报，希望能找到此人才好。

知道家人不喜写信却爱收信，十三年来家信没有断过，以后一样每周一封。爹爹，姆妈，你们忙，只要写几个字来给我看看便安心了，不必费时给我长信。

离此才几个月，洛丽在等第二个小孩的出生，三个朋友死了，尼哥拉斯下月再婚，孀居的甘蒂的弟妇也已再婚两个月了，达尼埃在瑞士断了腿，海蒂全家已回美国去，胖太太的房子卖了，另一对朋友分居，瑞典朋友梅尔已去非洲大陆长住，拉斯刚从泰国回来，琼却搬去了新加坡。世界真是美丽，变化无常，有欢喜有悲哀，有笑有泪，而我也是这其中的一个，这份投入有多么的好。

中国虽在千山万水之外，可是我们共的是同样的星辰和月亮，爹爹，姆妈，非洲实在并不远啊。

谢谢姐姐、宝宝、毛毛在父母身边，替我尽了一份子女的孝心，更谢谢弟妹春霞和素珍这样的好媳妇。想到我们一团和气的大家庭，仍是有些泪湿。多么地想念你们，还有那辆装得下全家大小快十五人的中型汽车，还有往淡水的路，全家深夜去碧潭划船的月夜……

可是我暂时是不回来了，留在这个荒美的海边必然有我的理由和依恋，安静的日子也是美丽的。等到有一天觉得不想再孤独了，便是离开吧。

等你们的来信。请全家人为我珍重，在我的心里，你们仍是我的泉源和力量啊。

祝

安康

女儿　Echo　上

一九八〇年六月三日

梦里梦外

迷航之一

我不很明白，为什么特别是在现在，在窗帘已经垂下，而门已紧紧闩好的深夜，会想再去记述一个已经逝去的梦。

也问过自己，此刻海潮回响，树枝拍窗，大风凄厉刮过天空，远处野狗嗥月，屋内钟声滴答。这些，又一些夜的声音应该是睡眠中的事情，而我，为什么却这样地清醒着在聆听，在等待着一些白日不会来的什么。

便是在这微寒的夜，我又披着那件老披肩，怔怔地坐在摇椅上，对着一盏孤灯出神。

便是又想起那个梦来了，而我醒着，醒在漆黑的夜里。

这不是唯一纠缠了我好多年的梦，可是我想写下来的，在今夜却只有这一个呢。

我仿佛又突然置身在那座空旷的大厦里，我一在那儿，惊惶的感觉便无可名状地淹了上来，没有什么东西要害我，可是那无边无际的惧怕，却是渗透到皮肤里，几乎彻骨。

我并不是一个人，四周围着我的是一群影子似的亲人，知道他们爱我，我却仍是说不出的不安，我感觉到他们，可是看不清谁是谁，其中没有荷西，因为没有他在的感觉。

好似不能与四周的人交谈，我们没有语言，我们只是彼此紧靠着，等着那最后的一刻。

我知道，是要送我走，我们在无名的恐惧里等着别离。

我抬头看，看见半空中悬空挂着一个扩音器，我看见它，便有另一个思想像密码似的传递过来——你要上路了。

我懂了，可是没有听见声音，一切都是完全安静的，这份死寂更使我惊惶。

没有人推我，我却被一股巨大的力量迫着向前走。

——前面是空的。

我怕极了，不能叫喊，步子停不下来，可是每一步踩都是空的！

我拼命向四周张望着，寻找绕着我的亲人。发觉他们却是如影子似的向后退，飘着在远离，慢慢地飘着。

那时我更张惶失措了，我一直在问着那巨大无比的“空”——我的箱子呢，我的机票呢，我的钱呢？要去什么地方，要去什么地方嘛！

亲人已经远了，他们的脸是平平的一片，没有五官，一片片白濛濛的脸。

有声音悄悄地对我说，不是声音，又是一阵密码似的思想传过来——走的只有你。

还是管不住自己的步伐，觉着冷，空气稀薄起来了，濛濛的浓雾也来了，我喊不出来，可是我是在无声地喊——不要！不要！

然后雾消失不见了，我突然面对着一个银灰色的通道，通道的尽头，是一个弧形的洞，总是弧形的。

我被吸了进去。

接着，我发觉自己孤零零地在一个火车站的门口，一眨眼，我已进去了，站在月台上，那儿挂着明显的阿拉伯字——六号。

那是一个欧洲式的老车站，完全陌生的。

四周有铁轨，隔着我的月台，又有月台，火车在进站，有人上车下车。

在我的身边，是三个穿着草绿色制服的兵，肩上缀着长长的小红牌子。其中有一个在抽烟，我一看他们，他们便停止了交谈，专注地望着我，彼此静静地对峙着。

又是觉着冷，没有行李，不知要去哪里，也不知置身何处。

视线里是个热闹的车站，可是总也听不见声音。

又是那股抑郁的力量压了上来，要我上车去，我非常怕，顺从地踏上了停着的列车，一点也不敢挣扎。

——时候到了，要送人走。

我又惊骇地从高处看见自己，挂在火车踏板的把手上，穿着一件白衣服，蓝长裤，头发乱飞着，好似在找什么人。我甚而与另一个自己对望着，看进了自己的眼睛里去。

接着我又跌回到躯体里，那时，火车也慢慢地开动了。

我看见一个红衣女子向我跑过来，她一直向我挥手，我看到了她，便突然叫了起来——救命！救命！

已是喊得声嘶力竭了，她却像是听不见似的，只是笑吟吟地站住了，一任火车将我载走。

“天啊！”我急得要哭了出来，仍是期望这个没有见过的女子能救我。

这时，她却清清楚楚地对我讲了一句中文。

她听不见我，我却清晰地听见了她，讲的是中文。整个情景中，只听见过她清脆的声音，明明是中文的，而我的日常生活中是不用中文的啊！

风吹得紧了，我飘浮起来，我紧紧地抱住车厢外的扶手，玻璃窗里望去，那三个兵指着我在笑。

他们脸上笑得那么厉害，可是又听不见声音。

接着我被快速地带进了一个幽暗的隧道，我还挂在车厢外飘着，我便醒了过来。

是的，我记得第一次这个噩梦来的时候，我尚在丹纳丽芙岛，醒来我躺在黑暗中，在彻骨的空虚及恐惧里汗出如雨。

以后这个梦便常常回来，它常来叫我去看那个弧形的银灰色的洞，常来逼我上火车，走的时候，总是同样的红衣女子在含笑挥手。

梦，不停地来纠缠着我，好似怕我忘了它一般地不放心。

去年，我在拉芭玛岛，这个梦来得更紧急，交杂着其他更凶恶的信息。

夜复一夜，我跌落在同样的梦里不得脱身。在同时，又有其他的碎片的梦挤了进来。

有一次，梦告诉我：要送我两副棺材。

我知道，要有大祸临头了。

然后，一个阳光普照的秋日，荷西突然一去不返。

我们死了，不是在梦中。

我的朋友，在夜这么黑，风如此紧的深夜，我为什么对你说起上面的事情来呢？

我但愿你永远也不知道，一颗心被剧烈的悲苦所蹂躏时是什么样的情形，也但愿天下人永远不要懂得，血雨似的泪水又是什么样的滋味。

我为什么又提起这些事情了呢，还是让我换一个题材，告诉你我的旅行吧。

是的，我结果是回到了我的故乡去，梦走了，我回台湾。

春天，我去了东南亚，香港，又绕回到台湾。

然后，有一天，时间到了，我在桃园机场，再度离开家人，开始另一段长长的旅程。

快要登机的时候，父亲不放心地又叮咛了我一句：确定自己带的现款没有超过规定吗？你的钱太杂了，又是马克，又是西币，又是美金和港纸。

我坐在亲人围绕的椅子上开始再数一遍我的钱，然后将它们卷成一卷，胡乱塞在裙子口袋里去。

就在那个时候，似曾相识的感觉突然如同潮水似的渗了上来，悄悄地带我回到了那个梦魇里去。有什么东西，细细凉凉地爬上了我的皮肤。

我开始怕了起来，不敢多看父母一眼，我很快地进了出境室，甚而没有回头。我怕看见亲人面貌模糊，因为我已被梦捉了过去，是真真实实地踏进梦里去了。梦里他们的脸没有五官。

我进去了，在里面的候机室里喝着柠檬茶，我又清醒了，什么也不再感觉。

然后长长的通道来了，然后别人都放了手。只有我一个人在大步地走着，只有我一个人，因为别人是不走的——只有你，只有你，只有你……

我的朋友，不要觉得奇怪，那只是一霎的感觉，一霎间梦与现实的联想而引起的回忆而已，哪有什么梦境成真的事情呢？

过了几天，我在香港上机，飞过昆明的上空，飞过千山万水，迎着朝阳，瑞士在等着我，正如我去时一样。

日内瓦是法语区，洛桑也是。

以往我总是走苏黎世那一站，同样的国家，因为它是德语区，在心理上便很不同了。

常常一个人旅行，这次却是不同，有人接，有人送，一直被照顾得周全。

我的女友熟练地开着车子，从机场载着我向洛桑的城内开去。

当洛桑火车站在黎明微寒的阳光下，出现在我眼前时，我却是迷惑得几乎连惊骇也不会了——这个地方我来过的，那个梦中的车站啊！

我怎么了，是不是死了？不然为什么这个车站跑了出来，我必是死了的吧！

我悄悄地环视着车中的人，女友谈笑风生，对着街景指指点点。

我又回头去看车站，它没有消失，仍是在那儿站着。

那么我不是做梦了，我摸摸椅垫，冷冷滑滑的，开着车窗，空气中有宁静的花香飘进来，这不是在梦中。

我几几乎忍不住想问问女友，是不是，是不是洛桑车站的六号月台由大门进去，下楼梯，左转经过通道，再左转上楼梯，便是那儿？是不是入口处正面有一个小小的书报摊？是不是月台上挂着阿拉伯字？是不是卖票的窗口在右边，询问台在左边？还有一个换钱币的地方也在那儿，是不是？

我结果什么也没有说，到了洛桑郊外女友的家里，我很快地去躺了下来。

这样的故事，在长途旅行后跟人讲出来，别人一定当我是太累了，快累病了的人才会有的想象吧。

几天后，我去了意大利。

当我从翡冷翠又回到瑞士洛桑的女友家时，仍是难忘那个车站的事情。

女友告诉我，我们要去车站接几个朋友时，我迟疑了一下，仍是很矛盾地跟去了。

我要印证一些事情，在我印证之前，其实已很了然了。因为那不是似曾相识的感觉，那个车站，虽然今生第一次醒着进去，可是梦中所见，都得了解释，是它，不会再有第二个可能了，我真的去了，看了，也完全确定了这件事。

我的朋友，为什么我说着说着又回到了梦里去呢？你知道我下一站是维也纳，我坐飞机去奥国，行程里没有坐火车的安排，那么你为什么害怕了呢？你是怕我真的坐上那节火车吧！没有，我的计划里没有火车呢。

在瑞士法语区，除了我的女友一家之外，我没有相识的人，可是在德语区，却有好几家朋友已有多年的交往了。

对于别的人，我并不想念，住在哀庭根的拉赫一家却是如同我的亲人似的。既然已在瑞士了，总忍不住想与她通一次电话。

电话接通了。歌妮，拉赫十九岁的女儿听说是我，便尖叫了起来：“快来，妈妈，是Echo，真的，在洛桑。”

拉赫抢过话筒来，不知又对谁在唤：

“是Echo，回来了，你去听分机。”

“一定要来住，不让你走的，我去接你。”拉赫在电话中急促地说。

“下一站是去维也纳哥哥处呢！不来了，电话里讲讲就好啰！”我慢慢地说。

“不行！不看见你不放心，要来。”她坚持着。

我在这边沉默不语。

“你说，什么时候来，这星期六好吗？”

“真的只想讲讲电话，不见面比较好。”

“达尼埃也在这儿，叫他跟你讲。”

我并不知道达尼埃也在拉赫家，他是我们加纳利群岛上邻居的孩子，回瑞士来念书已有两年了。他现在是歌妮的男朋友。

“喂！小姐姐吔——”

一句慢吞吞的西班牙文传过来，我的胃马上闪电似的绞痛起来了。

“达尼埃——”我几乎哽咽不能言语。

“来嘛！”他轻轻地说。

“好！”

“不要哭，Echo，我们去接你，答应了？”

“答应了。”

“德莱沙现在住洛桑，要不要她的电话，你们见见面。”又问我。

“不要，不想见太多人。”

“大家都想你，你来，乌苏拉和米克尔我去通知，还有希伯尔，都来这儿等你。”

“不要！真的，达尼埃，体恤我一点，不想见人，不想说话，拜托你！”

"星期六来好不好？再来电话，听清楚了，我们来接。"

"好！再见！"

"喂！"

"什么？"

"安德列阿说，先在电话里拥抱你，欢迎你回来。"

"好，我也一样，跟他说，还有奥托。"

"不能赖哦！一定来的哦！"

"好，再见！"

挂断了电话，告诉女友一家，我要去哀庭根住几日。

"你堂哥不是在维也纳等吗？要不要打电话通知改期？"女友细心地问。

"哥哥根本不知道我要去，台北时太忙太乱了，没有写信呢！"

想想也是很荒唐，也只有我做得出这样的事情。准备自己到了维也纳才拉了箱子去哥哥家按铃呢！十三年未见面，去了也不早安排。

"怎么去哀庭根？"女友问。

"他们开车来接。"

"一来一回要六小时呢，天气又不太好。"

"他们自己要来嘛！"我说。

女友沉吟了一下：

"坐火车去好啰！到巴塞尔，他们去那边接只要十五分钟。"

"火车吗？"我慢吞吞地答了一句。

"每个钟头都有的，好方便，省得麻烦人家开车。"女友又利落地说。

"他们要开车来呢！说——好几年没来洛桑了，也算一趟远足。”

——我不要火车。

“火车又快又舒服，去坐嘛！”又是愉快地在劝我。

“也好！”迟迟疑疑地才答了一句。

要别人远路开车来接，亦是不通人情的，拉赫那边是体恤我，我也当体恤她才是。再说，那几天总又下着毛毛小雨。

“这么样好了，我星期六坐火车去，上了车你便打电话过去那边，叫他们去巴塞尔等我，跟歌妮讲，她懂法文。”我说。

——可是我实在不要去上火车，我怕那个梦的重演。

要离开洛桑那日的早晨，我先起床，捧着一杯热茶，把脸对着杯口，让热气雾腾腾地漫在脸上。

女友下楼来，又像对我说，又似自言自语：“你！今天就穿这身红的。”

我突然想起我的梦来，怔怔地望着她出神。

午间四点那班车实在有些匆促，女友替我寄箱子，对我喊着：“快！你先去，六号月台。”

我知道是那里，我知道怎么去，这不过是另外一次上车，重复过太多次的事情了。

我冲上车，丢下小手提袋，又跑到火车踏板边去，这时我的女友也朝我飞奔而来了。

“你的行李票！”她一面跑一面递上票来。这时，火车已缓缓地开动了。

我挂在车厢外，定定地望着那袭灰色车站中鲜明的红衣——梦中的人，原来是她。

风来了，速度来了，梦也来了。

女友跟着车子跑了几步，然后站定了，在那儿挥手又挥手。

这时，她突然笑吟吟地喊了一句话："再见了！要乖乖的呀！"

我就是在等她这句话，一旦她说了出来，仍是惊悸。

心里一阵哀愁漫了出来，喉间什么东西升上来卡住了。

难道人间一切悲欢离合，生死兴衰，在冥冥中早已有了定数吗？

这是我的旅程中最后一次听中文，以后大概不会再说什么中文了。

我的朋友，你看见我一步一步走入自己的梦中去，你能相信这一切都是真实的吗？这不过又是一次心灵与心灵的投契和感应，才令我的女友说出梦中对我的叮咛来。事实上这只是巧合罢了，与那个去年大西洋小岛上的梦又有什么真的关连呢？

车厢内很安静，我选的位子靠在右边单人座，过道左边坐着一对夫妇模样的中年人，后面几排有一个穿风衣的男人闭着眼睛在养神。便再没有什么人了。

查票员来了，我顺口问他："请问去巴塞尔要多久？"

"两小时三十三分。"他用法语回答我。

"我不说法语呢！"我说的却是一句法语。

"两小时三十三分。"他仍然固执地再重复了一遍法语。

我拿出唯一带着的一本中文书来看。火车飞驰，什么都被抛在身后了。

山河岁月，绵绵地来，匆匆地去。什么？什么人在赶路？不会是我。我的路，在去年的梦里，已被指定是这一条了，我只是顺着路在带着我远去罢了。

列车停了一站又一站，左边那对夫妇什么时候已经不见了。

有人上车，有人下车，好似只有我，是驶向终站唯一的乘客。

身后有几个人走过来，大声地说笑着，他们经过我的身边，突然不笑了，只是盯住我看。

梦幻中的三个兵，正目光灼灼地看着我，草绿色的制服，肩上缀着小红牌子。

看我眼熟吗？其实我们早已见过面了。

我对他们微微地笑了一笑，不怀好意地笑着。心里却浮上了一种奇异虚空的感觉来。

窗外流过一片陌生的风景，这里是蜂蜜、牛奶、巧克力糖、花朵还有湖水的故乡。大地挣扎的景象在这儿是看不见的，我反倒觉得陌生起来。

难道在我的一生里，熟悉过怎么样的风景吗？没有，其实什么也没有熟悉过，因为在这劳劳尘梦里，一向行色匆匆。

我怔怔地望着窗外，一任铁轨将我带到天边。

洛桑是一个重要的起站，从那儿开始，我已是完完全全的一个人了，茫茫天涯路，便是永远一个人了。

我是那么的疲倦，但愿永远睡下去不再醒来。

车厢内又是空寂无人了，我贴在玻璃窗上看雨丝，眼睛睁得大大的，不能休息。

好似有什么人又在向我传递着梦中的密码，有思想叹息似的传进我的心里，有什么人在对我悄悄耳语，那么细微，那么缓慢地在对我说——苦海无边……

我听得那么真切，再要听，已没有声息了。

“知道了！”

我也在心里轻轻地回答着，那么小心翼翼地私语着，好像在交换着一个不是属于这个尘世的秘密。

懂了，真的懂了。

这一明白过来，结在心中的冰天雪地顿时化做漫天杏花烟雨，寂寂、静静、茫茫地落了下来。

然而，春寒依旧料峭啊！

我的泪，什么时候竟悄悄地流了满脸。

懂了，也醒了。

醒来，我正坐在梦中的火车上，那节早已踏上了的火车。

不飞的天使

迷航之二

往巴塞尔的旅程好似永远没有尽头。火车每停一个小站，我从恍惚的睡梦中惊醒，站上挂着的总是一个陌生的名字。

藏身在这飞驰的巨兽里使我觉得舒适而安全，但愿我的旅程在这单调的节奏里永远晃过去直到老死。

对于去拉赫家做客的事情实在是很后悔的，这使我非常不快乐。要是他们家是一座有着树林围绕的古堡，每天晚餐时彼此才见一次面，那么我的情况将会舒坦得多了。

与人相处无论怎么感情好，如果不是家人的亲属关系，总是使我有些紧张而不自在。

窗外一片朦胧，雨丝横横地流散着。我呵着白气，在玻璃上画着各样的图画玩。

车子又停了一个小镇，我几乎想站起来，从那儿下车，淋着寒冷的雨走出那个地方，然后什么也不计划，直走到自己消失。

火车一站又一站地穿过原野，春天的绿，在细雨中竟也显得如此寂寞。其实还不太晚，还有希望在下一次停车的时候走出去，还来得及丢掉自己，在这个陌生的国度里做一个永远逃亡的士兵。

然而，我什么也没有做，更别说下车了，这只是一霎间的想法罢了。

我又闭上眼睛，第一次因为心境的凄苦觉得孤单。

当火车驶入巴塞尔车站时，一阵袭上来的抑郁和沮丧几乎使我不能举步，那边月台上三个正在张望的身影却开始狂喊着我的名字，没命地挥着手向我这节车厢奔来。

对的，那是我的朋友们在唤我，那是我的名字，我在人世的记号。他们叫魂似的拉我回来又是为了什么？

我叹一口气，拿起自己的小提包，这便也含笑往他们迎上去。

“哎呀，Echo！”歌妮抢先扑了上来。

我微笑地接过她，倦倦地笑。

在歌妮身后，她的男朋友，我们在加纳利群岛邻居的孩子达尼埃也撑着拐杖一步一跳地赶了上来。

我揉揉达尼埃的那一头乱发慢慢地说：“又长高了，都比我高一个头了。”

说完我踮起脚来在他面颊上亲了一下。

这个男孩定定地看着我，突然眼眶一红，把拐杖往歌妮身上一推，双手紧紧环住我，什么也不说，竟是大滴大滴地流下泪来。

“不要哭！”我抱住达尼埃，又亲了他一下。

“歌妮！你来扶他。”我将达尼埃交给在一边用手帕蒙住眼睛的小姑娘。

这时我自己也有些泪湿，匆匆走向歌妮的哥哥安德列阿，他举过一只手来绕住我的肩，低头亲吻我。

“累不累？”轻轻地问。

“累！”我也不看他，只是拿手擦眼睛。

“你怎么也白白的了？”我敲敲他的左手石膏。

“断了！最后一次滑雪弄的，肋骨也缠上了呢！”

“你们约好的呀！达尼埃伤腿你就断手？”

我们四个人都紧张，都想掩饰埋藏在心底深处的惊骇和疼痛，而时间才过去不久，我们没法装做习惯。在我们中间，那个亲爱的人已经死了。

“走吧！”我打破了沉默笑着喊起来。

我的步子一向跨得大，达尼埃跟歌妮落在后面了，只安德列阿拉提着我的小行李袋跟在我旁边。

下楼梯时，达尼埃发狠猛跳了几步，拿起拐杖来敲我的头：“走慢点，喂！”

“死小孩！”我回过头去改用西班牙文骂起他来。

这句话脱口而出，往日情怀好似出闸的河水般淹没了我们，气氛马上不再僵硬了，达尼埃又用手杖去打安德列阿的痛手，大家开始神经质地乱笑，推来挤去，一时里不知为什么那么开心，于是我们发了狂，在人群里没命地追逐奔跑起来。

我一直冲到安德列阿的小乌龟车旁才住了脚，趴在车盖上喘气。

“咦！你们怎么来的？”我压着胸口仍是笑个不停。

歌妮不开车，达尼埃还差一年拿执照，安德列阿只有一只手。

“你别管，上车好啰！”

“喂！让我来开！让我来开嘛！”我披头散发地吵，推开安德列阿，硬要挤进驾驶座去。

“你又不识路。”

“识的！识的！我要开嘛！”

安德列阿将我用力往后座一推，我再要跟他去抢他已经坐在前面了。

“去莱茵河，不要先回家，拜托啦！”我说。

安德列阿后视镜里看我一眼，当真把方向盘用力一扭，单手开车的。

“不行！妈妈在等呀！”歌妮叫了起来。

“去嘛！去嘛！我要看莱茵河！”

“又不是没看过，等几天再去好啰！”达尼埃说。

“可是我没有什么等几天了，我会死掉的！”我又喊着。

“别发疯啦！胡说八道的。”达尼埃在前座说。

我拿袖子捂住眼睛，仰在车垫上假装睡觉，一手将梳子递给歌妮：“替我梳头，拜托！”

我觉着歌妮打散了我已经毛开了的粗辫子，细细地在刷我的头发。

有一年，达尼埃的母亲在加纳利群岛死了，我们都在他家里帮忙照顾他坐轮椅的父亲。

拉赫全家过几日也去了群岛，我也是躺在沙发上，歌妮在一旁一遍又一遍地替我梳头，一面压低了声音讲话。那时候她才几岁？十六岁？

“有一件事情——”我呻吟了一声。

“什么？”

“我们忘了去提我的大箱子了！”说完我咯咯地笑起来。

“怎么不早讲嘛！”安德列阿喊了起来。

“管它呢！”我说。

“你先穿我的衣服好啰！明天再去领。”歌妮说。

“丢掉好啦！”我愉快地说。

“丢掉？丢掉？”达尼埃不以为然地叫起来。

“什么了不起，什么东西跟你一辈子哦！”说完我又笑了起来。

哀庭根到了，车子穿过如画的小镇。一座座爬满了鲜花的房子极有风味地扑进眼里。欧洲虽然有些沉闷，可是不能否认的它仍有感人古老的光辉。

我们穿过小镇又往郊外开去。夕阳晚风里，一幢瑞士小木屋美梦似的透着黄黄的灯光迎接我们回家。楼下厨房的窗口，一幅红白小方格的窗帘正在飘上飘下。

这哪里只是一幢普通人家的房子呢！这是天使住的地方吧！它散发着的宁静和温馨使我如此似曾相识，我自己的家，也是这样的气氛呢！

我慢慢地下了车，站在那棵老苹果树下，又是迟疑，不愿举步。

拉赫，我亲爱的朋友，正扶着外楼梯轻快地赶了过来。

“拉赫！”我拨开重重的暮色向她跑去。

“哦！Echo！我真快乐！”拉赫紧紧地抱住我，她的身上有闲闲的花香。

“拉赫！我很累！我全身什么地方都累。”

说着我突然哭了起来。

这一路旅行从来没有在人面前流泪的，为什么在拉赫的手臂里突然真情流露，为什么在她的凝视下使我泪如泉涌？

“好了！好了！回来就好！看见你就放心了，谢谢上天！”

“行李忘在车站了！”我用袖子擦脸，拉赫连忙把自己抹泪的手帕递给我。

“行李忘了什么要紧！来！进来！来把过去几个月在中国的生活细细地讲给我听！”

我永远也不能抗拒拉赫那副慈爱又善良的神气，她看着我的表情是那么了解又那么悲恸，她清洁朴实的衣着，柔和的语气，都是安定我的力量，在她的脸上，一种天使般的光辉静静地光照着我。

“我原是不要来的！”我说。

“不是来，你是回家了！如果去年不是你去了中国，我们也是赶着要去接你回来同住的。”

拉赫拉着我进屋，拍松了沙发上的大靠垫，要我躺下，又给我开了一盏落地灯，然后她去厨房弄茶了。

我置身在这么温馨的家庭气氛里，四周散落有致地堆着一大沓舒适的暗花椅垫，古老的木家具散发着清洁而又殷实的气息，雪亮的玻璃窗垂挂着白色荷叶边的纱帘，绿色的盆景错落地吊着，餐桌早已放好了，低低的灯光下，一盘素雅的野花夹着未点的蜡烛等我们上桌。靠近我的书架上放着几个相框，其中有一张是荷西与我的合影，衬着获伊笛火山的落日，两个人站在那么高的岩石上好似要乘风飞去。

我伸手去摸摸那张两年前的照片，发觉安德列阿正在转角的橡木楼梯边托着下巴望着我。

“小姐姐，我的客房给你睡。”达尼埃早先是住在西班牙的瑞士孩子，跟我讲话便是德文和西文夹着来的。

“你在这里住多久？”我喊过去。

“住到腿好！你呢？”他又叫过来，是在楼梯边的客房里。

“我马上就走的呢！”

“不可以马上走的，刚刚来怎么就计划走呢！”

拉赫搬着托盘进来说，她叹了口气，在我对面坐下来沏茶，有些怔怔地凝望着我。

自己也弄不清楚到底是这家人孩子的朋友还是父母的朋友，我的情感对两代都那么真诚而自然，虽然表面上看去我们很不相同，其实在内心的某些特质上我们实是十分相近的。

虽是春寒料峭，可是通阳台的落地窗在夜里却是敞开的，冷得很舒服。歌妮在二楼的木阳台上放音乐。

“爸爸回来了！”歌妮喊起来。

本是脱了靴子躺在沙发上的，听说奥托回来了，便穿着毛袜子往门外走去。

夜色浓了，只听见我一个人的声音在树与树之间穿梭着：“奥帝，我来了！是我呀！”

我从不唤他奥托，我是顺着拉赫的唤法叫他奥帝的。

奥帝匆匆忙忙穿过庭园，黑暗中的步子是那么稳又那么重，他的西装拿在手里，领带已经解松了。

我开了门灯，跑下石阶，投入那个已过中年而依旧风采迷人的奥帝手臂里去，他棕色的胡子给人这样安全的欢愉。

“回来了就好！回来了就好！”奥帝只重复这一句话，好似我一向是住在他家里的一样。

拉赫是贤慧而从容的好主妇，美丽的餐桌在她魔术的手法下，这么丰丰富富地变出来。外面又开始下着小雨，夜却是如此的温暖亲切。

“唉！”奥帝满足地叹了口气，擦擦两手，在灯下对我微笑。

“好！ Echo 来了，达尼埃也在，我们总算齐了。”他举起酒杯来与我轻轻碰杯。

拉赫有些心不在焉，怔怔地只是望着我出神。

“来！替你切肉。”我拿过与我并肩坐着的安德列阿的盘子来。

“你就服侍他一个人。”达尼埃在对面说。

“他没有手拿刀子，你有拐杖走路呢！”

达尼埃仍是羡慕地摇摇他那一头鬈毛狗似的乱发。

我们开始吃冰淇淋的时候，安德列阿推开椅子站了起来。

“我去城里跳舞。”他说。

我们停住等他走，他竟也不走，站在那儿等什么似的。灯光下看他，实在是一个健康俊美的好孩子。

“你怎么不走？”歌妮问他，又笑了起来。

“有谁要一起去？”他有些窘迫地说，在他这个年纪这样开口请人已很难得了。

“我们不去，要说话呢！”我笑着说。

“那我一个人去啦！”他粗声粗气地说，又看了我一眼，重重地拉上门走了。

我压低声音问拉赫：“安德列阿几岁了？”

“大啰！今年开始做事了。”

“不搬出去？像一般年轻人的风气？”

“不肯走呢！”拉赫笑着说。

如果我是这家的孩子，除非去外国，大概也是舍不得离开的吧！

“以前看他们都是小孩子，你看现在歌妮和达尼埃——”我笑着对拉赫说，那两个孩子你一口我一口地在分冰淇淋呢！

“再过五年我跟歌妮结婚。”达尼埃大声说。

“你快快出来赚钱才好，歌妮已经比你快了！”我说。

“孩子们长得快！”拉赫有些感喟，若有所思地凝望着这一对孩子。

“怎么样？生个火吧？”奥帝问我们。

其实这个家里是装了暖气的，可是大家仍是要个老壁炉，我住在四季如春的加纳利群岛，对这种设备最是欢喜。

对着炉火，我躺在地上，拉赫坐在摇椅里织着毛线，奥帝伸手来拍拍我，我知道他要讲大道理了，一下子不自在起来。

“Echo，过去的已经过去了，不好再痛苦下去。”

被他这么碰到了痛处，我的眼泪夺眶而出，拿起垫子来压住脸。

“加纳利群岛不该再住了，倒是想问问你，想不想来瑞士？”

“不想。”

“你还年轻，那个海边触景伤情，一辈子不可以就此埋下去，要有勇气追求新的生活——”

“明天就走，去维也纳。”我轻轻地说。

“箱子还在车站，明天走得了吗？”

“火车站领出来就去飞机场。”

“票划了没有？”

我摇摇头。

“不要急，今天先睡觉，休息几天再计划好了。”拉赫说。

“希伯尔还要来看你呢！”达尼埃赶快说。

“谁叫你告诉他的？”我叹了口气。

“我什么？乌苏拉、米克尔、凯蒂和阿尔玛他们全都没说呢！”达尼埃冤枉地叫了起来。

“谁也不想见，我死了！”我拿垫子又蒙住脸。

“Echo，要是你知道，去年这儿多少朋友为你们痛哭，你就不会躲着不肯见他们了。”拉赫说着便又拿手帕擦眼角。

“拉赫，我这里死了，这里，你看不见吗？”我敲敲胸口又叹了口气，眼泪不干地流个不停。

“要不要喝杯酒？嗯！陪奥帝喝一杯白兰地。”奥帝慈爱地对我举举杯子。

“不了！我去洗碗！”我站起来往厨房走去。

这是一个愉快又清洁的卧房，达尼埃去客厅架了另外一个小床，别人都上楼去了。

我穿着睡袍，趴在卧室的大窗口，月光静静地照着后院的小树林，枝椏细细地映着朦朦的月亮，远天几颗寒星，夜是那么的寂静，一股幽香不知什么风将它吹了进来。

我躺在雪白的床单和软软的鸭绒被里，仿佛在一个照着月光的愁人的海上飘进了梦的世界。

“小姐姐！”有人推开房门轻轻地喊我。

“谁？”

“达尼埃！已经早晨九点了。”

我不理他，翻过身去再睡。

“起来嘛！我们带你去法国。”

我用枕头蒙住了头，仍是不肯动。如果可以一直如此沉睡下去又有多好，带我回到昨夜的梦里不要再回来吧！

我闭着眼睛，好似又听见有人在轻唤我，在全世界都已酣睡的夜里，有人温柔地对我低语：“不要哭，我的，我的——撒哈拉之心。”

世上只有过这么一个亲人，曾经这样捧住我的脸，看进我的眼睛，叹息似的一遍又一遍这样轻唤过我，那是我们的秘密，我们的私语，那是我在世上唯一的名字——撒哈拉之心。

那么是他来过了？是他来了？夜半无人的时候，他来看我？在梦与梦的夹缝里，我们仍然相依为命，我们依旧悄悄地通着信息。

——不要哭，我的心。

我没有哭，我很欢喜，因为你又来了。

我只是在静静地等待，等到天起凉风，日影飞去的时候，你答应过，你将转回来，带我同去。

拉赫趴在窗台上看了我好一会儿我都不觉得。

“做什么低低地垂着头？不睡了便起来吧！”她甜蜜的声音清脆地吹了过来。

我望着她微笑，伸着懒腰，窗外正是风和日丽明媚如洗的五月早晨。

我们去火车站领出了行李便往飞机场开去。

“现在只是去划票，你是不快走的啰！”歌妮不放心地说。

“等我手好了带你去骑摩托车。”安德列阿说。

“就为了坐车，等到你骨头结起来呀！”我惊叹地笑起来。

“这次不许很快走。”达尼埃也不放心了。

在机场瑞航的柜台上，我支开了三个孩子去买明信片，划定了第二天直飞维也纳的班机。

那时我突然想起三岁时候看过的一部电影——《一江春水向东流》，片中的母亲叫孩子去买大饼，孩子回来母亲已经跳江了。

为什么会有如此的联想呢？

我收起机票对迎面走来的安德列阿他们笑。

“喂喂！我们去法国吧！”我喊。

“车顶上的大箱子怎么办？过关查起来就讨厌了。”安德列阿说。

“要查就送给海关好啰！”我说。

“又来了！又要丢箱子了，那么高兴？”达尼埃笑了起来。

“放在瑞士海关这边嘛！回来时再拿。”我说。

“哪有这样的？”歌妮说。

“我去说，我说就行，你赌不赌？”我笑说。

“那么有把握？”

“不行就给他查嘛！我是要强迫他们寄放的。”

于是我们又挤上车，直往法国边界开去。

那天晚上，等我与维也纳堂哥通完电话才说次日要走了。

“那么匆忙？”拉赫一愣。

“早也是走，晚也是走，又不能真住一辈子。”我坐在地板上，仰起头来看看她。

“还是太快了，你一个人回去过得下来吗？”奥帝问。

“我喜欢在自己家里。”

“以后生活靠什么？”奥帝沉吟了一下。

“靠自己，靠写字。”我笑着说。

“去旅行社里工作好啦！收入一定比较稳当。”歌妮说。

“写字已经是不得已了，坐办公室更不是我的性情，情愿吃少一点，不要赚更多钱了！”我喊起来。

“为什么不来瑞士又不回台湾去？”达尼埃问着。

“世界上，我只认识一个安静的地方，就是我海边的家，还要什么呢？我只想安静简单地过完我的下半辈子。”

火光照着每一张沉默的脸，我丢下拨火钳，拍拍裙子，笑问着这一家人：“谁跟我去莱茵河夜游？”

炉火虽美，可是我对于前途、将来，这些空泛的谈话实在没有兴趣，再说，谈又谈得出什么来呢，徒然累人累己。不如去听听莱茵河的呜咽倒是清爽些。

第二天清晨，我醒来，发觉又是新的旅程放在前面，心里无由地有些悲苦，就要看到十三年没有见面的二堂哥了，作曲教钢琴的哥哥，还有也是学音乐的曼嫂，还有只见过照片的小侄儿，去维也纳的事便这样地有了一些安慰。在自己哥哥的家里，不必早起，我要整整地大睡一星期，这么一想，可以长长地睡眠在梦中，便又有些欢喜起来。

虽然下午便要离开瑞士，我一样陪着拉赫去买菜，一样去银行，去邮局，好似一般平常生活的样子，做游客是很辛苦的事情，去了半日法国弄得快累死了。

跟拉赫提了菜篮回来，发觉一辆红色的法国“雪铁龙”厂出的不带水小铁皮平民车停在门口。

这种车子往往是我喜欢的典型的人坐在里面，例如《娃娃看天下》那本漫画书里玛法达的爸爸便有这样一辆同样的车。它是极有性格的，车上的人不是学生就是那种和气的好人。

“我想这是谁的车，当然应该是你的嘛！希伯尔！”

我笑着往一个留胡子的瘦家伙跑过去，我的好朋友希伯尔正与达尼埃坐在花园里呢！

“怎么样？好吗？”我与他重重地握握手。

“好！”他简短地说，又上去与拉赫握握手。

“两年没见了吧！谢谢你送给荷西的那把刀，还有我的老盆子，也没写信谢你！”我拉了椅子坐下来。

希伯尔的父母亲退休之后总有半年住在加纳利群岛我们那个海边。跟希伯尔我们是掏垃圾认识的，家中那扇雕花的大木门就是他住在那儿度假时翻出来送我们的。

这个朋友以前在教小学，有一天他强迫小孩子在写数学，看看那些可怜的小家伙，只是闷着头在那教室里演算，一个个屈服得如同绵羊一般，这一惊痛，他改了行，做起旧货买卖来，再也没有回去教书。别人说他是逃兵，我倒觉得只要他没有危害社会，也是一份正当而自由的选择和兴趣。

“Echo，我在报上看见你的照片。”希伯尔说。

“什么时候？”我问。

“一个月以前，你在东南亚，我的邻近住着一个新加坡来的学生，他知道你，拿了你的剪报给我看，问我是不是。”

达尼埃抢着接下去说：“希伯尔就打电话来给拉赫，拉赫看了剪报又生气又心痛，对着你的照片说——回来！回来！不要再撑了。”

“其实也没撑——”说着我突然流泪了。

“嘿嘿！说起来还哭呢！你喜欢给人照片里那么挤？”达尼埃问。

我一甩头，跑进屋子里去。

过了一会儿，拉赫又在喊我：“Echo，出来啊！你在做什么？”

“在洗头，烫衣服，擦靴子呢！”我在地下室里应着。

“吃中饭啦！”

我包着湿湿的头发出来，希伯尔却要走了。

“谢谢你来看我。”我陪他往车子走去。

“Echo，要不要什么旧货，去我那儿挑一样年代久的带走？”

“不要，真的，我现在什么都不要了。”

“好——祝你……”他微笑地扶着我的两肩。

“祝我健康，愉快。”我说。

“对，这就是我想说的。”希伯尔点点头，突然有些伤感。

“再见！”我与他握握手，他轻轻摸了一下我的脸，无限温柔地再看我一眼，然后一言不发地转身走了。

就算是一个这样的朋友，别离还是怅然。

下午三点多钟，歌妮和奥帝已在机场等我们了。

我们坐在机场的咖啡室里。

“多吃一点，这块你吃！”拉赫把她动也没动的蛋糕推给我。

“等一下我进去了你们就走，不要去看台叫我好不好？”我匆匆咽着蛋糕。

“我们去看，不喊你。”

“看也不许看，免得我回头。”

“好好照顾自己，不好就马上回来，知道吗？”拉赫又理理我的头发。

“这个别针是祖母的，你带去啰！”拉赫从衣领上拿下一个花别针来。

“留给歌妮，这种纪念性的东西。”

“你也是我们家的一分子，带去好了！”拉赫又说。

我细心地把这老别针放在皮包里，也不再说什么了。

“听见了！不好就回来！”奥帝又叮咛。

“不会有什么不好了，你们放心！”我笑着说。

“安德列阿，你的骨头快快结好，下次我来就去骑摩托车了。”我友爱地摸摸安德列阿的石膏手，他沉默着苦笑。

“七月十三号加纳利群岛等你。”我对达尼埃说。

“一起去潜水，我教你。”他说。

“对——”我慢慢地说。

扩音器突然响了，才播出班机号码我就弹了起来，心跳渐渐加快了。

“Echo，Echo——”歌妮拉住我，眼睛一红。

“怎么这样呢！来！陪我走到出境室。”我挽住歌妮走，又亲亲她的脸。

“奥帝！拉赫！谢谢你们！”我紧紧地抱着这一对夫妇不放。

安德列阿与达尼埃也上来拥别。

“很快就回来哦！下次来长住了！”拉赫说。

“好！一定的。”我笑着。

“再见！”

我站定了，再深深地将这些亲爱的脸孔在我心里印过一遍，然后我走进出境室，再也没有回头。

似曾相识燕归来

迷航之三

维也纳飞马德里的班机在巴塞隆纳的机场停了下来。

由此已是进入西班牙的国境了。

离开我的第二祖国不过几个月，乍听乡音恍如隔世，千山万水地奔回来，却已是无家可归。好一场不见痕迹的沧桑啊！繁忙的机场人来人往，每一个人都有自己的归程，而我，是不急着走的了。

“这么重的箱子，里面装了些什么东西呀？”

海关人员那么亲切地笑迎着。

“头发卷。”我说。

“好，头发卷去马德里，你可以登机了。”

“请别转我的箱子，我不走的。”

“可是你是来这里验关的，才飞了一半呢！”

旁边一个航空公司的职员大吃一惊，他正在发国内航线的登机证。

“临时改了主意，箱子要寄关了，我去换票……”

马德里是不去的好，能赖几天也是几天，那儿没有真正盼着我的人。

中途下机不会吓着谁，除了自己之外。

终于，我丢掉了那沉沉的行李，双手空空地走出了黄昏的机场。

没有做什么不好的事情，心里却夹着那么巨大的惊惶。自由了！我自由吗？为什么完全自由的感觉使人乍然失重。

一辆计程车停在面前，我跨了进去。

“去梦特里，请你！”

“你可别说，坐飞机就是专程来逛游乐园的吧？”司机唬的一下转过身来问我。

哪里晓得来巴塞隆纳为的是什么，原先的行程里并没有这一站。我不过是逃下来了而已。

我坐在游乐场的条凳上，旋转木马在眼前一圈又一圈地晃过。一个金发小男孩神情严肃地抱着一匹发亮的黑马盯住我出神。

偶尔有不认识的人，在飘着节日气氛的音乐里探我：“一个人来的？要不要一起去逛？”

“不是一个人呢！”我说。

“可是你是一个人嘛！”

“我先生结伴来的。”我又说。

黄昏尽了，豪华的黑夜漫住五光十色的世界。

此时的游乐场里，红男绿女，挤挤攘攘，华灯初上，一片歌舞升平。

半山上彩色缤纷。说不尽的太平盛世，看不及的繁华夜景，还有那些大声播放着的，听不完的一条又一条啊浪漫的歌！

我置身在这样欢乐的夜里，心中突然涨满了无由的幸福。遗忘吧！将我的心从不肯释放的悲苦里逃出来一次吧！哪怕是几分钟也好。

快乐是那么的陌生而遥远，快乐是禁地，生死之后，找不到进去的钥匙。

在高高的云天吊车上，我啃着一大团粉红色的棉花糖，吹着令人瑟瑟发抖的冷风，手指绕着一只欲飞的黄气球，身边的位子没有坐着什么人。

不知为何我便这样的快乐，疯狂地快乐起来。

脚下巴塞隆纳的一片灯海是夜的千万只眼睛，冷冷地对着我一眨又一眨。

今天不回家，永远不回家了。

公寓走廊上的灯光那么的黯淡，电铃在寂寂的夜里响得使人心惊。门还没有开，里面缓缓走来的脚步声却已使我的胃紧张得抽痛起来。

"谁？"是婆婆的声音。

"Echo！"

婆婆急急地开着层层下锁的厚门，在幽暗的光线下，穿黑衣的她震惊地望着我，好似看见一个坟里出来的人一般。

"马利亚妈妈！"我扑了上去，紧紧地抱住她，眼里涌出了泪。

"噢！噢！我的孩子！我孤零零的孩子！"婆婆叫了起来，夹着突然而来的呜咽。

"什么时候来马德里的？吓死人啊！也不通知的。"

"没有收到我的明信片？"

"明信片是翡冷翠的，说在瑞士，邮票又是奥地利的，我们哪里弄得懂是怎么回事，还是叫卡门看了才分出三个地方来的！"

“我在巴塞隆纳！”

“要死啰！到了西班牙怎么先跑去了别的地方？电话也不来一个！”婆婆又叫起来。

我将袖子擦擦眼睛，把箱子用力提了进门。

“睡荷西老房间？”我问。

“睡伊丝帖的好了，她搬去跟卡门住了。”

在妹妹的房内我放下了箱子。

“爸爸睡了？”我轻轻地问。

“在饭间呢！”婆婆仍然有些泪湿，下巴往吃饭间抬了一下。

我大步向饭厅走去，正中的吊灯没有打开，一盏落地灯静静黄黄地照着放满盆景的房间。电视开着，公公，穿了一件黑色的毛衣背着我坐在椅子上。

我轻轻地走上去，蹲在公公的膝盖边，仰起头来喊他：“爸爸！”

公公好似睡着了，突然惊醒，触到我放在他膝上的手便喊了起来：“谁？是谁？”

“是我，Echo！”

“谁嘛！谁嘛！”公公紧张了，一面喊一面用力推开我。

“你媳妇！”我笑望他，摸摸他的白发。

“Echo！啊！啊！Echo！”

公公几乎撞翻了椅子，将我抱住，一下子老泪纵横。

“爸爸，忍耐，不要哭，我们忍耐，好不好？”我喊了起来。

我拉着公公在饭厅的旧沙发上坐下来，双臂仍是绕着他。

“叫我怎么忍？儿子这样死的，叫我怎么忍——”

说着这话，公公抓住我的黑衣号啕大哭。

能哭，对活着的人总是好事。

我拉过婆婆的手帕来替公公擦眼泪，又是亲了他一下，什么话也不说。

“还没吃饭吧！”婆婆强打起精神往厨房走去。

“不用麻烦，只要一杯热茶，自己去弄。先给爸爸平静下来。”我轻轻地对婆婆说。

“你怎么那么瘦！”公公摸摸我的手臂喃喃地说。

“没有瘦。”我对公公微笑，再亲了他一下。

放下了公公，跟在婆婆后面去厨房翻柜子。

“找什么？茶叶在桌上呢。”婆婆说。

“有没有波雷奥？”我捂着胃。

“又要吃草药？胃不好？”婆婆问。

我靠在婆婆的肩上不响。

“住多久？”婆婆问。

“一星期。”我说。

“去打电话。”她推推我。

“快十点了，打给谁嘛！”我叹了口气。

“哥哥姐姐他们总是要去拜访的，你去约时间。”婆婆缓缓地说。

“我不！要看，叫他们来看我！”我说。

门上有钥匙转动的声音，婆婆微笑了，说：“卡门和伊丝帖说是要来的，给你一打岔我倒是忘了。”

走廊上传来零乱的脚步声，灯一盏一盏地被打开，两张如花般艳丽的笑脸探在厨房门口，气氛便完全不同了。

“呀——”妹妹尖叫起来，扑上来抱住我打转。

姐姐卡门惊在门边，笑说：“嗄！也有记得回来的一天！”接着她张开了手臂将我也环了过去。

“这么晚了才来！”我说。

“我们在看戏呢！刚刚演完。”妹妹兴高采烈地喊着。

荷西过世后我没有见过妹妹，当时她在希腊，她回马德里时，我已在台湾了。

“你还是很好看！”妹妹对我凝视了半晌大叫着又扑上来。

我笑着，眼睛却是湿了。

“好，Echo来了，我每天回家来陪你们三件黑衣服吃饭。妈妈，你答不答应呀？”妹妹又嚷了起来。

“我叫她去看其他的哥哥姐姐呢！”婆婆说。

“啊！去你的！要看，叫有车的回来，Echo不去转公共汽车。”

“喂！吃饭！吃饭！饿坏了。”卡门叫着，一下将冰箱里的东西全摊了出来。

“我不吃！”我说。

“不吃杀了你！”妹妹又嚷。

公公听见声音挤了过来，妹妹走过顺手摸了一下爸爸的脸：“好小孩，你媳妇回来该高兴了吧！”

我们全都笑了，我这一笑，妹妹却砰一下冲开浴室的门在里面哭了起来。

妹妹一把将浴室的门关上，拉了我进去，低低地说：“你怎么还穿得乌鸦一样的，荷西不喜欢的。”

“也有穿红的，不常穿是真的。”我说。

“我们什么时候才能讲话？”她紧张地又问。

“这里不行，去卡门家再说。”我答应她。

“不洗澡就出来嘛！”卡门打了一下门又走了。

“Echo，记住，我爱你！”妹妹郑重其事地对我讲着。二十二岁的她有着荷西一式一样的微笑。

我也爱你，伊丝帖！荷西的手足里我最爱你。

“明天我排一整天的戏，不能陪你！”卡门咽着食物说。她是越来越美了。

“演疯了，最好班也不上了，天天舞台上去混！”婆婆笑说。

“你明天做什么？”卡门又问。

“不出去，在家跟爸爸妈妈！”我说。

“我们要去望弥撒的。”婆婆说。

“我跟你去。”我说。

“你去什么？Echo，你不必理妈妈的嘛！”妹妹又叫起来。

“我自己要去的。”我说。

“什么时候那么虔诚了？”卡门问。

我笑着，也不答。

“Echo 是基督教，也望弥撒吗？”婆婆问。

“我去坐坐！”我说。

吃完了晚饭我拿出礼物来分给各人。

卡门及伊丝帖很快地便走了，家中未婚的还有哥哥夏米叶，都不与父母同住了。

我去了睡房铺床，婆婆跟了进来。

“又买表给我，其实去年我才买了一只新的嘛！荷西葬礼完了就去买的，你忘记了？”

“再给你一个，样式不同。”我说。

没有，我没有忘，这样的事情很难忘记。

“你——以后不会来马德里长住吧？”婆婆突然问。

“不会。”我停了铺床，有些惊讶她语气中的那份担心。

“那幢加纳利群岛的房子——你是永远住下去的啰？当初是多少钱买下的也没告诉过我们。”

“目前讲这些都还太早。”我叹了口气。

“是这样的，如果你活着，住在房子里面，我们是不会来赶你的，可是一旦你想卖，那就要得我们同意了，法律怎么定的想来你也知道了。”婆婆缓缓地又说。

“法律上一半归你们呀！”我说。

“所以说，我们也不是不讲理，一切照法院的说法办吧！我知道荷西赚很多钱——”

“妈妈，晚安吧！我胃痛呢！”我打断了她的话，眼泪冲了出来。

不能再讲了，荷西的灵魂听了要不安的。

“唉！你不肯面对现实。好了，晚安了，明天别忘了早起望弥撒！”婆婆将脸凑上来给我亲了一下。

“妈妈，明天要是我起不来，请你叫我噢！”我说。

终于安静下来了，全然地安静了。

我换了睡袍，锁上房门，熄了灯，将百叶窗卷上，推开了向着后马路的大窗。

微凉的空气一下子吹散了旅途的疲劳，不知名的一棵棵巨树在空中散布着有若雪花一般的白色飞絮，路灯下的黑夜又仿佛一片迷濛飞雪，都已经快五月了。

我将头发打散，趴在窗台上，公寓共用的后院已经成林。我看见十三年前的荷西、卡门、玛努埃、克劳弟奥、毛乌里、我，还有小小的伊丝帖在树下无声无影地追逐。

——进来！荷西！不要犹豫，我们只在这儿歇几天，便一同去岛上了。

——来！没有别人，只有我们了。

梦中，我看见荷西变成了一个七岁的小孩子，手中捧着一本用完了的练习簿。

“妈妈！再不买新本子老师要打了，我没有练习簿——”

“谁叫你写得那么快的！”婆婆不理。

“功课很多！”小孩子说。

“向你爸爸去要。”妈妈板着脸。

小孩子忧心如焚，居然等不及爸爸银行下班，走去了办公室，站在那儿嗫嚅地递上了练习簿,爸爸也没有理他,一个铜板也不给。

七岁的孩子，含着泪，花了一夜的时间，用橡皮擦掉了练习簿的每一个铅笔字，可是老师批改的红笔却是怎么也擦不去，他急得哭了起来。

夜风吹醒了我，那个小孩子消失了。

荷西，这些故事都已经过去了，不要再去想它们，我给你买各色各样的练习簿，放在你的坟上烧给你——

婚后六年的日子一直拮据，直到去年环境刚刚好转些荷西却走了。

梦中，总是一个小孩子在哭练习簿。

我的泪湿透了枕头。

“Echo！”婆婆在厨房缓缓地喊着。

我惊醒在伊丝帖的床上。

“起来了！”我喊着，顺手拉过箱子里的格子衬衫和牛仔裤。

“嗳呀！太晚了。”我懊恼地叫着往洗澡间跑。

“妈妈！马上好。”我又喊着。

“不急！”

我梳洗完毕后快速地去收拾房间，这才跑到婆婆那儿去。

“你不是去教堂？”婆婆望了一眼我的衣着。

“噢，这个衣服——”我又往房间跑去。

五月的天气那么明媚，我却又穿上了黑衣服。

“实在厌死了黑颜色！”我对婆婆讲。

“一年满了脱掉好啰！”她淡淡地说。

“不是时间的问题，把悲伤变成形式，就是不诚实，荷西跟我不是这样的人！”

“我不管，随便你穿什么。至于我，是永远不换下来的了。荷西过去之后我做了四套新的黑料子，等下给你看。”婆婆平和地说，神色之间并没有责难我的意思。

公公捧着一个小相框向我走来，里面一张荷西的照片。

“这个相框，花了我六百五十块钱！”

“很好看。”我说。

“六百五十块呀！”他又说了一句。

六百五十块可以买多少练习簿？

“你们好了没有？可以走了吧！”公公拿了手杖，身上又是一件黑外套。

“啰！我们三个人真难看。”我叹了口气。

“什么难看，不要乱讲话。”公公叱了我一句。

星期天的早晨，路边咖啡馆坐满了街坊，我挽着公婆的手臂慢慢地走向教堂，几个小孩子追赶着我们，对我望着，然后向远处坐着的哥哥姐姐们大喊：“对！是Echo，她回来啦！”

我不回头，不想招呼任何人，更受不了别人看我时的眼光。

黑衣服那么夸张地在阳光下散发着虚伪的气息。

“其实我不喜欢望弥撒。”我对婆婆说。

“为什么？”

“太忙了，一下唱歌，一下站起来，一下跪下去，跟着大家做功课，心里反而静不下来。”我说。

“不去教堂总是不好的。”婆婆说。

“我自己跟神来往嘛！不然没人的时候去教堂也是好的。”我说。

“你的想法是不对的。”公公说。

我们进了教堂，公公自己坐开去了，婆婆与我一同跪了下来。

“神啊！请你看我，给我勇气，给我信心，给我盼望和爱，给我喜乐，给我坚强忍耐的心——你拿去了荷西，我的生命已再没有了意义——自杀是不可以的，那么我要跟你讲价，求你放荷西常常回来，让我们在生死的夹缝里相聚——我的神，荷西是我永生的丈夫，我最懂他，忍耐对他必是太苦，求你用别的方法安慰他，补偿他在人世未尽的爱情——相思有多苦，忍耐有多难，你虽然是神，也请你不要轻看我们的煎熬，我不向你再要解释，只求你给我忍耐的心，静心忍下去，直到我也被你收去的一日——”

“Echo，起来了，怎么又哭了！”

婆婆轻轻地在拉我。

圣乐大声地响了起来。

“妈妈，我们给荷西买些花好吗？”

教堂出来我停在花摊子前，婆婆买了三朵。

一路经过熟悉的街道，快近糕饼铺的时候我放掉公婆自己转弯走了。

“你们先回家，我马上回来。”

“不要去花钱啊！”婆婆叫着。

我走进了糕饼店，里面的白衣小姑娘看见我就很快地往里面的烤房跑去。

“妈妈,荷西的太太来了！”她在里面轻轻地说,我还是听到了。

里面一个中年妇人擦着手匆匆地迎了出来。

“回来啦！去了那么久，西班牙文都要忘了吧！”平静而亲切的声音就如她的人一般。

“还好吗？”她看住我，脸上一片慈祥。

“好！谢谢你！”

她叹了口气，说：“第一次看见你时你一句话也不会讲，唉！多少年过去了！”

“很多年。”我仍是笑着。

“你的公公婆婆——对你还好吗？来跟他们长住？”口气很小心谨慎的。

“对我很好，不来住。下星期就走了。”

“再一个人去那么远？两千多公里距离吧！”

“也惯了。”我说。

“请给我一公斤的甜点，小醉汉请多放几个，公公爱吃的。”我改了话题。

她称了一公斤给我。

“不收钱！孩子！”她按住我的手。

“不行的——”我急了。

“荷西小时候在我这儿做过零工，不收，这次是绝对不收的。”她坚决地说。

“那好，明天再来一定收了？”我说。

“明天收。”她点点头。

我亲了她一下，提了盒子很快地跑出了店。

街角一个少年穿着溜冰鞋滑过，用力拍了我一下肩膀：“让路！”

“呀！ Echo！”他已经溜过了，又一刹车急急地往我滑回来。

“你是谁的弟弟？”我笑说。

“法兰西斯哥的弟弟嘛！”他大叫着。

“来马德里住了？要不要我去喊哥哥，他在楼上家里。”他殷勤地说。

“不要，再见了！”我摸摸他的头发。

“你看，东妮在那边！”少年指着香水店外一个金发女孩。

我才在招呼荷西童年时的玩伴，药房里的主人也跑了出来：“好家伙！我说是Echo回来了嘛！”

“你一定要去一下我家，妈妈天天在想你。”

东妮硬拉着我回家，我急着赶回去帮婆婆煮饭一定不肯去。

星期天的中午，街坊邻居都在外面，十三年前就在这一个社区里出进，直到做了荷西的妻子。

这条街，在荷西逝去之后，付出了最真挚的情爱迎我归来。

婆婆给我开了门，接过手中的甜点，便说：“快去对面打个招呼，人家过来找你三次了！”

我跑去邻居家坐了五分钟便回来了。

客厅里，赫然坐着哥哥夏米叶。

我靠在门框上望着他，他走了过来，不说一句话，将我默默地抱了过去。

“夏米叶采了好大的玫瑰花来呀！”婆婆在旁说。

“给荷西的？我们也买了。”我说。

“不，给你的，统统给你的。”他说。

“在哪里？”

“我跟夏米叶说，你又没有房间，所以花放在我的卧室里去了，你去看！”婆婆又说。

我跑到公婆的房里去打了个转，才出来谢谢夏米叶。

婚前，夏米叶与我有一次还借了一个小婴儿来抱着合拍过一张相片，是很亲密的好朋友，后来嫁了荷西之后，两人便再也没有话讲了，那份亲，在做了家人之后反而疏淡了。

“两年多没见你了？”我说。

夏米叶耸耸肩。

“荷西死的时候你在哪里？”

“意大利。”

“还好吗？”他说。

“好！”我叹了口气。

我们对望着，没有再说一句话。

“今天几个人回家吃饭呀？妈妈！”我在厨房里洗着一条条鳟鱼。

“伊丝帖本来要来的，夏米叶听说你来了也回家了，二姐夫要来，还有就是爸爸、你和我了。”

“鳟鱼一人两条？”我问。

“再多洗一点，洗好了去切洋葱，爸爸是准两点一定要吃饭的。”

在这个家中，每个人的餐巾卷在银质的环里，是夏米叶做的，刻着各人名字的大写。

我翻了很久，找出了荷西的来，放在我的盘子边。

中饭的时候，一家人团团圆圆坐满了桌子，公公打开了我维也纳带来的红酒，每人一杯满满的琥珀。

“来！难得大家在一起！”二姐夫举起了杯子。

我们六个人都碰了一下杯。

“欢迎Echo回来！”妹妹说。

“爸爸妈妈身体健康！”我说。

“夏米叶！”我唤了一声哥哥，与他照了一下杯子。

“来！我来分汤！”婆婆将我们的盘子盛满。

饭桌上立刻自由地交谈起来。

“西班牙人哪，见面抱来亲去的，在我们中国，离开时都没有抱父母一下的。”我喝了一口酒笑着说。

“那你怎么办？不抱怎么算再见？”伊丝帖睁大着眼睛说。

姐夫咳了一声，又把领带拉了一下。

“Echo，妈妈打电话要我来，因为我跟你的情形在这个家里是相同的，你媳妇，我女婿，趁着吃饭，我们来谈谈加纳利群岛那幢房子的处理，我，代表妈妈讲话，你们双方都不要激动……”

我看着每一张突然沉静下来的脸，心，又完全破灭得成了碎片，随风散去。

你们，是忘了荷西，永远地忘记他了。本是同根生，相煎何太急啊。

我看了一下疼爱我的公公，他吃饭时一向将助听器关掉，什么也不愿听的。

“我要先吃鱼，吃完再说好吗？”我笑望着姐夫。

姐夫将餐巾啪一下丢到桌子上：“我也是很忙的，你推三阻四做什么？”

这时妈妈突然戏剧性地大哭起来。

“你们欺负我……荷西欺负我……结婚以后第一年还寄钱来，后来根本不理这个家了……”

“你给我住嘴！你们有钱还是荷西 Echo 有钱？”

妹妹叫了起来。

我推开了椅子，绕过夏米叶，向婆婆坐的地方走过去。

“妈妈，你平静下来，我用生命跟你起誓，荷西留下的，除了婚戒之外，你真要，就给你，我不争……”

“你反正是不要活的……”

“对，也许我是不要活，这不是更好了吗？来，擦擦脸，你的手帕呢？来……”

婆婆方才静了下来，公公啪一下打桌子，虚张声势地大喊一声：“荷西的东西是我的！”

我们的注意力本来全在婆婆身上，公公这么一喊着实吓了全家人一跳，他的助听器不是关掉的吗？

妹妹一口汤哗一下喷了出来。

“呀——哈哈……”我扑倒在婆婆的肩上大笑起来。

午后的阳光正暖，伊丝帖与我坐在露天咖啡座上。

“你不怪他们吧！其实都是没心机的！”她低低地说，头都不敢抬起来看我。

“可怜的人！”我叹了口气。

“爸爸妈妈很有钱，你又不是不晓得，光是南部的橄榄园……”

“伊丝帖，连荷西的死也没有教会你们一个功课吗？”我慢慢地叹了一口气。

“什么？”她有些吃惊。

“人生如梦——”我顺手替她拂掉了一丝树上飘下来的飞絮。

“可是你也不能那么消极，什么也不争了——”

“这件事情既然是法律的规定，也不能说它太不公平。再说，看见父母，总想到荷西的血肉来自他们，心里再委屈也是不肯决裂——”

“你的想法还是中国的……”

“只要不把人逼得太急，都可以忍的。”

我吹了一下麦管，杯子里金黄色的泡沫在阳光下晶莹得炫目。

我看痴了过去。

“以后还会结婚吗？”伊丝帖问。

“这又能改变什么呢？”我笑望着她。

远处两个小孩下了秋千，公园里充满了新剪青草地的芳香。

“走！我们去抢秋千！”我推了一下妹妹。

抓住了秋千的铁链，我一下子荡了出去。

“来！看谁飞得高！”我喊着。

自由幸福的感觉又回来了，那么真真实实，不是假的。

“你知道——”妹妹与我交错而过。

“你这身黑衣服——”我又飞越了她。

“明天要脱掉了——”我对着迎面笑接来的她大喊起来。

梦里花落知多少

迷航之四

那一年的冬天，我们正要从丹纳丽芙岛搬家回到大加纳利岛自己的房子里去。

一年的工作已经结束，美丽无比的人造海滩引进了澄蓝平静的海水。

荷西与我坐在完工的堤边，看也看不厌地面对着那份成绩欣赏，景观工程的快乐是不同凡响的。

我们自黄昏一直在海边坐到子夜，正是除夕，一朵朵怒放的烟火，在漆黑的天空里如梦如幻地亮灭在我们仰着的脸上。

滨海大道上挤满着快乐的人群。钟敲十二响的时候，荷西将我抱在手臂里，说："快许十二个愿望，心里跟着钟声说。"

我仰望着天上，只是重复着十二句同样的话："但愿人长久，但愿人长久，但愿人长久，但愿人长久——"

送走了去年，新的一年来了。

荷西由堤防上先跳了下地，伸手接过跳落在他手臂中的我。

我们十指交缠，面对面地凝望了一会儿，在烟火起落的五色光影下，微笑着说："新年快乐！"然后轻轻一吻。

我突然有些泪湿，赖在他的怀里不肯举步。

新年总是使人惆怅，这一年又更是来得如真如幻。许了愿的下一句对夫妻来说并不太吉利，说完了才回过意来，竟是心慌。

“你许了什么愿。”我轻轻问他。

“不能说出来的，说了就不灵了。”

我勾住他的脖子不放手，荷西知我怕冷，将我卷进他的大夹克里去。我再看他，他的眸光炯炯如星，里面反映着我的脸。

“好啦！回去装行李，明天清早回家去啰！”

他轻拍了我一下背，我失声喊起来：“但愿永远这样下去，不要有明天了！”

“当然要永远下去，可是我们先回家，来，不要这个样子。”

一路上走回租来的公寓去，我们的手紧紧交握着，好像要将彼此的生命握进永恒。

而我的心，却是悲伤的，在一个新年刚刚来临的第一个时辰里，因为幸福满溢，我怕得悲伤。

不肯在租来的地方多留一分一秒，收拾了零杂东西，塞满了一车子。清晨六时的码头上，一辆小白车在等渡轮。

新年没有旅行的人，可是我们急着要回到自己的房子里去。

关了一年的家，野草齐膝，灰尘满室，对着那片荒凉，竟是焦急心痛，顾不得新年不新年，两人马上动手清扫起来。

不过静了两个多月的家居生活，那日上午在院中给花洒水，送电报的朋友在木栅门外喊着：“Echo，一封给荷西的电报呢！”

我匆匆跑过去，心里扑扑地乱跳起来，不要是马德里的家人出了什么事吧！电报总使人心慌意乱。

“乱撕什么嘛！先给签个字。”朋友在摩托车上说。

我胡乱签了个名，一面回身喊车房内的荷西。

“你先不要怕嘛！给我看。”荷西一把抢了过去。

原来是新工作来了，要人火速去拉芭玛岛报到。

只不过几小时的光景，我从机场一个人回来，荷西走了。

离岛不算远，螺旋桨飞机过去也得四十五分钟，那儿正在建新机场，新港口。只因没有什么人去那最外的荒寂之岛，大的渡轮也就不去那边了。

虽然知道荷西能够照顾自己的衣食起居，看他每一度提着小箱子离家，仍然使我不舍而辛酸。

家里失了荷西便失了生命，再好也是枉然。

过了一星期漫长的等待，那边电报来了。

“租不到房子，你先来，我们住旅馆。”

刚刚整理的家又给锁了起来，邻居们一再地对我建议：“你住家里，荷西周末回来一天半，他那边住单身宿舍，不是经济些嘛！”

我怎么能肯。匆忙去打听货船的航道，将杂物、一笼金丝雀和汽车托运过去，自己携着一只衣箱上机走了。

当飞机着陆在静静小小的荒凉机场时，又看见了重沉沉的大火山，那两座黑里带火蓝的大山。

我的喉咙突然卡住了，心里一阵郁闷，说不出的闷，压倒了重聚的欢乐和期待。

荷西一只手提着箱子，另一只手搭在我的肩上向机场外面走去。

“这个岛不对劲！”我闷闷地说。

“上次我们来玩的时候不是很喜欢的吗。”

“不晓得，心里怪怪的，看见它，一阵想哭似的感觉。”我的手拉住他皮带上的绊扣不放。

“不要乱想，风景好的地方太多了，刚刚赶上看杏花呢！”他轻轻摸了一下我的头发又安慰似的亲了我一下。

只有两万人居住的小城里租不到房子。我们搬进了一房一厅连一个小厨房的公寓旅馆。收入的一大半付给了这份固执相守。

安置好新家的第三日，家中已经开始请客了，婚后几年来，荷西第一回做了小组长，水里另外四个同事没有带家眷，有两个还依然单身。我们的家，伙食总比外边的好些，为着荷西爱朋友的真心，为着他热切期望将他温馨的家让朋友分享，我晓得，在他内心深处，亦是因为有了我而骄傲，这份感激当然是全心全意地在家事上回报了他。

岛上的日子岁月悠长，我们看不到外地的报纸，本岛的那份又编得有若乡情。久而久之，世外的消息对我们已不很重要，只是守着海，守着家，守着彼此。每听见荷西下工回来时那急促的脚步声上楼，我的心便是欢喜。

六年了，回家时的他，怎么仍是一样跑着来的，不能慢慢地走吗？六年一瞬，结婚好似是昨天的事情，而两人已共过了多少悲欢岁月。

小地方人情温暖，住上不久，便是深山里农家讨杯水喝，拿出来的必是自酿的葡萄酒，再送一满怀的鲜花。

我们也是记恩的人，马铃薯成熟的季节，星期天的田里，总有两人的身影弯腰帮忙收获。做热了，跳进蓄水池里游个泳，趴在荷西的肩上浮沉，大喊大叫，便是不肯松手。

过去的日子，在别的岛上，我们有时发了神经病，也是争吵的。

有一回，两人讲好了静心念英文，夜间电视也约好不许开，对着一盏孤灯就在饭桌前钉住了。

讲好只念一小时，念了二十分钟，被教的人偷看了一下手表，再念了十分钟，一个音节发了二十次还是不正确，荷西又偷看了一下手腕。知道自己人是不能教自己人的，看见他的动作，手中的原子笔啪一下丢了过去，他那边的拍纸簿哗一下摔了过来，还怒喊了一声："你这傻瓜女人！"

第一次被荷西骂重话，我呆了几秒钟，也不知回骂，冲进浴室拿了剪刀便绞头发，边剪边哭，长发乱七八糟地掉了一地。

荷西追进来，看见我发疯，竟也不上来抢，只是依门冷笑："你也不必这种样子，我走好了！"

说完车钥匙一拿，门砰一下关上离家出走去了。

我冲到阳台上去看，凄厉地叫了一声他的名字，他哪里肯停下来，车子刷一下就不见了。

那一个长夜，是怎么熬下来的，自己都迷糊了。只念着离家的人身上没有钱，那么狂怒而去，又出不出车祸。

清晨五点多他轻轻地回来了，我趴在床上不说话，脸也哭肿了。离开父母家那么多年了，谁的委屈也受下，只有荷西，他不能对我凶一句，在他面前，我是不设防的啊！

荷西用冰给我冰脸，又拉着我去看镜子，拿起剪刀来替我补救剪得狗啃似的短发。一刀一刀细心地给我勉强修修整齐，口中叹着："只不过气头上骂了你一句，居然绞头发，要是一日我死了呢——"

他说出这样的话来令我大恸，反身抱住他大哭起来，两人缠了一身的碎发，就是不肯放手。

到了新的离岛上，我的头发才长到齐肩，不能梳长辫子，两人却是再也不吵了。

依山背海而筑的小城是那么的安详，只两条街的市集便是一切了。

我们从不刻意结交朋友，几个月住下来，朋友雪球似的越滚越大，他们对我们真挚友爱，三教九流，全是真心。

周末必然是给朋友们占去了，爬山，下海，田里帮忙，林中采野果，不然找个老学校，深夜睡袋里半缩着讲巫术和鬼故事，一群岛上的疯子，在这世外桃源的天涯地角躲着做神仙。有时候，我快乐得总以为是与荷西一同死了，掉到这个没有时空的地方来。

那时候，我的心脏又不好了，累多了胸口的压迫来，绞痛也来。小小一袋菜场买回来的用品，竟然不能一口气提上四楼。

不敢跟荷西讲，悄悄地跑去看医生，每看回来总是正常又正常。

荷西下班是下午四点，以后全是我们的时间，那一阵不出去疯玩了。黄昏的阳台上，对着大海，半杯红酒，几碟小菜，再加一盘象棋，静静地对弈到天上的星星由海中升起。

有一晚我们走路去看恐怖片，老旧的戏院里楼上楼下数来数去只有五个人，铁椅子漆成铝灰色，冰冷冷的，然后迷雾凄凄的山城里一群群鬼飘了出来捉过路的人。

深夜散场时海潮正涨，浪花拍打到街道上来。我们被电影和影院吓得彻骨，两人牵了手在一片水雾中穿着飞奔回家，跑着跑着我咯咯地笑了，挣开了荷西，独自一人拼命地快跑，他鬼也似的在后面又喊又追。

还没到家，心绞痛突然发了，冲了几步，抱住电线杆不敢动。

荷西惊问我怎么了，我指指左边的胸口不能回答。

那一回，是他背我上四楼的。背了回去，心不再痛了，两人握着手静静醒到天明。

然后，缠着我已经几年的噩梦又紧密地回来了，梦里总是在上车，上车要去什么令我害怕的地方，梦里是一个人，没有荷西。

多少个夜晚，冷汗透湿地从梦魅里逃出来，发觉手被荷西握着，他在身畔沉睡，我的泪便是满颊。我知道了，大概知道了那个生死的预告。

以为先走的会是我，悄悄地去公证人处写下了遗嘱。

时间不多了，虽然白日里仍是一样笑嘻嘻地洗他的衣服，这份预感是不是也传染了荷西。

即使是岸上的机器坏了一个螺丝钉，只修两小时，荷西也不肯在工地等，不怕麻烦地脱掉潜水衣就往家里跑，家里的妻子不在，他便大街小巷地去找，一家一家店铺问过去："看见 Echo 没有？看见 Echo 没有？"

找到了什么地方的我，双手环上来，也不避人地微笑痴看着妻子，然后两人一路拉着手，提着菜篮往工地走去，走到已是又要下水的时候了。

总觉相聚的因缘不长了，尤其是我，朋友们来约周末的活动，总拿身体不好挡了回去。

周五帐篷和睡袋悄悄装上车，海边无人的地方搭着临时的家，摸着黑去捉螃蟹，礁石的夹缝里两盏濛濛的黄灯扣在头上，浪潮声里只听见两人一声声狂喊来去的只是彼此的名字。那种喊法，天地也给动摇了，我们尚是不知不觉。

每天早晨，买了菜蔬水果鲜花，总也舍不得回家，邻居的脚踏车是让我骑的，网篮里放着水彩似的一片颜色便往码头跑。骑进码头，第一个看见我的岸上工人总会笑着指方向："今天在那边，再往下骑——”

车子还没骑完偌大的工地，那边岸上助手就拉信号，等我车一停，水里的人浮了起来，我跪在堤防边向他伸手，荷西早已跳了上来。

大西洋的晴空下，就算分食一袋樱桃也是好的，靠着荷西，左边的衣袖总是湿的。

不过几分钟吧，荷西的手指轻轻按一下我的嘴唇，笑一笑，又沉回海中去了。

每见他下沉，我总是望得痴了过去。

岸上的助手有一次问我：“你们结婚几年了？”

“再一个月就六年了。”我仍是在水中张望那个已经看不见了的人，心里慌慌的。

“好得这个样子，谁看了你们也是不懂！”

我听了笑笑便上车了，眼睛越骑越湿，明明上一秒还在一起的，明明好好地做着夫妻，怎么一分手竟是魂牵梦萦起来。

家居的日子没有敢浪费，扣除了房租，日子也是紧了些。有时候中午才到码头，荷西跟几个朋友站着就在等我去。

“Echo，银行里还有多少钱？”荷西当着人便喊出来。

“两万，怎么？”

“去拿来，有急用，拿一万二出来！”

当着朋友面前，绝对不给荷西难堪。掉头便去提钱，他说的数目一个折扣也不少，匆匆交给尚是湿湿的他，他一转手递给了朋友。

回家去我一人闷了一场，有时次数多了，也是会委屈掉眼泪的。哪里知道那是荷西在人间放的利息，才不过多久，朋友们便倾泪回报在我的身上了呢！

结婚纪念的那一天，荷西没有按时回家，我担心了，车子给他开了去，我借了脚踏车要去找人，才下楼呢，他回来了，脸上竟是有些不自在。

匆匆忙忙给他开饭——我们一日只吃一顿的正餐。坐下来向他举举杯，惊见桌上一个红绒盒子，打开一看，里面一只罗马字的老式女用手表。

“你先别生气问价钱，是加班来的外快——”他喊了起来。

我微微地笑了，没有气，痛惜他神经病，买个表还多下几小时的水。那么借给朋友的钱又怎么不知去讨呢！

结婚六年之后，终于有了一只手表。

“以后的一分一秒你都不能忘掉我，让它来替你数。”荷西走过来双手在我身后环住。

又是这样不祥的句子，教人心惊。

那一个晚上，荷西睡去了，海潮声里，我一直在回想少年时的他，十七岁时那个大树下痴情的孩子，十三年后，在我枕畔共着呼吸的亲人。

我一时里发了疯，推醒了他，轻轻地喊名字，他醒不全，我跟他说：“荷西，我爱你！”

“你说什么？”他全然地骇醒了，坐了起来。

“我说，我爱你！”黑暗中为什么又是有些呜咽。

“等你这句话等了那么多年，你终是说了！”

“今夜告诉你了，是爱你的，爱你胜于自己的生命，荷西——”

那边不等我讲下去，孩子似的扑上来缠住我，六年的夫妻了，竟然为着这几句对话，在深夜里泪湿满颊。

醒来荷西已经不见了，没有见到他吃早餐使我不安歉疚，匆匆忙忙跑去厨房看，洗净的牛奶杯里居然插着一朵清晨的鲜花。

我痴坐到快正午。这样的夜半私语，海枯石烂，为什么一日泛滥一日。是我们的缘数要到了吗？不会有的事情，只是自己太幸福了才生出的惧怕吧！

照例去工地送点心，两人见了面竟是赧然。就连对看一眼都是不敢，只拿了水果核丢来丢去地闹着。

一日我见阳光正好，不等荷西回来，独自洗了四床被单。搬家从来不肯带洗衣机，去外面洗又多一层往返和花费，不如自己动手搓洗来得方便。

天台上晾好了床单，还在放夹子的时候心又闷起来了，接着熟悉的绞痛又来。我丢下了水桶便往楼下走，进门觉着左手臂麻麻的感觉，知道是不太好了，快喝了一口烈酒，躺在床上动也不敢动。

荷西没见我去送点心，中午穿着潜水衣便开车回来了。

“没什么，洗被单累出来了。”我恹恹地说。

“谁叫你不等我洗的——”他趴在我床边跪着。

“没有病，何必急呢！医生不是查了又查了吗？来，坐过来……”

他湿湿地就在我身边一靠，若有所思的样子。

“荷西——”我说，“要是我死了，你一定答应我再娶，温柔些的女孩子好，听见没有——”

“你神经！讲这些做什么——”

“不神经，先跟你讲清楚，不再婚，我是灵魂永远都不能安息的。”

“你最近不正常，不跟你讲话。要是你死了，我一把火把家烧掉，然后上船去飘到老死——”

“放火也可以，只要你再娶——”

荷西瞪了我一眼，只见他快步走出去，头低低的，大门轻轻扣上了。

一直以为是我，一直预感的是自己，对着一分一秒都是恐惧，都是不舍，都是牵挂。而那个噩梦，一日密似一日地纠缠着上来。

平凡的夫妇如我们，想起生死，仍是一片茫茫，失去了另一个的日子，将是什么样的岁月？我不能先走，荷西失了我要痛疯掉的。

一点也不明白，只是茫然地等待着。

有时候我在阳台上坐着跟荷西看渔船打鱼，夕阳晚照，凉风徐来，我摸摸他的颈子，竟会无端落泪。

荷西不敢说什么，他只说这美丽的岛对我不合适，快快做完第一期工程，不再续约，我们回家去的好。

只有我心里明白，我没有发疯，是将有大苦难来了。

那一年，我们没有过完秋天。

荷西，我回来了，几个月前一袭黑衣离去，而今穿着彩衣回来，你看了欢喜吗？

向你告别的时候，阳光正烈，寂寂的墓园里，只有蝉鸣的声音。

我坐在地上，在你永眠的身边，双手环住我们的十字架。

我的手指，一遍又一遍轻轻划过你的名字——荷西·马利安·葛罗。

我一次又一次地爱抚着你，就似每一次轻轻摸着你的头发一般的依恋和温柔。

我在心里对你说——荷西，我爱你，我爱你，我爱你——

这一句让你等了十三年的话，让我用残生的岁月悄悄地只讲给你一个人听吧!

我亲吻着你的名字,一次,一次,又一次,虽然口中一直叫着“荷西安息！荷西安息！”可是我的双臂，不肯放下你。

我又对你说:“荷西，你乖乖地睡，我去一趟中国就回来陪你，不要悲伤，你只是睡了！”

结婚以前，在塞哥维亚的雪地里，已经换过了心，你带去的那颗是我的，我身上的，是你。

埋下去的，是你，也是我。走了的，是我们。

我拿出缝好的小白布口袋来，黑丝带里，系进了一握你坟上的黄土。跟我走吧，我爱的人！跟着我是否才叫真正安息呢?

我替你再度整理了一下满瓶的鲜花，血也似的深红的玫瑰。留给你，过几日也是枯残，而我，要回中国去了，荷西，这是怎么回事，一瞬间花落人亡；荷西，为什么不告诉我，这不是真的，一切只是一场噩梦。

离去的时刻到了，我几度想放开你，又几次紧紧抱住你的名字不能放手。黄土下的你寂寞，而我，也是孤零零的我，为什么不能也躺在你的身边。

父母在山下巴巴地等待着我。荷西，我现在不能做什么，只有你晓得，你妻子的心，是埋在什么地方。

苍天，你不说话，对我，天地间最大的奥秘是荷西，而你，不说什么地收了回去，只让我泪眼仰望晴空。

我最后一次亲吻了你，荷西，给我勇气，放掉你大步走开吧!

我背着你狂奔而去，跑了一大段路，忍不住停下来回首，我再度向你跑回去，扑倒在你的身上痛哭。

我爱的人，不忍留下你一个人在黑暗里，在那个地方，又到哪儿去握住我的手安睡?

我趴在地上哭着开始挖土，让我再将十指挖出鲜血，将你挖出来，再抱你一次，抱到我们一起烂成白骨吧!

那时候，我被哭泣着上来的父母带走了。我不敢挣扎，只是全身发抖，泪如血涌。最后回首的那一眼，阳光下的十字架亮着新漆。你，没有一句告别的话留给我。

那个十字架，是你背，也是我背，不到再相见的日子，我知道，我们不会肯放下。

荷西，我永生的丈夫，我守着自己的诺言千山万水地回来了，不要为我悲伤，你看我，不是穿着你生前最爱看的那件锦绣彩衣来见你了吗?

下机后去镇上买鲜花，店里的人惊见是远去中国而又回来的我，握住我的双手说不出一句话来，我们相视微笑，眼里都浮上了泪。

我抱着满怀的鲜花走过小城的石板路，街上的车子停了，里面不识的人，只对我淡淡地说："上车来吧！送你去看荷西。"

下了车，我对人点头道谢，看见了去年你停灵的小屋，心便狂跳起来。在那个房间里，四支白烛，我握住你冰凉苍白的双手，静静度过了我们最后的一夜，今生今世最后一个相聚相依的夜晚。

我鼓起勇气走上了那条通向墓园的煤渣路，一步一步地经过排排安睡了的人。我上石阶，又上石阶，向左转，远远看见了你躺着的那片地，我的步子零乱，我的呼吸急促，我忍不住向你狂奔而去。荷西，我回来了——我奔散了手中的花束，我只是疯了似的向你跑去。

冲到你的墓前，惊见墓木已拱，十字架旧得有若朽木，你的名字，也淡得看不出是谁了。

我丢了花，扑上去亲吻你，万箭穿心的痛穿透了身体。是我远走了，你的坟地才如此荒芜，荷西，我对不起你——

不能，我不是坐下来哭你的，先给你插好了花，注满清水在瓶子里，然后我要下山去给你买油漆。

来，让我再抱你一次，就算你已成白骨，仍是春闺梦里相思又相思的亲人啊！

我走路奔着下小城，进了五金店就要淡棕色的亮光漆和小刷子，还去文具店买了黑色的粗芯签字笔。

路上有我相熟的朋友，我跟他们匆匆拥抱了一下，心神溃散，无法说什么别后的情形。

银行的行长好心要伴我再上墓园，我谢了他，只肯他的大车送到门口。

这段时光只是我们的，谁也不能在一旁，荷西，不要急，今天，明天，后天，便是在你的身畔坐到天黑，坐到我也一同睡去。

我再度走进墓园，那边传来了丁字镐的声音，那个守墓地的在挖什么人的坟？

我一步一步走进去，马诺罗看见是我，惊唤了一声，放下工具向我跑来。

“马诺罗，我回来了！”我向他伸出手去，他双手接住我，只是又用袖子去擦汗。

“天热呢！”他木讷地说。

“是，春天已经尽了。”我说。

这时，我看见一个坟已被挖开，另外一个工人在用铁条撬开棺材，远远的角落里，站着一个黑衣的女人。

“你们在捡骨？”我问。

马诺罗点点头，向那边的女人望了一眼。

我慢慢地向她走去，她也迎了上来。

“五年了？”我轻轻问她，她也轻轻地点点头。

“要装去哪里？”

“马德里。”

那边一阵木头迸裂的声音，传来了喊声：“太太，过来看一下签字，我们才好装小箱！”

那个中年妇人的脸上一阵抽动。

我紧握了她一下双手，她却不能举步。

“不看行不行？只签字。”我忍不住代她喊了回去。

“不行的，不看怎么交代，怎么向市政府去缴签字——”那边又喊了过来。

“我代你去看？”我抱住她，在她颊上亲了一下。

她点点头，手绢捂上了眼睛。

我走向已经打开的棺木，那个躺着的人，看上去不是白骨，连衣服都灰灰地附在身上。

马诺罗和另外一个掘坟人将那人的大腿一拉，身上的东西灰尘似的飞散了，一天一地的飞灰，白骨，这才露了出来。

我仍是骇了一跳，不觉转过头去。

“看到了？”那边问着。

“我代看了，等会儿这位太太签字。”

阳光太烈，我奔过去将那不断抽动着双肩的孤单女人扶到大树下去靠着。

我被看见的情景骇得麻了过去，只是一直发冷发抖。

“一个人来的？”我问她，她点头。

我抓住她的手，“待会儿，装好了小箱，你回旅馆去睡一下。”

她又点头，低低地说了一声谢谢。

离开了那个女人，我的步伐摇摇晃晃，只怕自己要昏倒下去。

刚刚的那一幕不能一时里便忘掉，我扶着一棵树，在短墙上靠了下来，不能恢复那场惊骇，心中如灰如死。

我慢慢地摸到水龙头那边的水槽，浸湿了双臂，再将凉水泼到自己的脸上去。

荷西的坟就在那边，竟然举步艰难。

知道你的灵魂不在那黄土下面，可是五年后，荷西，叫我怎么面对刚才看见的景象在你的身上重演？

我静坐了很久很久，一滴泪也流不出来。

再次给自己的脸拼命去浸冷水，这才拿了油漆罐子向坟地走过去。

阳光下，没有再对荷西说一句话，签字笔一次次填过刻着字的木槽缝里——**荷西·马利安·葛罗。安息。你的妻子纪念你。**

将那几句话涂得全新，等它们干透了，再用小刷子开始上亮光漆。

在那个炎热的午后，花丛里，一个着彩衣的女人，一遍又一遍地漆着十字架，漆着四周的木栅。没有泪，她只是在做一个妻子的事情——照顾丈夫。

不要去想五年后的情景，在我的心里，荷西，你永远是活着的，一遍又一遍地跑着在回家，跑回家来看望你的妻。

我靠在树下等油漆干透，然后再要涂一次，再等它干，再涂一次，涂出一个新的十字架来，我们再一起掮它吧！

我渴了，倦了，也困了。荷西，那么让我靠在你身边。再没有眼泪，再没有恸哭，我只是要靠着你，一如过去的年年月月。

我慢慢地睡了过去，双手挂在你的脖子上。远方有什么人在轻轻地唱歌——

记得当时年纪小
你爱谈天
我爱笑
有一回并肩坐在桃树下
风在林梢鸟儿在叫
我们不知怎样睡着了
梦里花落知多少

夏日烟愁

一九八二年的西班牙

那份电报稿几乎发不出去，电信局的人和我在簿子上查了又查，并没有发现那个地名，在这之前，也看过一般的西班牙行车地图，找不到小村落的位置。

我跟马德里电信局的人说，试试看，发给村庄附近大约在六十公里距离外的小城，看看能不能转过去。那发电报的人问我怎么知道就在那小城附近呢？我说那个山区，是我朋友的故乡。

于是，就那么发了电报："邦费拉达城附近小镇德尔·席。洛贝斯家庭收。"内容只有一个电话号码和旅馆的名字。叫我的朋友巴洛玛和她的丈夫夏依米快快与在马德里停留的我联络。

说起来，当年在沙漠结婚的时候，夏依米还是我们婚礼时签字的证人。西属撒哈拉结束占领之后，这一对夫妇和他们的孩子因为谋职不易，搬了许多次家。最后搬来加纳利群岛时，我的丈夫荷西已经过世七个月了。无形中，巴洛玛和夏依米成了亲密的家人，逢年过节总是一起度过。那时候，沙漠老友大半凋零，他们和我都是酷爱那片土地的人，相处起来，总有一份乡愁和伤感可以了解。而，离开沙漠之后的几年，好似每一个人的日子都加倍艰难。夏依米一直没有持续的工作都好些年了。他们的日子十分拮据。

等到我在一九八二年由台湾回到加纳利岛家中去时，邻居们一个一个奔来告诉我，说巴洛玛病重，眼睛瞎了，双腿麻痹。夏依米匆匆跑来拜托邻居转告我，他们无法再付房租，带着两个男孩子搬回西班牙本土，巴洛玛母亲有些祖产的小村落去居住了。而我们，平日是不通信的。

知道巴洛玛的情况之后，我提早离开岛上，飞去了马德里。赶去巴洛玛父母亲在城郊的花园房子，却发现那儿变成了土地，正在建公寓。

在出于实在找不到人的焦念心态下，发出了那封没有地址的电报。

第二日清晨，夏依米的长途电话就来了。他说次日一早开车来马德里接我，一同去乡下住几天。本来，那个叫做德尔·席的故乡，是巴洛玛每年孩子放暑假必回去度夏的一片梦土，照片里早已看过许多次，只是没有跟去过。这一回，想不到是在这种情形和心境下去的。

中午的时候我在旅社的大街上站着，跟认识多年的老门房说，车子一来接，就得赶快帮忙放箱子。那个小旅社在热闹的大街上，是绝对不可以停车的，一停警察立即会来罚。

算算车程，如果夏依米清晨六时由故乡开出来，中午一点左右便可以抵达马德里。我住的是老地方，朋友们都晓得的。

站到下午一点半，夏依米胖大的身影才一出现，我就跑去搬行李，匆匆忙忙将东西塞进后车厢，跟老门房拥抱了一下，就跳上车去了。以为来接的只是他一个人，进了前座，才发觉巴洛玛半躺在后车厢。那部老破车子体型大，我从前座赶快爬过手排挡的空隙，挤到后面去。

那么热的天气里，巴洛玛却包着毛毯，用大枕头垫着。我上去亲亲她的面颊，拉起她的双手，将它们放在我的脸上，轻轻地问："亲爱的，看得清楚我吗？"说时湿了眼睛，可是声音是安静的。她不说话，只是笑了笑，剪得乱七八糟的短发梳也没梳，如同枯黄了的麦梗。想到当年我们在沙漠时一起用旧布做针线时的情形，我的心里升起一片沧桑。

"带我出城去，快点，四周太闹了。"巴洛玛说。我在一个比较不挤的街角下车，买了一大口袋饮料、乳酪、火腿和面包，又上了车。夏依米说一路开车去乡下，七八小时的路，晚上十点可以到家了。巴洛玛一直拉住我的手，削瘦的面容使她苍老了许多。吃了一口三明治，说没有胃口，叫我接去吃，不一会儿，沉沉睡去了。

我趴在后座，轻声和开车的夏依米说话。"怎么才离开你们不过五个月，病成这样了？"夏依米叹了口气，说："查不出来，身体上完全健康。焦虑太久搞出来的，你知道，失业都快两年了。"我深知巴洛玛的性格，在沙漠时好好的人都在随时神经紧张地等待一切灾祸——她想象出来的。这两年靠社会福利金过日子，天天迎接一个找事无着而回家的丈夫，必然承担不下。

"怎么发生的？"我悄声问。

"福利金停了，积蓄眼看快要贴光，她天天在家发脾气。有天打了孩子，自责很深，到下午说一只眼睛看不清楚。过了几天，我又没找到事，回到家看见她在地上爬，问她怎么了，说腿没有知觉，眼睛完全看不见了。将她送到医院去，从此就不肯讲话，也不吃，也不问孩子，拖了一个月完全查不出毛病来，实在撑不下去，就下决心搬回故乡来。"

“有没有再找事？”我问。

“也是在找，她要人照顾，孩子的饭我得煮，得去城里找，村里没有事情好做。”说着夏依米突然泪如雨下。我快快回头看了巴洛玛一眼，抽了一张化妆纸递上去，夏依米很大声地擤鼻涕，吵醒了巴洛玛。

“我们在哪里了？”她问。看看窗外烈日下一片枯干的大平原和不断出现的古堡，跟她说，还在加斯底亚行政区里面开呢。加斯底亚的意思，就是古堡。

巴洛玛要起来，我用身体斜过去给她靠着。她说要看古堡。“你看！亲爱的，你的眼睛没有瞎，是心理上给关闭住了，乖！你靠住我，试一试，去看。”我摸摸巴洛玛的头发，在她耳边说。“看不见。”说完这话又要躺下，我用枕头垫着膝盖，给她枕着。“你住多久？”巴洛玛突然张开眼问我。“高兴我住？”我问。她点点头，将脸侧过一边去，慢慢流下了眼泪。

“我来，给你剪头发，洗小孩，煮中国菜，然后说话，讲我们的沙漠，还有台湾……”我替她擦眼泪，又轻轻地说。

“那你住多久呢？家里房间好多。”巴洛玛问。

不敢讲台湾学校就得开课，要赶回去。也根本没讲决定回台教书的事。我说住一阵再讲。

我们由马德里往西班牙西北部开。在我的观点里，阿斯都里亚的山区是人间少有的一片美土。大学时代复活节春假时，开车去过。也是在这一个山区里，看过一次成群飞跃的野马，在长满着百合的原野上奔跑。那一幅刻骨铭心的美，看了剧疼，只想就在那一刻死去。再也无法忘怀的地方，今生这才是第二次回去。

“这一回，可以看到强尼，还有那个神父了！”我说。

强尼是一个白痴，在村里面做泥土帮工。神父是神父，村落教堂的。这两个人，是巴洛玛多年来一再讲起的故乡人。巴洛玛讨厌村里其他的人，说他们自私、小气、爱管闲事又愚昧保守和长舌，她不跟他们来往。只这两个人，白痴心好，神父谈得来，是巴洛玛所挚爱的。她最恨村里的寡妇，说她们是巫婆变的，一生穿着黑色衣服还不够，总是包着黑头巾，老在窗口阴沉沉地偷看别人。而寡妇又偏偏好多个。

其实，巴洛玛的父母家原是好的，父亲是空军少将，母亲是一个画家。巴洛玛也学画，师范毕业了出来教小学生的书，十九岁那年认识了孤儿夏依米——在马德里的一个教堂聚会里，没多久就嫁了。夏依米没有一技之长，做的是行政工作，婚后连着生了两个孩子，日子一向艰难，直到去沙漠做了总务方面的事情，才算安定了几年。这一回，贫病交集，出于不得已，才回到父母度夏的故居来——那个一到冬天就要被雪封去通路的小村。

说起白痴强尼和神父，巴洛玛噗一下笑了。说强尼分不清时间，必然整天呆站在村子口的泥巴路上等我去。强尼不是西班牙名，是有一天白痴看见电视里有一个美国兵叫这个名字，他就硬要别人也叫他强尼，如果再叫他“璜”这个本名，就在村里拿了砖头追着人打。

讲起村里的事，巴洛玛话多了些。我说那些寡妇们怎么啦？巴洛玛哈哈笑起来，接着突然指着我身上披的一个花绸西班牙披肩说：“你穿这种颜色的东西，她们马上骂你。不要跟她们讲你的事，不要理她们——”

她不自觉，夏依米和我吓得跳起来——巴洛玛什么时候看得见我的颜色了？！她根本没有瞎。她是要瞎就瞎，要不瞎就不瞎的。

视神经绝对没有毛病，是心理上的巨大压力造成的自闭。夏依米两年多的失业将她搞出来的。

“你看见我了？看见了？”我用力去掐巴洛玛的肩，拼命摇她。

“啊，啊——”她不承认也不否认，歇斯底里地用手来推我，然后一趴下来，又不说话了。

“妈妈爸爸呢？”我又趴上去跟夏依米讲悄悄话。“爸爸在马德里心脏开刀，不要告诉她。”当然是认识巴洛玛全家人的，她的母亲是一个慈爱又有风韵的女人，巴洛玛不及妈妈，每天乱七八糟的也不打扮自己，可是她的家仍是极美的，她爱打扮家庭和做蛋糕。我的结婚蛋糕当年就是巴洛玛做的。因为太敏感，不会出来做职业妇女，人也心气高傲，看不顺眼的人，一句话都不讲，看顺的，就把心也给了人。

天暗了，原野上的星空亮成那个样子，一颗一颗垂在车窗外，辽阔的荒夜和天空，又使我的心产生那熟悉的疼痛。对于西班牙这片土地的狂爱，已经十七年了，怎么也没有一秒钟厌倦过它？这样的事情，一直没有答案。

气温开始变了，一过“加斯底亚”，那夏日的炎热便也退去，初秋的微凉，由敞开的窗口吹进来。

巴洛玛好似睡去。夏依米又要我做了第七个厚三明治。他已经很胖很胖了，也不高，都九十六公斤了，还拼命吃。那种吃法，使人觉得他是个自暴自弃的家伙，很不快乐的胖子。将吃，当成了一种生命欠缺的唯一慰藉。

经过了拍电报上写的小城“邦费拉达”，看见火车站边堆着煤山，相当闭塞的一种冷静，罩着没有一切活动的城市。

民风保守又沉闷，是我的印象。夏依米每天就开车来这里找事，而事情不可能太多的。这个城的经济，可能是守成多于开发，一看就猜到了。城内餐馆不多，表示人们不大出来花钱。倒是药房，看见好几家。

穿过了城，我们弯进了一条柏油公路，小的，两旁全是大松林。车子开始爬山，山下小城的灯火，暗暗淡淡。山区里，东一盏西一盏灯，距离得那么远，使人觉着夜的寂寞和安详。可是毕竟是寂寞多了太多。

又开了四十多分钟，来到一个小桥边，车子向左一转，柏油路面结束了，真正的泥巴路加上大石头，颠醒了又不说话的巴洛玛。她坐起来，靠在我的身上，用手摸索，摸她的毛线披肩。她用摸的。

“教堂到了。”巴洛玛说。“你看到？”“不，我知道。从小在这里度夏天，我知道。”黑暗中，黄泥巴的老教堂没有一丝灯火，坟地就在教堂旁边，十字架成排成排地竖着，不知名的大树哗哗地在风里乱摇。车灯照过的一幢又一幢老破房子全很大，上面住人，下面住牛马，那股味道，并不讨厌，很农村味。

孩子和白痴，就站在路边一个交叉口等着。看见那两个长高了的身影，我的心又痛起来。当年小的那个费南度，我们叫他“南”，总在沙漠里骑在我先生荷西的肩上，那时他才两岁多。而今，一个高高瘦瘦的长发大眼少年在车灯下静静地站着。也不迎上来。

“南——”我向他叫了起来，他抿抿嘴，不动。倒是那个微胖的哥哥叫西撒的，喜出望外似的一脸傻笑冲向车子。

我要下车，夏依米也不停，说家还要得开山路上去。我说孩子呢？叫他们上车，还有强尼。说时，那等的三个根本不走山路，斜斜地向树林里爬，抄近路跑了。

这是巴洛玛乡村的家，白白的竹篱笆后面，是一个大院子，三幢有着厚木窗的尖顶小房子，建在院子的坡上。院内野花遍地。一盏小灯亮着，恰好射在一树结实累累的苹果树上。

我下车，动了一下僵硬的脚，白痴不上来打招呼，抢着行李就走，也不敢看我。夏依米下了车，将巴洛玛抱起来，用毯子盖好，送进了一幢小房子的客厅。

是夏天，可是山区凉，白痴拿个大锯子进来，又没锯什么，对着壁炉挥了挥，这才出去抱了一堆柴进来。

“巴洛玛，我们煮好了一锅马铃薯给Echo吃。”大的那个西撒奔到厨房去。这家人，只叫爸爸，不叫妈妈的——除非是在生气。孩子一向叫巴洛玛的名字，叫得那么自然又亲爱。

两个孩子脸上都是泥巴，衣服也脏，倒是那个家，火炉一点上，四周的艺术风味——巴洛玛的风格，全显出来了。

“我来弄。”我快速进了厨房。开始煎蛋。南没有说什么，在身后围上来一条围裙。我忍不住转过身去，抱住了他。“乖不乖？”我说。他深深地看了我一眼，那双眼睛里，有一份比年龄长了太多的痛。我亲亲他，拍了南一下屁股，催他开饭去了。

三幢小屋，巴洛玛说另外两小幢也是空的，随我住。我挑了孩子们的阁楼，南和西撒挤一个床，另外一个床分给我。我们仍然住同一幢。那天太累了，碗也没有洗，就上床了。夜很静，风吹过山冈，带来呜咽的调子。院子里不时有声音，砰一下砰一下地发出声响。我问孩子，那是什么，他们说是苹果在掉。

黑暗中，西撒问我：“荷西的鬼来不来看你？”我说来的，偶尔来。我问西撒：“妈妈怎么了？”西撒说：“我们快要没饭吃了，爸爸有一天说银行还有六万多块（台币两万块左右）。巴洛玛马上出去找事，去推销花被单，去了一天回来，没有卖掉一块。后来，她慢慢病了，瞎了，也不会走路，我们就搬回来这里了。”

夜，阿斯都里亚的夏夜，有若深秋似的凉。我起床给孩子掖好毯子，叫他们睡了。阁楼上的斜窗看出去，山峦连绵成一道道清楚的棱线，在深蓝色的穹苍下，也悄然睡去。

苹果树下的小桌子边坐着南和西撒，南耐心又友善地在考哥哥：“那么，安达露西亚行政区又包括哪几省呢？”西撒乱七八糟地给答，连北部的省也搞到南部去了。

我从厨房的窗口望出去，淡淡阳光透过树梢，金钱斑似的光影落在两兄弟的脸上。西撒已经留级过一年，跟南同班了，今年又是四科不及格。山区的小学不在附近，要走一个多钟头的路才能到，眼看九月下旬要开学了，西撒的补考还不知过不过。

洗好了碗，我跟巴洛玛说，我们去院子里晒太阳，夏依米马上过来抱她，我向他轻轻一摇头，两人蹲下去架巴洛玛，不用抱的。巴洛玛的脚没有力，可是拖着也拖了几步。

“啊！巴洛玛走路了。”西撒睁大了眼睛微微张着口。

“我累。”巴洛玛讲完就躺下了，躺在一张长椅上。

家在村落的最高处，邻居用斜斜的屋顶层层节节地迤逦到小坡下。天那么高，远山的松林里冒着一串黑烟也没将天染灰。院子里烂果子掉了一地，花是野的，自己会开，老狼狗懒懒地躺着，也不理人。是老了，沙漠里抱来喂的，许多年来巴洛玛不肯弃它，带来带去的。

“有没有看见光？”我将巴洛玛的脸轻转一下，叫她对着太阳。“有，感觉亮。”我跪下去，拿一枝树枝看准巴洛玛脚底中枢神经反射的位置，用力给她刺下去。她没有叫痛。

“南，去拣石头，比你拳头小的，要上面鼓，下面平的那种。”小孩立即跑开了，一会儿抱了一小堆回来。

“你把我做什么?！”巴洛玛问。“撑你站起来。”我把石头放在地上，弯身抱她，小孩也来帮忙，撑住巴洛玛叫她站在石头上。才一上去，她就喊起痛来。“我看不见的！Echo，为什么弄痛我?放我去躺呀！我看不见——”“西撒，去压巴洛玛的肩。”这一下，她狂叫起来，两手向空中抓。就在那个时候，年轻的神父推开院门进来了。

“贝尼！来帮忙！”我向他喊过去，也没介绍自己。我们当然知道谁是谁了。巴洛玛痛出了冷汗，我不忍心，扶她躺下，叫神父用树枝压她中枢神经反射的地方。那时夏依米从坡下上来了，抱着一手臂的硬长面包。“好，你做。”贝尼就让给夏依米了。我们都已经知道在做什么了，台东吴若石神父的治疗法其实去年就彼此讲过了。巴洛玛在寂静的院子里哀叫。

我和贝尼对看了一眼，笑笑，我向屋后的大树林偏一下头，说：“我们去散步?有话问你。”我们走了，听见巴洛玛在跟南说：“你跟在他们后面远一点，一有村子里的人走进树林，就吹口哨，叫神父跟Echo分开走，去——”

贝尼气狠狠地说：“这些死保守党的活寡妇，连巴洛玛跟我多讲话，村里人都会乱猜——”我笑了，踩着叶子往森林里去。

“他们怎么生活?”我问贝尼，开门见山地。

“房子不要钱，你也知道。牛奶嘛，我父亲每天会留一桶给孩子，蔬菜有人拿去的。他们买面包，还有鸡蛋，不吃肉，孩子念书不用钱——水电要付，两个月收一次，唉——”贝尼叹了口气，掏出一支烟来。“你知道，我要回台湾了，巴洛玛只有请你多照顾了，很对不起——”我很挂心，放不下这家人。

走出了林子，另一个山谷出现了，那一幅一幅田野，如同各色的棋盘，梦一样在眼前展开。贝尼跳起来，往栗子树上拉，我们剥掉青栗子的芒刺，就生吃起来。第一次才见面的，却十分自然而友爱。

“村里一共几个人？”我说。“三十几家，五十多个吧！年轻人都走了，田产不值钱，活不下去。”“望弥撒的多不多？”“星期天早晨全会来。你知道巴洛玛和夏依米最恨教堂，说是虚伪。她不来的，小孩也不来，可是她又是有信仰的。”

“虚伪吗？”我反问。“村里人的确虚伪，上教堂来坐着打瞌睡，讲邻居坏话，这是一种习惯，不是信仰。”“你到底在这个死气沉沉的村里做什么？”贝尼笑了笑，说：“做神父啊！”那副神情，十分淡漠。他是因为家贫，自小送去小修院的，是母亲硬送进去的，就成了这一生。“可以再多做一点事？”我说。他笑笑，说：“人们不大需要我，临死的时候，才想起来要一个神父，平日要的是面包。这东西，我自己也要，一份薪水养爸爸、妈妈还有三个弟妹，你说我们在吃什么？”

我不说话。贝尼又说：“有几个月，我去城里做兼差，主教知道了，说要对教区专心些，后来只有不去上工，才不讲了。”我知道，贝尼一个月所得的神父薪水不多，巴洛玛告诉我的。他也养家。村里没有人给教堂奉献的。

附近有牛铃的声音，南的口哨是把手指放在口里吹的那种，尖锐而急切地传过来。贝尼一低头，匆匆走了。

中午吃过马铃薯饼，我说要进城去买东西。巴洛玛要跟，夏依米脸上很快乐，傻子似的。巴洛玛被我们架上车，她自己走的，很吃力地走，神经质地笑个不停。

那天进城有如提早过耶诞节。火腿、香肠、腊肉、乳酪、蛋、冰淇淋，还有糖、油、酱、醋、咖啡、茶、面粉、毛衣一大车装回来……大家都开心得不得了。晚上开了一桶酒，强尼喝醉了，拿起西班牙北部的风笛叭叭叭地吹个不停。

“我们去教堂玩，我们去坟场看鬼火，走嘛走嘛——”巴洛玛叫起来，我们拿毯子把她包扎好，抱着，开车往坡下冲，一路叫下去，村里早睡的寡妇一定吓死了。

“小时候，我们四个姐妹就坐在这一条条板凳上打瞌睡，有一回板凳突然垮了，我跌得四脚朝天，妈妈立即上来打，口里念着圣母马利亚、耶稣基督、天啊！巴洛玛，你的内裤给人看见了啦呀——”巴洛玛在教堂里大笑个不停。幽暗的教堂只有一盏油灯点在圣母面前。我跪下去，急急地祷告，很急，因为白痴在拉人的辫子，不给安静。一直向圣母喊——继续叫巴洛玛看得见，她又看见了，天呀！不要叫她再关闭自己了。行行好，给夏依米一个事情做吧。

贝尼看见我们吵闹，也没说圣母马利亚会生气，一直要锁门赶我们出去，说吵醒了村里的母亲，会责骂他的。于是我们抱起巴洛玛去了墓地。

墓地是全暗的，那些大树给风刮着，叶子乱响。巴洛玛就说：“你看，墙上有一片磷火，是坟场里的泥巴砌的墙，我的祖宗统统躺在里面，有没有蓝火？有没有？”我专心去看，什么也没有，可是那风的声音太怕人了。就在这时候，白痴手上拿的风笛叭一下又响了，我们哇地叫起来往车里跑，丢下了巴洛玛。她抱住教堂走廊上的柱子，喊救命。

家里的必需用品又去城里买了一满车，都是可以储存的食物。那几日，大家的心情好似都放松了。巴洛玛也不要人抱，每天撑扶在火炉边压她的中枢神经。孩子们睡下时，我们在深夜里起火，围着壁炉说话，神父和白痴还有老狗，照例是在的。问巴洛玛眼睛怎么了，她说看得见人影和光。那一阵，她有时很疯狂地笑闹，有时闷闷地坐在门槛上用手剥豆子。

“这么破费，总是叫我于心不安的。”她说。

“万一老了，还不是来跟你住，别讲啦！”我给骂一句过去。

说到这里巴洛玛突然喊了一声：“这种无望的日子，要到哪一天？冬天大雪封路，孩子不能上学几天，他们的教育——”说着说着，扑到膝盖上去，豆子撒了满地。而天气的确已经凉透了，暑假也快过去。

只要那天巴洛玛哭过，她就什么都看不见，也不能站起来，只是不响。上厕所也不叫人，用爬的去浴室。

黄昏时我出去散步，村人怀怀疑疑地看我，一些恶狗跳出来作势要咬。村人看上去很闷，都是些老人。我走过，一位包着黑头巾的老妇人从家里出来，说是巴洛玛的姨婆，硬拉我进去吃自己做的香肠，又问巴洛玛的病，然后叫我告诉巴洛玛，明天姨婆要去看她。

“她来做什么？把门锁上，不给她进来。”巴洛玛发怒地叫，“这种样子，谁也不给看，没有看过瞎子和失业的，是不是？是不是？”我答应她，姨婆来只我出去应付，这才不闹了。巴洛玛不肯见人，除非是她信任的。

我们散步，总是往村落相反的方向走。巴洛玛一手挂住我，一手撑一根拐杖，走几步就休息，一直可以走到树林后面的山冈上去看谷里的平原。她看不清，可是能看。

那时候，我已在小村住了七天。

姨婆叫我拿几颗大青椒给巴洛玛，我收下了，又拿了另外一个老婆婆的包心菜。老婆婆怎么也弄不清我的名字，姨婆告诉她：“就是跟电视广告上冲牛奶的那种巧克力粉一个发音，叫EKO，懂了吧！ EKO、EKO！”

等我喝完了咖啡提着菜往家里去时，那个老婆婆追出来，狂喊：“喂！你，那个叫什么来的，对——啦——雀巢咖啡——再来玩呀！”

那个晚上，讲起这个故事，大家笑得呛出了泪，只有白痴强尼不懂，可是他看见巴洛玛笑得叫肚子痛，就欢喜得一上一下地跳。

许多年了，没有那么狂笑过，笑着笑着夏依米、巴洛玛和神父的表情，都很伤感，才知这三个人，在乡居生活上实在是寂寞的。村里人，不是坏人，根本不是，他们懂的东西，不在村落之外的世界。我讲美国人上了月亮，他们也是拼命笑，哪肯相信。

夏日已经快过去了。火烧山是第一天到村里就看见的，烧了十天，大家就看看，也不急的。

白天的阳光下，都穿上了毛衣了，站在院子里看那股越烧越近的大火，浓烟升得很高，蔓延成十几道火了。“还不救！”我说。夏依米望着望着，说：“等一下去敲钟吧！要烧过来了。”巴洛玛一直十分泰然，她说她家没有森林了，烧也不是她的事。

“村里都是树——”我也不敢吓她，可是怕大火来烧屋子。黄昏时分的火光在暮色里冲出来了，村庄下的一口钟这才啰啰、啰啰地敲得紧急。空气里，满天落尘飘下来，我们退到屋子里去，关上了门窗，将巴洛玛安顿好才走。

跑到村子口去，看见出来的男人都是老的，只夏依米和神父还算中年。夏依米的膝盖在两年前开过刀，里面有钢钉的，又胖，去了也没有什么用。看看男人肩上扛了一些铲子和锄头，觉得这些工具对待大火实在太弱了。就算去挡，只得二十几个人。

我呛着烟尘跑回去看巴洛玛，她一个人把睡房的门锁了躺在床上。“看见南和西撒没有？”我问她。“没有！好一会儿不见了！”巴洛玛开始摸她的毛线披肩，急着要挣扎下来。

“我去换球鞋，你留着，我跑——”我脱掉了靴子，叫了一声：“把门关好，当心趁火打劫。”就跑了。

也看见直升机在转，也看见邻近山区的人三三两两地低头往火光处跑。寒冷的夜里，找不到神父和夏依米，火，都烧到泥巴路那个小桥边来了。

我奔到公路上，拼命喘着，才看见原来有开山机一样的大机器在压树林，大约两百多个人用各种方法锯火巷。那些人的身边，不时落下燃烧着的小火枝。火光里，每个人都被衬成黑纸影般的一片一片晃动着。

“南——，西——撒——”我放开喉咙向人群里喊。烟太重了，一些人受不了呛，锯一回树就奔到路上来喘气。

恨这些人的愚昧，真是火急燃眉了才来救。而孩子呢？孩子呢？

“南——”我又忙叫起来，不敢入火林去。

一个不认识的人给我一根大棍子，说：“你守路这边，有小火种飞过来，就上去打熄。”不停地有树枝着火，那些顶端的不可能够得到，路边的小火也来不及打。女人们也来了，我们在这边打火，男人深入那边火林里去了。

“西——撒——”我一面工作一面喊，总没有回音。火，带着一种恐怖的声音，急惶惶地吞过来。

“林务局是死人呀！怎么只老百姓在救！”我喊。

“怎么没有，十几处在一起烧，他们来不及！”

一面骂一面打火，等到烧得最剧烈的地方被人向相反方向也故意放了火，对烧过去，那条火巷才隔出来了。

夜深了，村里的女人，对着自己烧焦的树林，嚎啕大哭起来。

想到巴洛玛一个人在家，丢掉了棍子慢慢走回去。

夏依米也回来了，已经深夜两点多，孩子没有到家。

“如果孩子出事，我也不活了。”巴洛玛也不哭，就这么一句。说时两张乌黑的脸就那么进门来了。我走上去，捉过来就打，头上身上给乱打，打完这个追来那个又打。孩子也不抵抗，抱住头蹲着。

那个晚上，怕余火再燃，大家都不敢睡沉。阁楼上的南，悄悄问我：“Echo，你什么时候走？”我说过几天。他又说：“如果巴洛玛死了，你来不来带我和西撒一起去台湾？”我跑过去，将他连毯子一起抱在怀里，下巴顶住他的头，不说什么。旁边睡着了的西撒，身上一股重重的烟味。

“接是快乐的，送人没有意思，我坐火车走。”我说。

巴洛玛不讲话，那天她一直没有讲话，把一条沙漠毯子摸出来，要我带走。又写了生辰八字，说平日不通信，这回到中国，一定要给算个命用西班牙文写来。

讲好大家都睡，清晨只我和夏依米去小城的车站赶火车去马德里。然后我飞瑞士，回台湾了。

那个晚上，其实没睡。将孩子的衣服、袜子都修补了一下，给厨房悄悄打扫干净，浴室也轻轻擦了一遍。回房数了一下旅行支票,除了留下一百美金,其余的都签好字放入一个信封里合上了。

这些,南都看我在灯下做,他很专注地盯住我看。我们不说话。

清晨六点二十的火车，出门时孩子都在睡。夏依米提了箱子装上车，巴洛玛用爬的爬到院子里来。我跑过去扶起她，摸摸她的脸，说："亲爱的，不要愁，安心等，上天不会叫人饿死的。"她点点头，在轻微地发抖，身上一件单睡袍。我亲亲她，问她看得见早晨的山林吗，她说看不见。

"我走了。"我轻声说。她挥手叫我去，一只手将身体挂在篱笆上。

我再看了她一眼，晨雾里，巴洛玛的眼睛张着，没有表情，好似在看着一片空茫的未来。

车门砰一下关了起来，我们开出小路，还看见巴洛玛呆挂在那个门边上，动也没动。

强尼守在自家门口，也只得一个寡母和他相依为命，强尼看见车经过，就去躺在路上。我下去拖他，他死也不肯起来。他的母亲，包着永远也不解下来的黑头巾，出来拉儿子，白痴、疯子地骂，也打得惊天动地。我们的车就这样跑了。

桥头边等着的是贝尼，我下车，笑着向他跑去，四周除了夏依米没有别人。我们很自然地亲吻了一下彼此的面颊,我对他说："好兄弟，我走了。"他从口袋里掏出一个圣像牌来送给我，说得很轻，说："唉！亲爱的妹妹，哪年再来啊？"不知哪年再来了，拍他一下，说："走了！做个好牧人呀！"

在小城几乎无人的月台上，夏依米跟我踱来踱去地散步。他反反复复地讲，希望过不久能有一个差事做，我啊啊地应着。天那么凉，铁轨看上去冰冷的。这不过是一个夏季的结束，到了冬天，这里会是什么样子？

车来了，我将行李放上去。跳下来，跟夏依米紧紧地抱了一下，把那个前晚预备好的支票信封顺手塞进他的口袋。他要推，看我眼睛一湿，就没再讲什么，他的眼眶，也慢慢绕上了一圈淡红。

“谢谢！”我说。他追了几步，火车开了，我扑在车窗上向他挥手，直到那个胖胖的身影淡成了一片落叶。

上面过的是一九八二年的夏天。一九八三年又去了西班牙。巴洛玛的家人，在马德里的，没人接电话，打了数十次，电信局说那已是空号了。发电报也没有回音。一九八四年我在美国，写信去小村庄，回信的是夏依米，信中欣喜若狂，说在小城的一个旅馆终于找到了柜台的工作，是夜班，收入可以维持生活，不必再汇钱去。留下了旅馆的电话号码，叫我打去。

立即拨了长途电话，那边接话的是一位小姐，问起夏依米，她叫了起来，喊着：“你一定是他的好朋友Echo，夏依米天天在挂念你。”我问：“那他人呢？为什么没有上班？”她说：“嗳！很可怜的，旅馆生意不好，前三天把他裁员裁掉了。巴洛玛又突然发病，送去医院，说是昨天送去了马德里——”

你从哪里来

闹学记之一

当我站在注册组的柜台前翻阅那厚厚一大沓课程表格时，已经差不多知道自己那种贪心的欲望为何而来了。

我尽可能不再去细看有关历史和美术的课程，怕这一头栽下去不能自拔。

当当心心地只往“英语课”里面去挑，看见有一堂给排在中午十二点十五分，一次两小时，每周三次。学费九十六块美金一季。老师是位女士，叫做艾琳。至于她的姓，我还不会发音。

“好，我注这一门。”我对学校里的职员说。

她讲：“那你赶快注册，现在是十二点差一刻，缴了费马上去教室。”

“现在就去上？”我大吃一惊，看住那人不动。

“人家已经开学十几天了，你今天去不是可以快些赶上吗？”那位职员说。

“我还没有心理准备。”我说。

“上学还要心理准备！不是你自己要来的吗？”那人说。

这时，我看了一下手表，开始填入学卡，飞快地跑到另一个柜台去缴费，再跑回注册组把收据送上。听见那人对我说：“D 幢二〇四教室就对了。”

我站在校园里举目望去，一个好大的D字挂在一幢三层楼的墙外。于是，在西雅图冬季的微雨里，往那方向奔去。

找到了二〇二，也找到了二〇六，就是没有二〇四。抓了好几个美国学生问，他们也匆忙，都说不晓得。

好不容易才发觉，原来我的教室躲在一个回字形的墙里面，那回字里的小口，就是了。

教室没有窗，两个门并排入口，一张椭圆形的大木桌占据了三分之二的地方，四周十几张各色椅子围着。墙上挂了一整面咖啡色的写字板，就是一切了。那不是黑板。

在空荡无人的教室里，我选了靠门的地方坐下，把门对面，我心目中的“上位”留给同学。

同学们三三两两地进来了，很熟悉地各就各位。就在那时候，来了一位东方女生，她看见我时，轻微地顿了那么十分之一秒，我立即知道——是我，坐了她的老位子。

我挪了一下椅子，她马上说：“不要紧，我坐你隔壁。”她的英文标准，身体语言却明显地流露出她祖国的教养，是个日本人。

那时候，老师还没有来。同学们脱帽子、挂大衣、放书本、拖椅子，一切都安顿了，就盯住我看个不停。

坐在桌子前端的一位女同学盯得我特别锐利。她向我用英文叫过来：“你从哪里来？”我说：“中国。”她说：“哪个地方？”我说：“台湾。”她说：“台湾什么地方？”我说：“台北。”她说：“台北什么地方？”我说：“南京东路四段。”

这时，那个女同学，短发、刘海、深眼窝、薄嘴唇的，站起来，一拍手，向我大步走来。我开始笑个不停。她必是个台北人。

她把那个日本同学推开，拉了一把椅子挤在我们中间，突然用国语说："你像一个人。可是——怎么会突然出现在我们这种小学校里呢？大概不是。我看不是——"

"随便你想了。"我又笑说，"等一下我们才讲中文，你先坐回去。"她不回去，她直接对着我的脸，不动。

这时候同学们大半到齐了，十二三个左右，女多男少。大家仍然盯住我很好奇地一句又一句："你是谁？你从哪里来？中国人？纯中国人？为什么现在才来……"

这全班都会讲英语，也不知还来上什么英语课。人种嘛，相当丰富。却是东方人占了大半，当然伊朗应该算东方。只个棕色皮肤的男生说是南美洲，巴西上来的。还有一个东欧人。

那时，老师进来了。

她的身体语言就是个老师样子。进门大喊一声："嗨！"开始脱她的外套。这一看见我，又提高了声音，再叫一声——"嗨！"这一声是叫给我的。我不习惯这种招呼法，回了一句："你好吗？"

全班人这一听，稀里哗啦笑得前俯后仰。

"哦——我们来了新同学。"老师说着又看了我一眼。她特别给了我一个鼓励的微笑。

那时，我也在看她。她——

银白色齐耳直发、打刘海、妹妹头、小花枣红底衬衫、灰蓝背心、牛仔过膝裙，不瘦不胖不化妆。那眼神，透出一种忠厚的顽皮和童心。温暖、亲切、美国文化、十分的人味。

我们交换眼光的那一霎间，其实已经接受了彼此。那种微妙，很难说。

"好！不要笑啦！大家把书摊出来呀——"老师看一下手表喊

着。我也看一下手表，都十二点半了。

我的日本女同学看我没有书，自动凑过来，把书往我一推，两个人一起读。

一本文法书，封面写着："经由会话方式，学习英文文法。"书名：《肩靠肩》。我猜另有一本更浅的必叫《手牵手》。

"好——现在我们来看看大家的作业——双字动词的用法。那六十条做完没有？"老师说。

一看那本书，我松了一口大气；程度很浅，就不再害怕了。

"好——我们把这些填空念出来，谁要念第一条？"

"我。"我喊了第一声。

这时大半的人都在喊："我、我、我……"

"好——新来的同学先念。"老师说。

正要开始呢，教室的门被谁那么砰的一声推开了，还没回头看，就听见一个大嗓门在说："救命——又迟到了，真对不起，这个他妈的雨……"

说着说着，面对老师正面桌子的方向涌出来一大团颜色和一个活动大面积。她，不是胖。厚厚的大外套、双手抱着两大包牛皮纸口袋，肩上一个好大的粗绳篮子，手上挂着另外一个披风一样的布料，臂下夹着半合的雨伞。她一面安置自己的全身披挂，一面说："在我们以色列，哪有这种鬼天气。我才考上驾驶执照，雨里面开车简直怕死了。前几天下雪，我惨——"

我们全班肃静，等待这个头上打了好大一个蝴蝶结的女人沉淀自己。

她的出现，这才合了风云际会这四个字。

那个女人又弄出很多种声音出来。等她哗叹了一口气，把自己跌进椅子里去时，我才有机会看见跟在她身后的另一个女人。

那第二个，黑色短发大眼睛，淡红色慢跑装，手上一个简单的布口袋，早已安静得如同睡鸟似的悄悄坐下了。她是犹太人，看得出——由她的鼻子。

“好——我们现在来看看双字动词——”老师朝我一点头。

我正又要开始念，那个头发卷成一团胡萝卜色又扎了一个大黑缎子蝴蝶结的女人，她往我的方向一看，突然把身体往桌上哗地一扑，大喊一声：“咦——”接着高声说：“你从哪里来的？”

那时，坐在我对面始终没有表情的一位老先生，领先呀的一声冲出来。他的声音沙哑，好似水鸭似的。这时全班就像得了传染病的联合国一般，哈哈哈哈……哈哈哈哈……哈哈哈哈……

“好——不要再笑了。”老师喊。

我发觉，我们的老师有一句口头语，在任何情况之下，她都只用一个方法来制止或开头，那就是大喊一声：“好——”

老师一指我，说：“好——你来做第一题。”一听到那个好字又出来了，我瞪住书本咯咯吱吱地抖得快抽筋。这时笑气再度扩散，原先憋在全班同学胸口的那股气，乘机爆发出来。

大家东倒西歪，教室里一片大乱。

“好——今天我们那么开心，课就先不上了。”

老师想必很怕热，她把那件背心像用扇子似的一开一合地扇。这时大家喊：“不要上啦！不要上啦！”

“好——我们来自我介绍，新同学来一遍。”老师说。

我说：“不行，这么一来你们认识了我，我又不认识你们。”

“好——”老师说，“全体旧同学再来一遍自我介绍，向这位新同学。然后，这位新同学再向大家介绍她自己。行不行？”

全班听了，纷纷把文法课本啪啪地乱合起来，又弄出好大的声音。

以前在开学第一天自我介绍过了的人，好似向我做报告似的讲得精简。等到那个不大肯有表情的米黄毛衣老先生讲话时，全班才真正安静了下来。

“我叫阿敏，是伊朗人，以前是老国王时代的军官，后来政变了，我逃来美国，依靠儿子生活。”另外两个伊朗同学开始插嘴：“老王好、老王好。”

对于伊朗问题，大家突然很感兴趣，七嘴八舌地冲着阿敏一句一句问个不停。阿敏虽然是军官，英文毕竟不足应战，我我我地答不上话来。

那个伊朗女同学突然说：“我们还有一个坏邻居——伊拉克，大混账……”

全班三个伊朗人突然用自己的语言激烈地交谈起来。一个先开始哭，第二个接着哭，第三个是男的阿敏，开始擤鼻涕。

我说：“我们中国以前也有一个坏邻居，就是——”我一想到正在借读邻居的文法书，这就打住了。

老师听着听着，说：“好——现在不要谈政治。新同学自我介绍，大家安静。”

“我嘛——”我正要说呢，对面那个还在哭的女同学一面擦眼睛一面对我说：“你站起来讲。”

我说：“大家都坐着讲的，为什么只有我要站起来？”

她说：“我是想看看你那条长裙子的剪裁。”

全班乘机大乐，开始拍手。

我站起来，有人说：“转一圈、转一圈。”我推开椅子，转一圈。

老师突然像在看西班牙斗牛似的，喊了一声：“哦类！”

我一听，愣住了，不再打转，问老师：“艾琳，你在讲西班牙文？”这时候，一个日本女同学正蹲在地上扯我的裙子看那斜裁功夫，还问：“哪里买的？哪里买的？”

老师好得意，笑说：“我的妈妈是英国移民，我的爸爸是墨西哥移民，美国第一个墨西哥民航飞机驾驶师就是他。”我对地上那个同学说：“没得买，我自己乱做的啦！”

“什么鬼？你做裙子，过来看看——”那个红头发的女人砰一推椅子，向我走上来——她口中其实叫我——你过来看看。

“好——大家不要开始另一个话题。我们请这位新同学介绍自己。”老师说。

“站到桌子上去讲。”那个还在研究裁缝的同学轻轻说。我回了她一句日文：“请多指教。”

“好——”我说，“在自我介绍之前，想请教艾琳一个重要问题。”我坐了下来，坐在椅子上。

“好——你请问。”老师说。

“我问，这个班考不考试？”我说。

老师沉吟了一下，问说：“你是想考试还是不想考试呢？”她这句反问，使我联想到高阳的小说对话。

“我不想考试。如果你想考我试，那我就说再见，不必介绍了。”我说。

这一说，全班开始叫：“不必啦！不必啦！”

那个蝴蝶结正在啃指甲，听到什么考不考的，惊跳起来，喊说：“什么考试！开学那天艾琳你可没说要考试——”

艾琳摊一摊手，说：“好——不考试。”

这一说，那个巴西男孩立即站起来，说："不考？不考？那我怎么拿证书？我千辛万苦存了钱来美国，就是要张语文证书。不然，不然我做事的旅馆要开除我了——"

蝴蝶结说："不要哭，你一个人考，我们全部签字证明你及格。"

巴西男孩不过二十二岁，他自己说的。老师走过去用手从后面将他抱了一抱，说："好！你放心，老师给你证书。"

这才开始我的自我介绍了。教室突然寂静得落一根针都能听见。

我走上咖啡板，挑出一支黄色短粉笔，把笔横躺着画，写下了好大的名字，宽宽的。

我说，在我进入美国移民局的当时，那位移民官问我："你做什么来美国？"我跟他说："我来等待华盛顿州的春天。"那个移民官笑了一笑，说："现在正是隆冬。"我笑说："所以我用了等待两字。"他又说："在等待的这四个月里，你做什么？"我说："我看电视。"

说到这儿，艾琳急着说："你的入境，跟英国作家王尔德有着异曲同工之妙。美国税务官问王尔德有什么东西要报关，王尔德说：除了我的才华之外，什么也没有。"这时几个同学向老师喊："不要插嘴，给她讲下去呀！"

老师又挤进来一句："他报才华，你等春天。"

大家就嘘老师，艾琳说："好——对不起。"

"好——"我说，"我不是来美国看电视等春天的吗？我真的开始看电视。我从下午两点钟一直看到深夜、清晨。我发觉——春天的脚步真是太慢了。"

我看看四周，同学们聚精会神的。

"我去超级市场——没有人跟我讲话。我去服装店——没有人跟我讲话。我去公寓里公共的洗衣烘衣房——有人，可是没有人跟我讲话。我去邮局寄信，我想跟卖邮票的人讲话，他朝我身后看，叫——下一位。我没有人讲话，回到公寓里，打开电视机，那个《朝代》里的琼考琳丝突然出现，向我尖叫——你给我闭嘴！”

同学们开始说了：“真的，美国人大半都不爱讲话，在我们的国家呀——”

老师拍拍手，喊：“好——给她讲下去呀！”

我说：“于是我想，要找朋友还是要去某些团体，例如说教堂呀什么的。可是华盛顿州太美了，大自然就是神的殿堂，我去一幢建筑物里面做什么。于是我又想——那我可以去学校呀！那时候，我东挑西选，就来到了各位以及我的这座社区学院。”

一个同学问我：“那你来西雅图几天了？”

我说：“九天。”

蝴蝶结慢慢说：“才九天英文就那么会说了！不得了。”

这时候，大家听得入港，谁插嘴就去嘘谁。我只得讲了些含糊的身世等等。

“你什么职业？”“无业。”

“你什么情况？”“我什么情况？”“你的情况呀！”“我的经济情况？”“不是啦！”“我的健康情况？”“不是、不是，你的情——况？”

“哦——我的情况。我结过婚，先生过世了。”

还不等别人礼貌上那句：“我很遗憾。”讲出来，我大喊一声：“好——现在大家都认识我了吗？”

老师深深地看了我一眼，说：“各位同学看到了，我们得到了多么有趣的一位新同学。”她吸一口气，说：“好——我们现在把书翻开来，今天要讲——虚拟式。”

这时候那个台北人月凤一打桌子，叫道：“艾琳、艾琳，Echo是个作家，她在我们的地方出了好多书——”

老师不翻书了，说：“真的吗？”

“真的、真的。”月凤喊。

我说：“我不过是写字，不是她口中那样的。”

这时候，那个坐在对面极美的日本女同窗向我用手一指，说：“对啦——我在《读者文摘》上看过你抱着一只羊的照片。老天爷，就是你，你换了衣服。”

老师忘掉了她的“虚拟式”问说：“你为什么抱羊？在什么地方抱羊？”

我答：“有一次，还打了一只羊的耳光呢。”

教室里突然出现一片羊声，大家开始说羊。说到后来起了争论，是澳洲的羊好，还是纽西兰的羊毛多。

老师说：“好——现在休息十分钟再上课。”

这一休息，我一推椅子，向月凤使了一个眼色，她立刻会意，两个人一同跑到走廊上去。我拉了她一把，说：“我们去楼下买书。快，只有十分钟。”

那下一小时，并没有上课，包括老师在内都不肯进入文法，就听见：“那你的国家是比美国热情啰？”“那你没有永久居留怎么躲？”“那你原来还是顿顿吃日本菜呀？”“那你一回去不是就要被杀掉了吗？”“那你先生在瑞士，你留在这里做什么？”“那你靠什么过日子？”“那你现在为什么不转美术课？”“那跟你同居的美国朋友讲不讲什么时候跟你结婚？”“那这样子怎么成？”“那不如算了！”“那——”

下课时间到了，大家噼里啪啦推椅子，还在说个没完。下楼梯时又喊又叫又挥手：“后天见！后天见！”

我站在走廊上决不定回不回公寓。这时，老师艾琳走过我，她说：“你刚才说不会发音我的姓，那没关系。我除了丈夫的姓之外，还有一个本姓，叫做 VELA。这是西班牙文。”

我笑看着她，用英文说：“帆。帆船。”

“好——对了，我是一面帆。”她说，“亲爱的，因为你的到来，为我们的班上，吹来了贸易风。”

我说：“好——那么我们一起乘风破浪地来航它一场冬季班吧！”

回到寂静的公寓，我摊开信纸，对父母写家书。写着写着，发觉信上居然出现了这样的句子：“我发现，在国际同学的班级里，同舟共济的心情彼此呼应，我们是一群满怀寂寞的类型——在这星条旗下。我自信，这将会是一场好玩的学校生活。至于读英文嘛，那又不是我的唯一目标，课程简单，可以应付有余。我的老师，是一个充满爱心又有幽默感的女士，在她给我的第一印象里，我确信她不会体罚我。这一点，对于我的安全感，有着极大的安抚作用。”

想了一会儿，提笔再写：“我的计划可能会有改变。念完冬季班，那个春天来临的时候，我想留下来，跟着老师进入校园的春花。你们放心，我从今日开始，是一个极快乐的美国居民。最重要的是，老师说——不必考试，只需游戏读书。竞争一不存在，我的心，充满了对于生命的感激和喜悦。注意，我夏天才回来啦！”

又写了一段：“这的生活简单，开销比台北那种人情来往省了太多。一季的学费，比不上台北任何英文补习班。经济实惠，钱一下多出来了。勿念。”

我去邮局寄信，那位扶拐杖卖邮票的先生，突然说："出了一套新邮票，都是花的。我给你小额的，贴满芳香，寄去你的国家好吗？"

这是一个美国人在西雅图的卫星小城，第一次主动地对我讲了一串话。我投邮，出了邮局，看见飘动的星条旗，竟然感到，那些星星，即使在白天，怎么那么顺眼又明亮呢。

如果教室像游乐场

闹学记之二

当我的车子开进校园中去找停车位时，同学阿敏的身影正在一棵树下掠过。我把车子锁好，发足狂奔，开始追人，口里叫着他的名字。追到阿敏时，啪地打他一下，这才一同往教室的方向走去。

上学不过三五次，对于这种学校生活已经着了迷。初上课时以为功课简单，抱着轻敌的自在而去。每周几堂课事实上算不得什么，老师艾琳也是个不逼人的好家伙。可是课后的作业留得那么多，几十页的习题加上一个短篇小说分析，那不上课的日子就有得忙了。

我觉得，自己还是个很实心的人，文法填充每一条都好好写，小说里的单字也是查得完全了解才去教室。这样认真地念书，虽然什么目的也没有，还是当它一回事似的在做，做得像真的一样，比较好玩。

我在教室里挂外套、放书籍，再把一大盘各色糖果放在桌上，这才对阿敏说："刚才停车场边的那只松鼠又出来了，看到没有？"

阿敏听不懂松鼠这个英文字，我就形容给他听："是一种树林里的小动物，有着长——长——毛——毛的尾巴，它吃东西时，像这样……”说着丢了一颗糖给六十岁的阿敏，接着自己剥一颗，做松鼠吃东西的样子。阿敏就懂了。

这时第三个同学走进教室，必然是我们这三个最早到。伊朗女同学一进来就喊：“快点，拿来抄。”我把习题向她一推，她不讲话，口里咬着水果糖，哗哗抄我的作业。

在我们教室的玻璃门上，学校贴了一张醒目的告示，严重警告：“在这个区域里，绝对禁止食物、饮料，更不许抽烟。”

上学的第一天，大家都做到了，除了那个头发上打大蝴蝶结的以色列同学阿雅拉。

阿雅拉念书时含含糊糊的，我问她：“你怎么了？”她把舌头向我一伸，上面一块糖果。我们的老师艾琳在第二节课时，开始斜坐在大家的椭圆形桌子上，手里一罐“七喜汽水”。

当我发现老师的饮料时，心里十分兴奋，从此以后，每次上课都带一大盘糖果。

彩色的东西一进教室，大家都变成了小孩子，在里面挑挑拣拣的，玩得像真的一样。老师对于糖果也有偏爱，上课上到一半，会停，走上来剥一颗红白相间的薄荷糖，再上。于是我们全班念书时口里都是含含糊糊的，可是大家都能懂。

在这个班上，日本女同学是客气的，我供应每天三块美金的甜蜜，她们就来加茶水和纸杯子。这一来教室里每个人都有了各自的茶叶包。老师特别告诉我们，在走廊转角处有个饮水机——热水。就这样，我们在那“绝对不许”的告示下做文盲，包括老师。

在我们的班上，还是有小圈圈的。坐在长桌两端的人，各自讲话。同国籍的，不肯用英文。害羞的根本很安静。男生只有三个，都是女生主动去照顾他们，不然男生不敢吃东西。

我的座位就在桌子的中间，所以左边、右边、对面、旁边的同学，都可以去四面八方地讲话。下了课，在走廊上抽烟时，往往只拉了艾琳，那种时刻，讲的内容就不同。什么亨利·詹姆斯，费滋杰罗，福克纳，海明威……这些作家的东西，只有跟老师谈谈，心里才舒畅。

上课的情形是这样的：先讲十分钟闲话，同时彼此观赏当日衣着，那日穿得特美的同学，就得站起来转一圈，这时大家赞叹一番。衣服看过了，就去弄茶水，如果当日老师又烘了个“香蕉蛋糕”来，还得分纸盘子。等到大家终于把心安定时，才开始轮流做文法句子。万一有一个同学不懂，全班集中精神教这一个。等到好不容易都懂了，已经可以下课。

第二堂必有一张漫画，影印好了的，分给同学。画是这种的：画着一个人躺在地上死了，旁边警察在交谈。其中一个警察的手枪还在冒烟。开枪的警察说：“什么，一个游客？我以为是个恐怖分子呢。”

游客和恐怖分子这两个字发音很接近，就给误打死了，背景是影射苏俄的那种俄式建筑。

同学们看了这张漫画，都会笑一阵。不笑的属于英文特糟的两三个，大家又去把他们教成会笑，这二十分钟又过去了。

接下来一同读个短篇小说。

我在这短篇小说上占了大便宜，是因为老师拿来给我们念的故事，我全部念过。虽然如此，绝对不会杀风景，把结局给讲出来，甚而不告诉他人——这种故事我早就看过了。

看故事时大家像演广播剧，每一小段由同学自动读，每个人的了解程度和文学修养在这时一目了然。碰到精彩的小说时，教室里一片肃静。

这些故事，大半悲剧结束。我们不甘心，要救故事主角。老师说："文学的结局都是悲的居多，大家不要难过。"

有一天，我们又念着一个故事：书中一对结婚六十年的老夫妇，突然妻子先死了。那个丈夫发了疯，每天在田野里呼叫太太的名字。这样，那老人在乡村与乡村之间流浪了三年，白天吃着他人施舍的食物，晚上睡在稻草堆里。直到一个夜晚，老人清清楚楚看见他的太太站在一棵开满梨花的树下，向他招手。他扑了上去。第二天，村人发现老人跌死在悬崖下。那上面，一树的花，静静地开着。

当我们读完这篇二千字左右的故事时，全班有好一会儿不想讲话。老师等了一下，才说："悲伤。"我们也不吃糖、也不响、也不回答，各自出神。那十几分钟后，有个同学把书一合，说："太悲了。不要上了。我回家去。"

"别走。"我说，"我们可以来修改结局。"

我开始讲："那村庄里同时住着一个守寡多年的孀妇，大家却仍叫她马波小姐。这个马波小姐每天晚上在炉火边给她的侄儿打毛衣。在寂静的夜晚，除了风的声音之外，就听见那个疯老头一声一声凄惨的呼唤——马利亚——马利亚——你在哪里呀——这种呼叫持续了一整年。那马波小姐听着听着叹了口气，突然放下编织的毛衣袖子，打开大门，直直地向疯老头走去，上去一把拎住他的耳朵，大声说：'我在这里，不要再叫了，快去洗澡吃饭——你这亲爱的老头，是回家的时候了。'"

说完这故事，对面一个女同学丢上来一支铅笔，笑喊着："坏蛋！坏蛋！你把阿嘉莎·克莉丝蒂里面的马波小姐配给这篇故事的男人了。”

这以后，每念一个故事，我的工作就是：修改结局。老师突然说：“喂！你可以出一本书，把全世界文学名著的结局都改掉。”

以后教室中再没有了悲伤，全是喜剧结尾。下课时，彼此在雨中挥手，脸上挂着微笑。

没多久，中国新年来了，老师一进教室就喊：“各位，各位，我们来过年吧！”

“什么年哦——我们在美国。”我说。

“你们逃不过的。说说看，要做什么活动送给全班？”老师对着月凤和我。

“给你们吃一盘炒面。”我说。

大家不同意，月凤也加了菜，大家还是不肯。最后，我说：“那我要演讲，月凤跟我一同讲，把中国的年俗讲给大家听。”

“什么啰——你——”月凤向我大喊，全班鼓掌送给她，她脸红红的不语了。

那一个下午，月凤和我坐在学校的咖啡馆里，对着一张白纸。上面只写了一个英文——祖宗。

“怎么讲？”月凤说。“从送灶神讲起。”我说。

“灶神英文怎么讲？”月凤说。“叫他们夫妻两个厨房神好了。”我说，“不对、不对，还是从中国的社会结构讲起——才给过年。”

两个人说来说去，发觉中国真是个有趣而充满幻想的民族。这一来，不怕了，只担心两小时的课，不够讲到元宵花灯日呢。

好，那第三天，我们跑到教室去过中国年。艾琳非常得意拥有月凤和我这种学生，居然到处去宣传——那学校中的老师们全来啦！

我跑上写字板上，先把那片海棠叶子给画得清楚，那朵海棠花——台湾，当然特别画得大一点。

在挤满了陌生人的教室里，我拍一拍月凤的肩膀，两人很从容地笑着站起来。

开场白是中国古老的农业社会：春耕、夏耘、秋收、冬藏——大地休息。好啦！中国人忙完了一年，开始过节。年，是一种怪兽……

在听众满眼元宵灯火的神往中，我们的中国新年告一段落。那十二生肖趴在写字板上。同学拼命问问题："我属猪，跟谁好一点？""那属蛇的呢？属蛇的又跟哪种动物要好？"

那些来听讲的老师们有些上来跟月凤和我握手，说我们讲活了一个古老的文明。

艾琳简直陶醉，她好似也是个中国人似的骄傲着。她把我用力一抱，用中文说："恭喜！恭喜！"我在她耳边用西班牙文说："这是小意思啦！"

月凤跟我，在这几班国际学生课程里，成了名人。那些老师都去他们的班上为我们宣传。这种事情，实在很小家气。土啦。

从月凤和我的演讲之后，班上又加了一种读书方法——演说。人人争着说。

我们打招呼、看衣服、读文法、涂漫画、改小说、吃糖果、切蛋糕、泡茶水，然后一国一国的文化开始上演。

那教室，像极了一座流动的旋转马。每一个人骑在一匹响着音乐的马上，高高低低地旋转不停。我快乐得要疯了过去。

"各位，昨天我去看了一场电影——《远离非洲》。大家一定要去看，太棒了。"我一进教室就在乱喊。跑到墙上把电影院广告和街名都给用大头钉钉在那儿。又说：“午场便宜一块钱。”

那天的话题变成电影了。

艾琳进门时，我又讲。艾琳问我哭了没有，我说哭了好几场，还要再去看。

这一天下午，我们教室里给吵来了一台电视机和录放影机。以后，我们的课，又加了一种方式——看电影。

在这时候，我已经跑图书馆了，把《远离非洲》这本书给看了一遍，不好，是电影给改好的。我的课外时间，有了满满的填空。吞书去了。

我开始每天去学校。

没有课的日子，我在图书馆里挑电影带子看，看中国纪录片。图书馆内有小房间，一个人一间，看完了不必收拾，自有职员来换带子。我快乐得又要昏过去。

我每天下午在学校里游戏，饿了就上咖啡馆，不到天黑不回家。于是，我又有了咖啡座的一群。

学校生活开始蔓延到外面去。那阿雅拉首先忍不住，下了课偷偷喊我，去参加她家的犹太人节庆。日本同学下了课，偷偷喊我，去吃生鱼片。伊朗同学下了课，偷偷喊我，来家里尝尝伊朗菜。南斯拉夫同学下了课，偷偷喊我，回家去聊天。巴西同学下了课，偷偷喊我——来喝巴西咖啡。月凤下了课，偷偷喊我，给我五个糯米粿。

艾琳下了课，偷偷喊我——又来一本好书。

咖啡馆的那一群散了会，偷偷喊我——我们今晚去华盛顿大学听印度音乐再去小酒店。

我变成了一个偷偷摸摸的人，在西雅图这陌生的城郊。

“我觉得自己好像一个贼。”在艾琳的办公室门口，我捧着一杯咖啡对她说。艾琳笑看了我一眼，说：“哦，我在美国土生土长了一辈子，只有一个朋友。你才来一个多月，就忙不过来。”

“你也快要忙不过来，因为我来了。”我上去抱一下艾琳，对她说：“亲爱的。”说完赶快跑。情人节快到了，要吓她一次，叫她终生难忘我们这一班。

“哗，那么美丽的卡片！”班上同学叫了起来。

“每人写一句话，送给艾琳过情人节。”我说。

那张卡片尺寸好大，写着——送给一个特别的人。全张都是花朵。夸张的。

“这种事情呀，看起来很无聊，可是做老师的收到这类的东西，都会深——受感动。”

“你怎么知道？”有人问。

“我自己也当过老师呀！有一年，全班同学给了我一张卡片，我看着那一排排名字，都哭吔！”我说。

大家上课时悄悄地写，写好了推给隔壁的。我们很费心，画了好多甜心给老师，还有好多个吻。这种事，在中国，打死不会去做。

等到第二节上课时，一盒心形的巧克力糖加一张卡片，放在桌子前端艾琳的地方。

艾琳照例拿着一罐汽水走进来。

当她发现那卡片时，咦了一声，打开来看，哗的一下好似触电了一般。

“注意！艾琳就要下雨了。”我小声说。

同学们静静地等待老师的表情，都板着脸。

那老师，那《读者文摘》一般的老师，念着我们写的一句又一句话，眼泪哗哗地流下来。

“哦——艾琳哭了。”我们开始欢呼。

另一班的老师听见这边那么吵，探身进来轻问：“发生了什么事吗？”

当她发现艾琳在站着哭时，立即说一声：“对不起。”把门给关上了。她以为我们在整人。

这一回，艾琳和我们再度一同欢呼，大家叫着：“情人节快乐！情人节快乐！”

于是我们推开书本，唱向每一个同学，大家轻轻一抱，教室里乒乒乓乓的都是撞椅子的声音。抱到月凤时，我们两个中国人尖叫。

在咖啡馆的落地大玻璃外，艾琳走过，我向她挥挥手，吹一个飞吻给她。她笑着，吹一个飞吻给我，走了。我下课也赖在学校，不走。

“那是我的好老师吔。”我对一位同桌的人说。他也是位老师，不过不教我的。我们同喝咖啡。

“你们这班很亲爱啊。”这位老师说。

“特别亲爱，不错。”我说。

“我听说，有另外一个英文老师，教美国文学的，比你现在的课深，要不要下学季再去修一门？”这位物理老师说。

“她人怎么样？”我小心翼翼地问。

“人怎么样？现在就去看看她，很有学问的。”这位老师一推椅子就要走。

“等等，让我想一想。”我喊着，可是手臂被那老师轻轻拉了一下，说：“不要怕，你有实力。”

我们就这样冲进了一间办公室。

那房间里坐着一位特美的女老师——我只是说她的五官。

“珍，我向你介绍一位同学，她对文学的见解很深，你跟她谈谈一定会吃了一惊的。”我的朋友，这位物理老师弯着腰，跟那坐着不动不微笑的人说。我对这位介绍人产生了一种抱歉。

那位珍冷淡地答了一声：“是吗？”

我立即不喜欢这个女人。

“你，大概看过奥·亨利之类的短篇小说吧？”她很轻视人地拿出这位作家来，我开始气也气不出来了。

“美国文学不是简单的。”珍也不再看我们两个站在她面前的人，低头去写字。

“可是，她特别的优秀，不信你考她，没有一个好作家是她不知道的。”那个男老师还要自找没趣。

珍看了我一眼，突然说：“我可不是你们那位艾琳，我——是深刻的。我的班，也是深刻的。如果你要来上课，可得早些去预排名单，不然——”

“不然算了，谢谢你。”我也不等那另一个傻在一边的物理老师，把门哗一拉，走了。

在无人的停车场里，我把汽车玻璃后窗的积雪用手铺铺平，慢慢倒下一包咖啡馆里拿来的白糖，把雪拌成台湾的清冰来吃。

那位物理老师追出来，我也不讲什么深刻，捧了一把雪给他，说：“快吃，甜的。”

“你不要生气，珍是傲慢了一点。”他说。

我回答他：“没受伤。”把那捧甜雪往他脖子里一塞，跳进车里开走了。开的时候故意按了好长一声喇叭。我就要无礼。

回到公寓里，外面的薄雪停了。我跑到阳台上把雪捏捏紧，做了三个小小的雪人。远远看去，倒像三只鸭子。

我打开航空信纸开始例行地写家书。

写着："幸好我的运气不错，得了艾琳这样有人性又其实深刻的一位好老师，虽然她外表上看去不那么深。不然我可惨啰！下学季还是选她的游乐场当教室，再加一堂艺术欣赏。不必动手画的，只是欣赏欣赏。下星期我们要看一堂有关南斯拉夫的民俗采风幻灯片，怎么样，这种课有深度吧？再下一堂，是希特勒屠杀犹太人的纪录电影。对呀！我们是在上英文呀！下雪了，很好吃。再见！情人节快快乐乐。"

春天不是读书天

闹学记之三

我早就认识了他，早在一个飘雪的午后。

那天我们安静地在教室里读一篇托尔斯泰的短篇，阿雅拉拿起一颗水果糖从桌子右方弹向我的心脏部位。中弹之后，用眼神向她打过去一个问号，她用手指指教室的玻璃门。我们在二楼。

我用双手扳住桌沿，椅子向后倒，人半仰下去望着走廊，细碎的雪花漫天飞舞着，这在西雅图并不多见。

“很美。”我轻轻对阿雅拉说。

艾琳老师听见了，走向玻璃，张望了一下，对全班说：“外面下雪了，真是很美。”

于是我们放下托尔斯泰，一同静静观雪。

下课时，我跑到走廊上去，阿雅拉笑吟吟地跟出来，两个人靠在栏杆上。

“亲爱的，我刚才并不是叫你看雪。”她说。

又说：“刚才经过一个男老师，我是要你看他。”

“我知道你讲的是谁。索忍尼辛一样的那个。”

“对不对？他嘛——你也注意到了。”

我们的心灵，在那一霎间，又做了一次不必言传的交流。阿雅拉太精彩，不愧是个画家。

阿雅拉顺手又剥一颗糖，很得意地说："在班上，只我们两个特别喜欢观察人。"

那个被我们看中的男老师，此刻正穿过校园朝我的方向走来。

我并不动，静立在一棵花树下已经好久了。

等他快走向另一条小径时，我大声喊出来："哈啰！ PAPER MAN。"

这个被我喊成"纸人"的人这才发现原来我在树底下。他微微一笑，大步走上来，说："嗨！你好吗？"

"好得不能再好。"我笑说的同时，把头发拉拉，给他看，"注意，头上肩上都是樱花瓣，风吹下来的。"

"真的吔！"这位美国大胡子这才赞叹起来。

"这种事情，你是视而不见的。"我说。

"你知道，我是只看印刷的——"他打打自己的头，对我挤了一下眼睛，笑着。

他又要讲话，我嘘了他一声，这时微风拂过，又一阵花雨斜斜地飘下来。

我沉浸在一种宁静的巨大幸福里。

"这使你联想到什么？"这位朋友问我。

"你说呢？"我的表情严肃起来。

"莫非在想你的前半生吧？"

"不是。"

我们一同走了开去，往另一丛樱花林。

"这使我，想起了我目前居住的美国。"我接着说，"我住在华盛顿州。”又说：“这又使我想起你们的国父——华盛顿以及他的少年时期。”

“春天，跟国父有关吗？”他说。

“跟他有关的是一棵樱桃树、一把锯子，还有，在他锯掉了那棵树之后，那个没有追着国父用棍子打的爸爸。”我一面走一面再说，“至于跟我有关的是——我很想问问你，如果说，在现代的美国，如果又有一个人——女人，也去锯掉一棵樱花树——”

我们已经走到了那更大的一片樱树林里，我指着那第一棵花树，说：“譬如说——这一棵——”

我身边守法的人大吃一惊，喊：“耶稣基督，原来——”

“原来我不是在花下想我的——新——愁——旧——恨——”我的英文不好，只有常用中国意思直译过去，这样反而产生一种奇异的语文效果，不同。

在春日的校园里，一个中年人笑得颠三倒四地走开，他的背后有我的声音在追着——“华盛顿根本没有砍过什么树，是你们一个叫 WEEN 的人给编出来的——”

当我冲进教室里去的时候，同学们非常热烈地彼此招呼。十几天苦闷假期终于结束，春季班的开始，使人说不出有多么的欢喜。

“你哦，好像很快乐的样子。”同学中的一位说。

“我不是好像很快乐。”我把外套脱下，挂在椅背上，“我是真的、真的好快乐。”

“为什么？”

“春来了、花开了、人又相逢，学校再度开放，你说该不该？”

“Echo 讲出这几句话来好像一首歌词。”同学们笑起来。

“而且押韵——注意喔。”我唱了起来。

这一生，没有一个学校、一个班级、一位老师，曾经带给我如此明显的喜悦，想不到，却在美国这第四次再来的经验里，得到了这份意外的礼物。

是老师艾琳的功劳。

想到艾琳她就进来了。

全新的发型、小耳环、新背心、脸上春花般的笑，使得我的老师成了世上最美的人。

我从不去管人的年龄。艾琳几岁，到底？

她一进来，先嗨来嗨去地看学生，接着急急地说："各位，等下放学绝对不要快回家，你们别忘了到那些杏花、李花树下去睡个午觉再走。"

果然是我的好老师，懂得书本以外时时刻刻的生活教育。她从来没有强迫我们读书。

却因为如此，两个日本同学换了另一班。

她们说："那个隔班的英文老师严格。"

我不要严的那位，我是艾琳这一派的。再说，她留下那么重的作业我们也全做的，不须督促。

新来的学期带来了新的同学和消息，艾琳说："各位，学校给了我们这一班一个好漂亮的大教室，可以各有书桌，还有大窗，不过那在校分部，去不去呀？"

大家愣了一下，接着全体反对起来。

"我们围着这张大会议桌上课，可以面对面讲话，如果变成一排一排的，只看到同学的背后，气氛就不亲密了。"我说。

"校分部只是建筑新，不像学校，倒像个学店。"

"说起商店，校分部只有自动贩卖机，没有人味的。"

“有大窗咃。”老师说。

“有了窗不会专心读书，都去东张西望了。”

艾琳沉吟了一会儿，说：“好——那我们留在这个小房间里。”

“对了——”全班齐声说。

对了，班上去了几个旧同学，来了两个新同学，这一走马换将，那句：“你哪里来的？”又开始冒泡泡。

当然，为着礼貌，再重新来一次自我介绍。

来的还是东方人，一男一女。

男的是刘杰克，夫妇两个一起从台湾来的，太太做事，杰克开创电脑公司，他一个人来上个没有压力的英文课。

我观察这位刘同学，立即喜欢了他。

我看一眼阿雅拉，她对我点一个头。我们显然接受这位和蔼可亲又朴朴素素的好家伙。杰克合适我们班上的情调，步伐一致。而且有童心。

另外一位女同学，是东南亚中的一国人。

她略棕色，黑发卷曲着长到腰部，身材好，包在一件黑底黄花的连身裙里，手上七个戒指是她特别的地方。眼窝深，下巴方，鼻子无肉，嘴唇薄……是个好看的女人。

杰克有着一种不知不觉的自信，二十八九岁吧，活得自在怡然的。我猜他必然有着位好太太。

那位新女同学，英文太烂，只能讲单字，不能成句子。这使她非常紧张。艾琳马上注意到她的心态，就没有强迫她介绍自己。她只说了她的来处。

第一堂课时，我移到这位新来的女同学身边去，把书跟她合看，她的感激非常清楚地传达到我心里，虽然不必明说。

下了第一堂课，我拉她去楼下书店买教材，她说不用了。我看着她，不知没有书这课怎么上下去呢。

“我，来试试。”她说。

我突然明白了，其实班上的同学都是存心来上课的，虽然我们很活泼。而这一位女人，完全不是来念书的，她只是来坐坐。她连书都不要，不是节省，是还在观望。

这位谁也懒得理的新同学跟我孤零零地坐着。她的不理人是一种身体语言的发散。说说话就要去弄一下肩上的长发，对于本身的外貌有着一份不放心和戒备——她很注意自己——自卑。

虽然她讲话不会加助动词，这无妨我们的沟通，可是当我知道她住在美国已经十一年了，而且嫁给一个美国人已经十六年了时，还是使我吃了一惊。

“那你先生讲你国家的话？”我问。

“不，他只讲英语。”

说到她的丈夫，她不知不觉流露出一种自得。也许是很想在班上找个姊妹淘吧，她突然用高跟鞋轻轻踢了我一脚，那鞋子是半吊在脚上的，所谓风情。

这在另一个女人如此，我一定能欣赏，可是同样半脱着鞋的她，就不高尚。

新同学说：“你，找个美国老头子嫁了，做个美国人，不好？”

我笑看着她不语。

她又说：“嫁个白人，吃他一辈子，难道不要？”

这几句英文，她讲得好传神。

听见她讲出这种话来，我的眼前突然看到了那长年的越南战争、饥饿、死亡，以及那一群群因此带回了东南亚新娘的美国人。

又上课了，阿雅拉一把将我拉过去，说："那个女人你别理她——廉价。"

"她有她的生长背景和苦难，你不要太严。"

"我们犹太人难道不苦吗？就没有她那种下贱的样子。"阿雅拉过分爱恶分明，性子其实是忠厚的，她假不来。

这个班级，只有我跟这位新同学做了朋友，也看过来接她的好先生——年纪大了些，却不失为一个温文的人。我夸她的先生，她说："没有个性，不像个男人。"

听见她这么衡量人，我默默然。

没上几次课，这位同学消失了，也没有人再问起过她。至于杰克，他开始烘蛋糕来班上加入我们的游乐场教室，大家宝爱他。

我终于看清楚了这可敬可爱的全班人，在相处了三个月之后。

阿敏不再来上学了，虽然过去是伊朗老王旗下的军官，很可能为生活所迫，听说去做了仓库的夜间管理员。

南斯拉夫来的奥娃以前是个秘书，目前身份是难民。为着把她四年不见的母亲接来美国相聚，她放弃了学业，去做了包装死鱼冷冻的工作。

这两个弃学的人，本身的遭遇和移民，和政治有着不可分割的关系。在这种巨大的力量下，人，看上去变成如此的渺小而无力。看见他们的消失，我心里怕得不得了。

"不要怕，你看我们以色列人，是什么都不怕的。"阿雅拉说。

我注视着那三五个日本女同学，她们那么有守有分有礼又有自信。内心不由得对这个国家产生再一度的敬——虽然他们过去对中国的确有着错失，却不能因此把这种事混到教室的个人情感上来。

日本女同学的丈夫们全是日本大公司——他们叫做“会社”派驻美国的代表。她们生活安稳，经济情况好，那份气势也就安然自在。我们之间很友爱的。

瑞恰也是个犹太人，她的黑短发，慢跑装，球鞋，不多说话，都在在表现出她内在世界的平衡和稳当。那永远只穿两套替换衣服的她，说明了对于本身价值的肯定。她的冷静中自有温柔，是脑科开刀房的护士。

阿雅拉同是犹太人，却是个调色盘。从她每次更新的衣服到她的现实生活，都是一块滚动的石头。在她的人格里，交杂着易感、热忱、锐利、坦白、突破以及一份对待活着这件事情强烈的爱悦。越跟她相处、越是感到这人的深不可测和可贵，她太特殊了。却是个画家。

伊朗女同学仍是两个。一个建筑师的太太，上课也不放弃她那“孔雀王朝”的古国大气，她披金戴钻，衣饰华丽，整个人给人的联想是一匹闪着沉光的黑缎绣着金线大花。真正高贵的本质，使她优美，我们很喜欢她。

讲起她的祖国，她总是眼泪打转。忍着。

另一位伊朗同学完全相反，她脂粉不施，头发用橡皮筋草草一扎，丈夫还留在伊朗，她带着孩子住在美国。说起伤心事来三分钟内可以趴在桌上大哭，三分钟后又去作业边边上用铅笔画图去了。画的好似一种波斯画上的男女，《夜莺的花园》那种童话故事里的神秘。虽然遭遇堪怜，却因为本性的快乐，并没有悲伤得变了人。

古托是唯一南美洲来的，深黑的大眼睛里饱藏寂寞，不过二十多岁，背井离乡的滋味正开始品尝。好在拿到语文证书可以回去参加嘉年华会了。他是我们班的宠儿，不跟他争的。

月凤是个台北人，别跟她谈历史文学，跟她讲股票她最有这种专业知识。那份聪明和勤劳，加上瘦瘦而细致的脸孔，使人不得不联想到张爱玲笔下那某些个精明能干又偏偏很讲理的女子。月凤最现实，却又现实得令人赞叹。她是有家的，据说家事也是一把抓，精彩。

日本同学细川，阅读方面浩如烟海，要讲任何世界性的常识，只有她。有一次跟她讲到日本的俳句，不能用英文，我中文，她日文，笔谈三天三夜不会谈得完。在衣着和表情上，她不那么绝对日本风味，她是国际的。在生活品位上，她有着那么一丝“雅痞”的从容和讲究，又是个深具幽默感的人。不但如此，金钱上亦是慷慷慨慨的一个君子。我从来没有在日本人之间看过这么出众的女子。一般日本人，是统一化的产品，她不是。

班上总共十几个同学，偏偏存在着三分之一的人，绝对没法形容。他们五官普通、衣着普通、思想普通、表现普通，使人共处了快三个月，还叫不全他们的名字。

这是一种最适合做间谍的人们。怎么看他们的样子，就怎么忘记。他们最大的优点，就在那惊人地坚持普通里。

“我觉得我们这班太精彩了。”我靠在门边跟老师艾琳说话。

“的确很棒。”艾琳说，“可是，你是那个团结全班感情的力量，要加上——你，班里面才叫好了。”

我笑着看她，说：“不是，是你在我们里面，才叫好了。”

“现在可以走了吧？”我问艾琳。

“我又没有留你。”艾琳说，“你现在一个人去哪里？”

我摇摇车钥匙，说：“进城——PIKE PLACE MARKET 去玩。”那里数百家小店，够疯了。

“祝你快乐。”艾琳收拾杂物一同下楼。

我跑得好快，跑到老远才回头，高叫：“艾琳，我也祝你快乐快乐。”

说起快乐，在春季班还没注册以前，阿雅拉找我，说：“有一门课叫做——快乐画廊。我们三个，瑞恰、你、我，下学季一起去修，好不好？”

我很惊讶居然存在这种保证学生心情的科目，跑到注册组去查课目表，这才发现阿雅拉看英文字是有边读边，没边念中间的。

那门课叫做“画廊游览”。游览是我给想的中文，原意是由一个地方到另一个地方，并不停留太久。英文用了 HOPPING 这个字。阿雅拉把它看成 HAPPY，真是充满想象力。

想象中全班十几个人由老师带了一家一家看画廊，看完再同去吃一家情调午餐才散课，那必然非常快乐才是。于是我们三个就去注了册，上了课。那不是国际学生班。

起初，我忍住那份疏远而客气的人际关系，五堂课以后，不去了。反正不去了。

那一班，不是真诚的班。艺术罩顶，也没有用。假的。

“噢，做人真自由。”跷课以后，我满意地叹了口气。阿雅拉和瑞恰也不喜欢那堂课的一切，可是她们说，付了学费就得忍下来。我们彼此笑骂：“没品位的、没品位的。”也不知到底是放弃了叫做没品位，还是坚持下去叫做没品位。

说到坚持下去，除了我们这种不拿学分的同学之外，其他中国学生大半只二十多岁，他们或由台湾去、或由中国大陆去，都念得相当认真。表现第一流。

这种社区大学容不下雄心大志的中国青年，上个一两年，就转到那种名校去了。他们念书为的是更好的前途，跟我的没有目的很不相同。

在这七八个中国同学里，没有懦弱的人。一群大孩子，精彩绝伦地活着，那成绩好不必说，精神上也是开开朗朗、大大方方的。

就这样，北京来的周霁，成了我心挚爱的朋友。我老是那么单字喊他——“霁——呀——”远远听起来，就好似在叫——“弟——呀——”

弟的老师私底下跟我喝过一次咖啡，她说：“你们中国学生，特别特别优秀，无论哪一边来的，都好得不得了。这个周霁绝不是个普通人，不信你试试他。”

我不必试他，我知道。

春天来了，午后没课的时候，霁的脚踏车被我塞进汽车后座，他和我这一去就去了湖边。两个人，在那波光闪闪的水影深处，静下心来，诚诚恳恳地谈论我们共同的民族。

在美国，我哭过一次，那事无关风月，在霁的面前，我湿湿的眼睛，是那份说不清楚的对于中华民族爱成心疼的刻骨。

跟霁交往之后，汽车的后座垫子永远没有了靠垫。我把靠背平放，成了小货车，摆的是霁随时上车的附属品——他的单车。

春天来了，没有人在读书。

我们忽而赶场大减价，忽而赶场好电影。忽而碰到那东南亚来的女人跟着另一个美国老头在买名贵化妆品——不是她的先生。我们匆匆做功课、快快买瓶饮料、悠悠然躺在草上晒太阳。

艾琳说，这才叫做生活嘛！热门音乐大集会，艾琳买好票，兴奋地倒数日子——再三天后的晚上，我要去听我的儿子打鼓——他是一个音乐家，住在好莱坞。

我的日子不再只是下课捏雪人，我的日子也不只是下课咖啡馆、图书馆，我脱离了那一幢幢方盒子，把自己，交给了森林、湖泊、小摊子和码头。

那种四季分明的风啊，这一回，是春天的。

在咖啡馆里，我再度看见了那位"纸人老师"。他的每一个口袋里都有纸片，见了人就会拿出来同读。那种折好的东西，是他丰富知识的来源。他的行踪不出西雅图。

"你还想砍树吗？"他笑问着我。

"现在不想了。"我笑说，"倒是湖边那些水鸭子，得当心我们中国人，尤其是北京来的。"

纸人老师大笑起来，哈哈哈哈，弄得安静的咖啡馆充满了假日的气息。

"北京烤鸭？"他说。

"怎么样？我们去中国城吃？"我把桌子一拍。

"你不回家吗？"他说。

"你、我什么家？都没家人的嘛！"

于是，纸人也大步走了。在那一次的相聚里，我们不知为什么那么喜欢笑，笑得疯子一般都没觉得不好意思。嗳，都中年了。咦——都中年了吗？

回到住的地方，做好功课，活动一下僵硬的肩膀，我铺开信纸，照例写家书。

写下“爸爸、妈妈”这四个字之后，对着信纸发呆，窗外的什么花香，充满了整个寂静的夜。一弯新月，在枝椏里挂着。

我推开笔，口中念念有词，手指按了好多个数目——电话接通了。

妈妈——我高喊着。

台湾的妈妈喜出望外，连问了好多次——好不好？好不好？

“就是太好了呀！忍不住打电话来跟你讲，可以比信快一点。”我快速地说，“春天来了你都不知道是什么样子都是花海哦也不冷了我来不及地在享受什么时候回来还不知道对呀我是在上课呀也有用功呀不过还来得及做别的事情呀我很好的好得不得了都穿凉鞋了不会冻到别担心我……”

我先走了

闹学记之四

那天我刚进教室才坐下，月凤冲进来，用英文喊了一句："我爸爸——"眼睛哗地一红，用手蒙住了脸。月凤平日在人前不哭的。

我推开椅子朝她走去。

"你爸怎么了？"我问。

"中风。"

"那快回去呀——还等什么？"

月凤在美国跟着公公婆婆，自己母亲已经过世，爸爸在台北。

说时艾琳进门了，一听见这消息，也是同样反应。一时里，教室突然失去了那份欢悦的气息，好似就要离别了一般。

那一天，我特别想念自己的父母，想着想着，在深夜里打电话给月凤，讲好一同去订飞机票，一同走了。毕竟，我还有人子的责任。

就决定走了，不等学期结束。

"什么哦——你——"阿雅拉朝我叫起来。

"我不能等了。"我说。

"你爸也没中风，你走什么？"同学说。

我的去意来得突然，自己先就呆呆的，呆呆的。

快乐的日子总是短促的，躲在心里的枷锁不可能永远不去面对处理。我计划提早离开美国，回台湾去一个月，然后再飞赴西班牙转飞加纳利群岛——去卖那幢空着的房子了。

这是一九八六年五月中旬。

学校其实并不小，只是在我们周遭的那几十个人变成很不安——月凤要暂时走了，带走了他们的朋友 Echo。

阿雅拉和瑞恰原先早已是好朋友，连带她们由以色列派来美国波音飞机公司的丈夫，都常跟我相聚的。

这匆匆忙忙的走，先是难过了那二十多个连带认识的犹太朋友。他们赶着做了好多菜，在阿雅拉的家里开了一场惜别会。

我好似在参加自己的葬礼一般，每一个朋友，在告别时都给了我小纪念品和紧紧的拥抱，还有那一张张千叮万咛的地址和电话。

细川慎慎重重地约了月凤和我，迎到她家中去吃一顿中规中矩的日本菜。我极爱她。

霁听到我要走，问："那你秋天再来不来？那时候，我可到华盛顿州立大学去了。"

我肯定以后为了父母的缘故，将会长住台湾。再要走，也不过短期而已。我苦笑着替我的"弟"整整衣领，说："三姐不来了。"

一个二十岁的中国女孩在走廊上碰到我，我笑向娇小的她张开手臂，她奔上来，我抱住她的书和人。她说："可是真的，你要离开我们了？"说着她呜呜假哭，我也呜地哭一声陪伴她，接着两人哈哈笑。

奥娃也不知听谁说的我要走了，请了冷冻工厂的假，带着那千辛万苦从南斯拉夫来的妈妈，回到学校来跟我道别。

在班上，除了她自己，我是唯一去过奥娃国家的人。两人因此一向很亲。

巴西的古托用葡萄牙文唤我——姐，一再地说明以后去巴西怎么找他。在班上,我是那个去过亚马逊大河的人。在巴西情结里，我们当然又特别些。

杰克中文名字叫什么我至今不晓得，却无妨我们的同胞爱。他说:“下回你来西雅图，我去机场接。”

我笑说:“你孤单单给乖乖留着，艾琳是不会欺负你的。别班可说不定。”

伊朗那大哭大笑的女同学留下一串复杂的地址，说:“我可能把孩子放到加州，自己去土耳其会晤一次丈夫。也可能就跟先生回伊朗。你可得找我，天涯海角用这五个地址联络。”

一群日本女同学加上艾琳，鬼鬼祟祟的，不知在商量什么。

我忙着打点杂物，东西原先不多，怎么才五个多月，竟然如此牵牵绊绊。一发心,大半都给放下了,不必带回台湾——尤其是衣服。

决定要走之后，月凤比较镇定了，她去忙她的琐事。毕竟月凤去了台北还有人情礼物不得不周到。她买了好多东西。

就算这样吧，我们两人的课还是不愿停。

艾琳一再地问:“上飞机前一天的课你们来不来?”

我和月凤都答:“来。”

“一定来?”同学们问。

“一定来，而且交作业。”我说。

艾琳问我，要不要她写一张证明，说我的确上过她的班级而且认真、用功等等好话。

我非常感谢她的热忱，可是觉得那实在没有必要——“人，一生最大的事业，不过是放心而已。”我不再需要任何他人的证明了。

在离开美国四天以前，我在学校老师中间放出了消息——加纳利群岛海边花园大屋一幢，连家具出售，半卖半送。七月中旬买卖双方在那遥远的地方会面交屋。

几个老师动了心，一再追问我："怎么可能？海景、城市夜景、花园、玻璃花房、菜园，再加楼上楼下和大车库，才那么点钱。"

我说："是可能。当一个人决心要向那儿告别时，什么价都可能。"

为着卖一幢千万里之外的房子，我在美国的最后几天闹翻了学校十分之一的老师们。

最后，每一个人都放弃了，理由是："我们要那么远的房子做什么？"

我知道卖不成的，可是却因此给了好几个美国家庭一场好梦。

要去学校上那对我来说是"最后的一课"的那天，我在桌子上查好生字、做完全本英文文法——包括还没有教的、整理清所有的上课笔记，再去买了惯例三块美金的糖果，这才早早开车去了学校。

咖啡馆里围坐了一桌亲爱的同胞手足加同学。我们都是中国人，相见有期。没有人特别难过。

霁是唯一大陆来的，他凝神坐着，到了认识我快半年的那一天，还说："不可思议。不可思议。"

我知当年他在大陆念医学院时，曾是我的读者。而今成了我的"弟"呀，还没弄明白这人生开了什么玩笑。

坐了一会儿，一个中国同学踢了我一脚，悄悄说："你就过去一下，人家在那边等你好久了。"

我抬眼看去，那个纸人老师一个人坐在方桌前，面前摊着一堆纸，在阅读。

我静悄悄地走向他，拉开椅子坐了下来。

“明天走，是吗？”他笑着。

“明天中午。”我说。

“保持联络。”他说。

“好。”我说。

我们静坐了五分钟，我站了起来，说：“那么我们说再见了。”

他推开椅子也站了起来，把我拉近，在我的额头上轻轻一吻。我走了。

霁的接待家庭里的主妇，也是学校的职员唐娜，又跟我换了一个角落，在同样的学校咖啡馆里话别。我们很少见面，可是看见霁那么健康快乐地生活在美国，就知道唐娜这一家给了他多少温暖。

“谢谢你善待他。”我说。

“也谢谢你善待他。”唐娜说。

我们拥抱一下，微笑着分开。我大步上楼，走进那真正属于我的教室。这一回，心跳加速。

这一回，不再是我到得最早，全班的同学早都到了。我一进门，彼此尖叫。

那个上课写字的大桌子居然铺上了台布。在那优雅的桌巾上，满满的菜啊——走遍世界吃不到——各国各族的名菜，在这儿为月凤和我摆设筵席。

“哦——”我叹了口大气，“骗子——你们这群骗子，难怪追问我们来不来、来不来。”我惊喜地喊了起来。

“来——大家开始吃——世界大同，不许评分。”

我们吃吃喝喝、谈谈笑笑、闹闹打打，没有一句离别的话。

至于月凤，是要回来的。

杰克的蛋糕上写着月凤和我的名字。太爱我们了，没烤对，蛋糕中间塌下去一块。大家笑他技术还不够，可是一块一块都给吞下去了，好快。

最后的一课是我给上的，在写字板上留下了台湾以及加纳利群岛的联络地址。这一回，写下了全名，包括丈夫的姓。同学们才知我原来是葛罗太太，在法律上。

写着同样颜色的黄粉笔，追想到第一次进入教室的那一天，我也做着同样的事情。

时光无情，来去匆匆——不可以伤感呀，天下哪有不散的筵席，即使千里搭长棚。

下课钟响起了，大家开始收拾桌子，一片忙乱。阿雅拉没有帮忙，坐着发愣。

“好了，再见。”我喊了一声就想逃。

艾琳叫着：“不——等等。”

“你还要干什么？”我抖着嘴唇问她。

艾琳拉起了身边两位同学的手，两位同学拉住了我和月凤的手，我们拉住了其他同学的手。我们全班十几个人紧紧地拉成一个圆圈圈。

我在发抖，而天气并不冷。

艾琳对我说：“月凤是可以再相见的，你——这一去不返。说几句话告别啰——”

那时阿雅拉的眼泪瀑布似的在面颊上奔流。我好似又看见她和我坐在她家的草坪上，用小剪刀在剪草坪。我又听见她在说：“我生一个孩子给你，你抱去养，我给你我和以撒的孩子。”为了她那一句话，我要终生终世地爱她。

我再看了一眼这群亲爱的同学和老师，我努力控制自己的声音，我的心狂跳起来，喉咙被什么东西卡住了，我开始慢慢地一句一句说——

看我们大家的手，拉住了全世界不同民族的信心、爱心，以及和平相处的希望。

在这一个班级里，我们彼此相亲、相爱。这，证明了，虽然我们的生长背景全然不同，可是却都具备了高尚的人格和情操。也因此，使我们得到了相对的收获和回报。

艾琳，是一位教育家，她对我们的尊重和爱，使得我们改变了对美国的印象。我深深地感谢她。

我们虽然正在离别——中国人，叫做“分手”，可是内心尽可能不要过分悲伤。让我们把这份欢乐的时光，化为永远的力量，在我们遭遇到伤痛时，拿出来鼓励自己——人生，还是公平的。

如果我们记住这手拉手、肩靠肩的日子，那么世界大同的理想不会再是一个白日梦。注意，我们都是实践者，我们要继续做下去，为了爱、为了人、为了世界的和平。

最后，我要感谢我们的小学校 Bellevue Community College。没有它，没有我们的好时光。

再见了，亲爱的同窗，不要哭啊——阿雅拉。好——现在，让我们再来欢呼一次——春来了、花开了、人又相逢、学校再度开放——万岁——

飞机在一个艳阳天里升空，我听见有声音在问我：“你会再来吗？”

我听见自己在回答：“这已是永恒，再来不来，重要吗？”

星　石

遗爱之一

那个人是从旧货市场的出口就跟上我的。

都怪我去了那间老教堂，去听唯有星期天才演奏的管风琴。那日去得迟了，弥撒正在结束，我轻轻划了十字架，向圣坛跪了一下，就出来了。那间教堂就贴着市场旁边。

也是一时舍不得离开，我在树荫下的长椅子上坐了下来。那个人，那个后来跟住了我的人，就坐在那里。他先在的。

每一次回西班牙，总当心地选班机，选一班星期五黄昏左右抵达的，那么，星期六可以整整一天躺在旅馆内消除疲劳。而星期天，正好可以早起，走个半小时多路，去逛只有星期日才有的市集——大得占住十数条街的旧货市场。然后，去教堂静静地坐着，闭上眼睛，享受那古老教堂的管风琴演奏。

每一次回马德里，在起初的一两天里都是这么过掉的，不然就不觉得在回国了。

当我坐在长椅上的时候，旁边的中年人，那个在夏天穿着一件冬天旧西装还戴了一顶破帽子的人就开始向我讲话了。我很客气地回答他，好有耐性又友善的。

谈了一会儿话，旁边的人问起我的私事来，例如说，结了婚没有？靠什么生活？要在马德里留几天？住在哪一家旅馆什么又什么的。我很自然地站起来，微微笑着向他说再见，转身大步走了。

一路穿过一条一条青石砖铺的老街，穿过大广场，停下来看街头画家给人画像，又去吃了一个冰淇淋，小酒馆喝了一杯红酒，站着看人交换集邮，看了一会儿斗牛海报……做了好多事情，那个跟我同坐过一张长椅子的人就紧紧地跟着。也没什么讨厌他，也不害怕，觉得怪有趣的，可是绝对不再理他了。他总是挤过一些人，挤到我身边，口里反复地说："喂！你慢慢走，我跟你去中国怎么样？你别忙走，听我说——"

我跑了几步，从一个地下车站入口处跑下去，从另外一个出口跑出来，都甩不掉那个人。

当这种迷藏开始不好玩的时候，我正好已经走到马德里的市中心大街上了，看见一家路边咖啡馆，就坐了下去。那时，茶房还在远远的一个桌子上收杯子，我向他举举手，他点了一下头，就进去了。

才坐下来呢，那个跟我的人就也到了，他想将我对面的一张椅子拉开，要坐下来，我赶紧说："这把椅子也是我的。"说时立即把双脚交叉着一搁搁在椅子上，硬不给他坐。

"喂！我跟你讲，我还没有结过婚，怎么样？你觉得怎么样？"他也不坚持坐下来了，只弯下腰来，在我耳边鬼里鬼气地乱讲。

我想了一下，这个人七八成精神不正常，两三成是太无聊了，如果用软的方法来，会缠久一点，我性子急，不如用骂的那种法子快快把他吓走。

他还在讲鬼话呢，不防被我大声骂了三句："滚开！讨厌！疯子！"好大声的，把我自己也给吓了一跳。走路的人都停下来看，那个跟踪的家伙跳过路边咖啡馆放的盆景，刷一下就逃得无影无踪了。

茶房向我这边急急地走来，一副唐·吉诃德的架势，问说什么事情。我笑起来了，跟他讲：“小事情，街头喜剧。”

点了一杯只有在西班牙夏天才喝得到的饮料——一种类似冰豆浆似的东西，很安然地就将脚搁在对面的椅子上，拾起一份别人留在座位上的报纸，悠悠闲闲地看起来。

其实也没有那么悠闲，我怕那个被骂走的人回来抢我东西，当心地把皮包放在椅子后面，人就靠在包包上坐着，眼睛还是东张西望的。防着。

这时候，大概是下午两点前后，天热，许多路人都回家去休息了，咖啡座的生意清淡。就在那个时候，我身边一把椅子被人轻轻拉开，茶房立即来了。那人点的东西一定很普通，他只讲了一个字，茶房就点头走了。

我从报纸后面斜斜瞄了一下坐在我身边的。还好不是那个被我骂走的人，是个大胡子。

报纸的广告读完了，我不再看什么，只是坐着吹风晒太阳。当然，最有趣的是街上走过的形形色色的路人——一种好风景。

那么热的天，我发觉坐在隔壁的大胡子在喝一壶热茶。他不加糖。

我心里猜：一、这个人不是西班牙人。二、也不是美国人。三、他不会讲西班牙话。四、气质上是个知识分子。五、那他是什么地方来的呢？

那时，他正将手边的旅行包打开，拿出一本英文版的——《西班牙旅游指南》开始看起来。

我们坐得那么近，两个人都不讲话。坐了快一小时了，他还在看那本书。

留大胡子的人，在本性上大半是害羞的，他们以为将自己躲在胡子里面比较安然。这是我的看法。

时间一直流下去，我又想讲话了。在西班牙不讲话是很难过的事情，大家讲来讲去的，至于说讲到后来被人死缠，是很少很少发生的。不然谁敢乱开口？

“我说——你下午还可以去看一场斗牛呢。”

慢吞吞地用英文讲了一句，那个大胡子放下了书，微笑着看了我一眼，那一眼，看得相当深。

“看完斗牛，晚上的法兰明歌舞也是可观的。”

“是吗？”他有些耐人寻味地又看了我一眼，可亲的眼神还是在观察我。

终于又讲话了，我有些不好意思。才骂掉一个疯子，现在自己又去找人搭讪就是很无聊的行为。何况对方又是个很敏感的人。

“对不起，也许你还想看书，被我打断了——”

“没有的事，有人谈谈话是很好的，我不懂西班牙文，正在研究明天有什么地方好去呢。”

说着他将椅子挪了一下，正对着我坐好，又向我很温暖地一笑，有些羞涩的。

“是哪里人？”双方异口同声说出完全一样的句子，顿了一下，两个人都笑起来了。

“中国。”“希腊。”

“都算古国了。”不巧再说了一句同样的话，我有些惊讶，他不说了，做了个手势笑着叫我讲。

“恰好有个老朋友在希腊，你一定认识他的。”我说。

“我一定认识？”

“苏格拉底呀！”

说完两人都笑了，我笑着看他一眼，又讲：“还有好多哲人和神祇，都是你国家的。”他就报出一长串名字来，我点头又点头，心里好似一条枯干的河正被一道清流穿过似的欢悦起来。

也许，是很几天没有讲话了，也许，是他那天想说话。我没敢问私事，当然一句也不说自己。讲的大半是他自动告诉我的，语气中透着一份瞒不住人的诚恳。

希腊人，家住雅典，教了十年的大学，得了一个进修的机会去美国再攻博士，一生想做作家，出过一本儿童书籍却没有结过婚，预计再一年可以拿到物理学位，想的是去撒哈拉沙漠里的尼日国。

我被他讲得心跳加快，可是绝对不提什么写书和沙漠。我只是悄悄地观察他。是个好看的人啊！那种深沉却又善良的气质里，有一种光芒，即使在白天也挡不住的那种光辉。

“那你这一次是从希腊度假之后，经过马德里，就再去美国了？”我说。

他很自然地讲，父母都是律师，父亲过世了，母亲还在雅典执业，他是由美国回去看母亲的。

我听了又是一惊。

“我父亲和弟弟也是学法律的，很巧。”我说。

就那么长江大河地谈了下去。从苏格拉底讲到星座和光年，从《北非谍影》讲到《印度之旅》，从沙达特的被刺讲到中国近代史，从《易经》讲到电脑，最后跌进文学的漩涡里去，那一片浩瀚的文学之海呀……最后的结论还是“电影最迷人”。

有一阵，我们不说话了。我猜，双方都有些棋逢敌手的惊异和快悦，我们反而不说话了。

什么都讲了，可是不讲自己，也不问他名字，他也没有问我的。下午微热的风吹过，带来一份舒适的悠然。在这个人的身边，我有些舍不得离开。

就是因为不想走，反而走了。

在桌上留下了我的那份饮料钱加小账，我站起来，对他笑一笑，他站了起来，送我。

彼此很用劲地握了握手，那句客套话："很高兴认识你。"都说成了真心的。然后我没有讲再见，又看了他一眼，就大步走了。

长长直直的大街，一路走下去就觉得被他的眼光一路在送下去的感觉。我不敢回头。

旅馆就在转弯的街角，转了弯，并没有忘记在这以前那个被我骂走的跟踪者，在街上站了五分钟，确定没有人跟我，这才进了旅馆。

躺在旅社的床上，一直在想那个咖啡座上的人，最后走的时候，他并不只是欠欠身，他慎重其事地站起来送我，使我心里十分感谢他。

单独旅行很久了，什么样的人都看过一些。大半的人，在旅途中相遇的，都只是一种过客，心理上并不付出真诚，说说谈谈，飞机到了，一声"再见，很高兴认识你"都只是客套而已。可是刚才那个人，不一样，多了一些东西，在灵魂里，多了一份他人没有的真和诚。我不会看走眼。

午睡醒来的一霎间，不知自己在哪里，很费了几秒钟才弄清楚原来是在马德里的一家旅社。我起床，将头发带脸放到水龙头下去冲，马德里的自来水是雪山引下来的，冰凉彻骨。这一来，完全清醒了。

翻开自己的小记事簿，上面一排排西班牙朋友的电话。犹豫了一会儿，觉得还是不要急着打过去比较清静。老朋友当然是想念的，可是一个人先逛逛街再去找朋友，更是自在些。虽然，午睡醒了也不知要到哪里去。

我用毛巾包着湿头发，发呆。

我计划，下楼，穿过大马路，对街有个“麦当劳”，我去买一份最大的乳酪汉堡再加一个巨杯的可口可乐，然后去买一份杂志，就回旅馆。这两样吃的东西，无论在美国或是台湾，都不吃的。到了西班牙只因它就在旅馆对面，又可以外卖，就去了。

那天的夜晚，吃了东西，还是跑到火车站去看了看时刻表，那是第二天想去的城——塞哥维亚。也有公车去，可是坐火车的欢悦是不能和汽车比的。火车，更有流浪的那种生活情调。

塞哥维亚对我来说，充满了冬日的回忆：是踏雪带着大狼狗去散步的城，是夜间跟着我的朋友夏米叶去爬罗马人运水道的城，是做着半嬉痞，跟着一群十几个国籍的朋友做手工艺的城，是我未嫁以前，在雪地上被包裹在荷西的大外套里还在分吃冰淇淋的城。也是一个在那儿哭过、笑过、在灿烂寒星之下海誓山盟的城。我要回去。

夏天的塞哥维亚的原野总是一片枯黄。

还是起了一个早，坐错了火车，又换方向在一个小站下来，再上车，抵达的时候，店铺才开门呢。

我将以前去过的大街小巷慢慢走了一遍，总觉得它不及雪景下的一切来得好看。心里有些一丝一丝的东西在那儿有着棉絮似的被抽离。经过圣·米扬街，在那半圆形的窗下站了一会儿，不敢去叩门。这儿已经人事全非了。那面窗，当年被我们漆成明黄色的框，还在。窗里没有人向外看。

夏日的原野，在烈日下显得那样的陌生，它不认识我，我也不认识它。我在这儿，没有什么了。

不想吃东西，也不想再去任何地方，斜坐在罗马人高高的运水道的石阶上，又是发呆。

就在那个时候，看见远远的、更上层的地方，有一个身影。我心扑一下跳快了一点，不敢确定是不是看错了，有一个人向我的方向走下来。是他，那个昨天在马德里咖啡座上交谈了好久的希腊人。确定是他，很自然地没有再斜坐，反过身去用背对着就要经过我而下石阶来的人。不相信巧合，相信命运。我相信，所以背着它。

只要一步两步三步，那个人就可以经过我了。昨天我扎着头发，今天是披下来的，昨天是长裙，今天是短裤，他认不出来的。

这时候，我身边有影子停下来，先是一个影子，然后轻轻坐下来一个人。我抬起眼睛对着他，说了一句："哦，你，希腊左巴。"

他也不说话，在那千年的巨石边，他不说话。很安静地拿起一块小石子，又拿起另外一块石子，他在上面写字，写好了，对我说："你发发看这个拼音。"我说："亚兰。"

"以后你这么叫我？"他说。

我点点头，我只是点点头。哪来的以后呢？

"你昨天没有说要来这里的？"我说。

"你也没有说。"

“我搭火车来的。”

“我旅馆旁边就是直达这个城的车站，我想，好吧，坐公车，就来了。是来碰见你的。”

我笑了笑，说：“这不是命运，这只是巧合而已。”

“什么名字？”终于交换名字了。

“Echo。你们希腊神话里的山泽女神。那个，爱上水仙花的。”

“昨天，你走了以后，我一直在想——想，在什么地方见过你，可是又绝对没见过。”

我知道他不是无聊才讲这种话，一个人说什么，眼睛会告诉对方他心里的真假。他不是跟我来的，这是一种安排，为什么被这样安排，我没有答案。那一天，我是悲哀的，什么也不想讲，而亚兰，他也不讲，只是静悄悄地坐在我身旁。

“去不去吃东西？”他问我，我摇摇头。

“去不去再走？”我又摇摇头。

“你钉在这里啦？”我点点头。

“那我二十分钟以后就回来，好吗？Echo。”

在这个悲伤透了的城里，被人喊出自己的名字来，好似是一种回音，是十三年前那些呼叫我千万遍人的回声，它们四面八方地跃进我的心里，好似在烈日下被人招魂似的。那时候，亚兰走了。

不知为什么，在这一霎间，觉得在全西班牙的大荒原里，只有亚兰是最亲的人。而他，不过是一个昨日才碰见的陌生人，今天才知道名字的一个过客。这种心情，跟他的大胡子有没有关系？跟他那温暖的眼神有没有关系？跟我的潜意识有没有关系？跟他长得像一个逝去的人有没有关系？

“你看，买了饮料和三明治来，我们一同吃好不好？”亚兰这一去又回来了，手上都是东西，跑得好喘的。

“不吃，不吃同情。”

“天晓得，Echo，我完全不了解你的过去，昨天你除了讲电影，什么有关自己的事都没讲，你怎么说我在同情你？你不是快乐地在度假吗？我连你做什么事都不知道。我只是，我只是——”

我从他手里拿了一瓶矿泉水，一个三明治，咬了一口，他就没再说下去了。

那天，我们一同坐火车回马德里，并排坐着，拿脚去搁在对面的椅子上。累了，将自己靠到玻璃窗上去，我闭上眼睛，还是觉得亚兰在看着我。我张开眼睛——果然在看。他有些害羞，很无辜的样子对我耸耸肩。

“好了，再见了，谢谢你。”在车站分手的时候我对着亚兰，就想快些走。

“明天可不可以见到你？”

“如果你的旅社真在长途公车站旁边，它应该叫‘北佛劳里达’对不对？四颗星的那家。”

“你对马德里真熟！！”

“在这里念大学的，很久以前了。”

“什么都不跟我讲，原来。”

“好，明天如果我想见你，下午五点半我去你的旅馆的大厅等你，行不行？”

“Echo，你把自己保护得太紧了，我们都是成人了，你的旅馆就不能告诉我吗？应该是我去接你的。”

“可是，我只是说——如果，我想见你。这个如果会换的。”

“你没有问我哪天走。”

真的，没有问。一想，有些意外的心慌。

“后天的班机飞纽约，再转去我学校的城，就算再聚，也只有一天了。”

“好，我住在最大街上的REX旅馆，你明天来，在大厅等，我一定下来。五点半。”

“现在陪你走回去？”

我咬了一下嘴唇，点了头。

过斑马线的时候，他拉住了我的手，我没有抽开。一路吹着黄昏的风，想哭。不干他的事。

第二天我一直躺着，也不肯人进来打扫房间，自己铺好床，呆呆地等着，就等下午的那个五点半。

把衣服都摊在床上，一件一件挑。换了一双凉鞋，觉得不好，翻着一条白色的裙子，觉得它皱了。穿牛仔裤，那就去配球鞋。如果穿黑色碎花的连衣裙呢？夏天看上去热不热？

很多年了，这种感觉生疏，情怯如此，还是逃掉算了，好好的生活秩序眼看不知不觉地被一个人闯了进来，而我不是没有设防的。这些年来，防得很当心，没有不保护自己。事实上，也没有那么容易受骗。

五点半整，房间的电话响了，我匆匆忙忙，跳进一件白色的衣服里，就下楼去了。

在大厅里，他看见我，马上站了起来，一身简单的恤衫长裤，夏日里看去，就是那么清畅又自然。而他，不自然，很害羞，怎么会脸红呢？

“我们去哪里？”我问亚兰。

“随便走走，散步好不好？”

我想了一下，在西班牙，八点以前餐馆是不给人吃晚饭的。五点半，太阳还是热。旅馆隔壁就是电影院，在演《远离非洲》这部片子。

我提议去看这部电影，他说好，很欣喜地一笑。接着我又说：“是西班牙文发音的哦！”他说没有关系。看得出，他很快乐。

当，那场女主角被男主角带到天上去坐飞机的一刻出来时，当那首主题曲再度平平地滑过我心的时候，当女主角将手，在飞机上往后举起被男主角紧紧握住的那一刻，我第三次在这一霎间受到了再一次的震动。

幸福到极致的那种疼痛，透过影片，漫过全身每一个毛孔，钉住银幕，我不敢看身边的人。

戏完了，我们没有动，很久很久，直到全场的人都走了，我们还坐着。

“对不起，是西班牙发音。”我说。

“没关系，这是我第三次看它了。”

“我也是——”我快乐地叫了出来，心里不知怎的又很感激他的不说。他事先没有说。

走出戏院的时候，那首主题曲又被播放着，亚兰的手，轻轻搭在我的肩上，那一霎间，我突然眼睛模糊。

我们没有计划地在街上走，夜，慢慢地来了。我没有胃口吃东西，问他，说是看完了这种电影一时也不能吃，我们说：“就这样走下去吗？”我们说：“好的。”

“我带你去树多的地方走？”

他笑说好。他都是好。我感觉他很幸福，在这一个马德里的夜里。

想去“西比留斯”广场附近的一条林荫大道散步的，在那个之前，非得穿过一些大街小巷。行人道狭窄的时候，我走在前面，亚兰在后面。走着走着，有人用中文大喊我的笔名——“三毛——”喊得惊天动地，我发觉我站在一家中国饭店的门口。

“呀！真的是你嘛——一定要进来，进来喝杯茶……”我笑望了一下身后的亚兰，他不懂，也站住了。

我们几乎是被拖进去的，热情的同胞以为亚兰是西班牙人，就说起西文来。我只有说：“我们三个人讲英文好不好？这位朋友不会西班牙话。”

那个同胞马上改口讲英文了，对着亚兰说：“我们都是她的读者，你不晓得，她书里的先生荷西我们看了有多亲切，后来，出了意外，看到新闻我太太就——”

那时候，我一下按住亚兰的手，急急地对他讲：“亚兰，让我很快地告诉你，我从前有过一个好丈夫，他是西班牙人，七年前，水里的意外，死了。我不是想隐瞒你，只是觉得，只有今晚再聚一次你就走了，我不想讲这些事情，属于我个人的——”

我很急地讲，我那么急地讲，而亚兰的眼睛定定地看住我，他的眼眶一圈一圈变成淡红色，那种替我痛的眼神，那种温柔，了解、同情、关怀，还有爱，这么复杂地在我眼前一同呈现。而我只是快速地向他交代了一种身份和抱歉。

我对那位同胞说：“我的朋友是这两天才认识的，他不知你在说什么。我们要走了，谢谢你。”

同胞冲进去拿出了照相机，我陪了他拍了几张照片，谢了，这才出来了。

走到西比留斯的广场边，告诉亚兰想坐露天咖啡座，想一杯热的牛奶。我捧着牛奶大口地喝，只想胃可以少痛一点。那段时间里，亚兰一直默默地看着我，不说一句话。喝完了牛奶，我对着他，托着下巴也不讲话。

“Echo。”亚兰说，“为什么你昨天不告诉我这些？为什么不给我分担？为什么？”

“又不是神经错乱了，跟一个陌生人去讲自己的事情。”我叹了口气。

“我当你是陌生人吗？我什么都跟你讲了，包括我的失恋，对不对？”

我点点头。“那是我给你的亲和力。也是你的天真。”我说。

“难道我没有用同样的真诚回报你吗？”

“有，很诚恳。”我说。

“来，坐过来。”他拉了一下我的椅子。我移了过去。亚兰从提包里找出一件薄外套来给我披上。

“Echo，如果我们真正爱过一个人，回忆起来，应该是充满感激的，对不对？”

我点点头。

“如果一个生命死了，另一个爱他的生命是不是应该为那个逝去的人加倍地活下去，而且尽可能欢悦地替他活？”我又点点头。

“你相信我的真诚吗？”

我再度点头。

“来，看住我的眼睛，看住我。从今天开始，世上又多了一个你的朋友。如果我不真诚，明天清早就走了，是不是不必要跟你讲这些话？”

我抬起头来看他，发觉他眼睛也是湿的。我不明白，才三天。

我不明白这是怎么回事。

“明天，看起来我们是散了，可是我给你地址，给美国的，给希腊的，只要找得到我的地方，连学校的都留给你，当然，还有电话号码。你答应做我的朋友，有事都来跟我说吗？”

我不响，不动，也没有点头。

“为什么要这样对我？”我轻轻地问。

“我并不去分析，在咖啡座上跟你谈过话以后，我就知道了。你难道不明白自己吗？”

“其实，我只想做一个小孩子，这是我唯一明白的，只要这样，也不行。”我叹了口气。

“当你在小孩子的时候，是不是又只想做大人，赶快长大好穿丝袜和高跟鞋？”

我把头低下了。

他将我的手拉了过去。呀——让我逃走吧，我的心里从来没有这么怕过。

“不要抖，你怕什么？”

“怕的，是自己，觉得自己的今夜很陌生——”

“你怕你会再有爱的能力，对不对？事实上，只要人活着，这种能力是不会丧失的，它那么好，你为什么想逃？”

“我要走了——”我推椅子。

“是要走了，再过几分钟。”他一只手拉住我，一只手在提包里翻出笔和纸来。我没有挣扎，他就放了。

这时，咖啡座的茶房好有礼貌地上来，说要打烊了。其实，我根本不想走，我只是胡说。

我们付了账，换了一把人行道上的长椅坐下来，没有再说什么话。

“这里，你看，是一块透明的深蓝石头。”不知亚兰什么地方翻出来的，对着路灯照给我看，圆饼干那么大一块。

“是小时候父亲给的，他替我镶了银的绊扣，给我挂在颈子上的。后来，长大了，就没挂，总是放在口袋里。是我们民族的一种护身符，我不相信这些，可是为着逝去父亲的爱，一直留在身边。”他将那块石头交给了我。

“怎么？”我不敢收。

“你带着它去，相信它能保护你。一切的邪恶都会因为这块蓝宝而离开你——包括你的忧伤和那神经质的胃。好吧？替我保管下去，直到我们再见的时候。”

“不行，那是你父亲给的。”

“要是父亲看见我把这块石头给了你——一个值得的人，他会高兴的。”

“不行。”

“可以的，好朋友，你收下了吧。”

“才三天，见面三次。”

“傻孩子，时光不是这样算的。”

我握住那块石头，仰脸看着这个人，他用手指在我唇上轻轻按了一下，有些苦涩地微笑着。

“那我收了，会当心，永远不给它掉。”我说。

“等你再见到我的时候，你可以还给我，而后，让我来守护你好不好？”

“不知道会不会再见了，我——浪迹天涯的。”

“我们静等上天的安排，好吗？如果他肯，一切就会成全的。”

“他不肯。”

“你怎么知道？”

“我知道，我早就知道了，很早以前，就知道的，苍天不肯……”我有些哽咽，扑进他怀里去。

他摸摸我的头发，又摸我的头发，将我抱在怀里，问我：“胃还痛不痛？”

我摇摇头，推开他，用袖子擦了一下眼睛。

“要走了，你今天早班飞机。”

那时候，已是清晨四点多，清道夫一个一个在街上出现了。

“我送你回旅馆。”

“我要一个人走，我想一个人走一走。”

“在这个时间，你想一个人去走一走？”

“我不是有了你的星石吗？”

“可是当我还在你旁边的时候，你不需要它。”

在他旁边慢慢地走起来。风吹来了，满地的纸屑好似一群苍白的蝴蝶在夜的街道上飞舞。

“放好我的地址了？”

我点点头。

“我怎么找你？”

“我乱跑的，加纳利岛上的房子要卖了，也不会再有地址。台湾那边父母就要搬家，也不知道新地址，总是我找你了。”

“万一你不找呢？”

“我是预备不找你的了。”我叹了口气。

“不找？”

“不找。”

“那好，我等，我也可以不走，我去改班机。”

“你不走我走，我去改班机。”我急起来了，又说：“不要等了，完了就是完了，你应该感激才是，对不对？你自己讲的。刚才，在我扑向你的那一霎间，的确对你付出了霎间的真诚。而时间不就是这样算的吗？三天，三年，三十年，都是一样，这不是你讲的？”说着说着我叫了起来。

“Echo——”

“我要跑了，不要像流氓一样追上来。我跟你说，我要跑了，我的生活秩序里没有你。我一讲再见就跑了，现在我就要讲了，我讲，再——见，亚兰——再见——”

在那空旷的大街上，我发足狂奔起来，不回头，那种要将自己跑到死的跑法，我一直跑一直跑，直到我转弯，停下来，抱住一根电线杆拼命地咳嗽。

而豪华的马德里之夜，在市区的中心，那些十彩流丽的霓虹灯，兀自照耀着一切有爱与无爱的人。而那些睡着了的，在梦里，是哭着还是笑着呢？

吉屋出售

遗爱之二

飞机由马德里航向加纳利群岛的那两个半小时中，我什么东西都咽不下去。邻座的西班牙同胞和空中小姐都问了好多次，我只是笑着说吃不下。

这几年来日子过得零碎，常常生活在哪一年都不清楚，只记得好似是一九八四年离开了岛上就没有回去过，不但没有回去，连岛上那个房子的钥匙也找不到了。好在邻居、朋友家都存放着几串，向他们去要就是了。

那么就是三年没有回去了。三年内，也没有给任何西班牙的朋友写过一封信。

之所以不爱常常回去，也是一种逃避的心理。加纳利群岛上，每一个岛都住着深爱我的朋友，一旦见面，大家总是将那份爱，像洪水一般地往人身上泼。对于身体不健康的人来说，最需要的就是安静而不是爱。这一点他人是不会明白的。我常常叫累，也不会有人当真。

虽然这么说，当飞机师报告出我们就要降落在大加纳利岛的时候，还是紧张得心跳加快起来。

已是夜间近十点了，会有谁在机场等着我呢？只打了电话给一家住在山区乡下的朋友，请他们把我的车子开去机场。那家朋友是以前我们社区的泥水匠，他的家好大，光是汽车房就可以停个五辆以上的车。每一回的离去，都把车子寄放在那儿，请他们有空替我开开车，免得电瓶要坏。这一回，一去三年，车子情况如何了都不晓得，而那个家，又荒凉成什么样子了呢？

下了飞机，也没等行李，就往那面大玻璃的地方奔去。那一排排等在外面的朋友，急促地用力敲窗，叫喊着我的名字。

我推开警察，就往外面跑，朋友们轰一下离开了窗口向我涌上来。我，被人群像球一样地递来递去，泥水匠来了、银行的经理来了、电信局的局长来了，他们的一群群小孩子也来了，直到我看见心爱的木匠拉蒙那更胖了的笑脸时，这才扑进他怀里。

一时里，前尘往事，在这一霎间，涌上了心头，他们不止是我一个人的朋友，也曾是我们夫妇的好友。

“好啦！拿行李去啦！”拉蒙轻轻拍拍我，又把我转给他的太太，我和他新婚的太太米雪紧紧地拥抱着，她举起那新生的男婴给我看，这才发觉，他们不算新婚，三年半，已经两个孩子了。

我再由外边挤进隔离的门中去，警察说：“你进去做什么？”我说：“我刚刚下飞机呀！进去拿行李。”他让了一步，我的朋友们一冲就也冲了进去，说：“她的脊椎骨有毛病，我们进去替她提箱子——”警察一直喊：“守规矩呀！你们守守规矩呀……”根本没有人理他。

这个岛总共才一千五百五十八平方公里，警察可能就是接我的朋友中的姻亲、表兄、堂哥、姐夫什么的，只要存心拉关系，整个岛上都扯得出亲属关系来。

在机场告别了来接的一群人，讲好次日再联络，这才由泥水匠璜扛着我的大箱子往停车场走去。

“你的车，看！”璜的妻子班琪笑指着一辆雪白光亮的美车给我看，夜色里，它像全新的一样发着光芒。他们一定替我打过蜡又清洗过了。

“你开吧！”她将钥匙交在我手中，她的丈夫发动了另外一辆车，可是三个女孩就硬往我车里挤。

“我们先一同回你家去。”班琪说，我点点头。这总比一个人在深夜里开门回家要来得好。而那个家，三年不见了，会是什么样子呢？

车子上了高速公路，班琪才慢慢地对我说：“现在你听了也不必再担心了，空房子，小偷进去了五次，不但门窗全坏了，玻璃也破了，东西少了什么我们不太清楚，门窗和玻璃都是拉蒙给你修的。院子里的枯叶子，在你来之前，我们收拾了二十大麻袋，叫小货车给丢了。”

“那个家，是不是乱七八糟了？”我问。

“是被翻成了一场浩劫，可是孩子跟我一起去打扫了四整天，等下你自己进去看就是了。”

我的心，被巨石压得重沉沉的，不能讲话。

“没有结婚吧？”班琪突然问。

我笑着摇摇头，心思只在那个就要见面的家上。车子离开了高速公路，爬上一个小坡，一转弯，海风扑面而来，那熟悉的海洋气味一来，家就到了。

“你自己开门。”班琪递上来一串钥匙，我翻了一下，还记得大门的那一只，轻轻打开花园的门，眼前，那棵在风里沙沙作响的大相思树带给了人莫名的悲愁。

我大步穿过庭院，穿过完全枯死了的草坪，开了外花园的灯，开了客厅的大门，这一步踏进去，那面巨大的玻璃窗外的海洋，在月光下扑了进来。

璜和班琪的孩子冲进每一个房间，将这两层楼的灯都给点亮了。家，如同一个旧梦，在我眼前再现。

这哪里像是小偷进来过五次的房子呢？每一件家具都在自己的地方等着我，每一个角落都给插上了鲜花，放上了盆景，就是那个床吧，连雪白的床罩都给铺好了。

我转身，将三个十几岁的女孩子各亲了一下，她们好兴奋地把十指张开，给我看，说："你的家我们洗了又洗，刷了又刷，你看，手都变成红的了。"

我们终于全都坐下来，发现一件银狐皮大衣不见了，我说没有关系，真的一点也不心痛。在沙发上，那个被称为阿姨的Echo，拿出四个红封套来，照着中国习俗，三个女儿各人一个红包——她们以前就懂得这个规矩，含笑接下了。至于送给班琪的一个信封，硬说是父母亲给的。长辈赐，小辈不可辞。班琪再三地推让，我讲道理给她听，她才打开来看了。这一看吓了一大跳，硬是不肯收。我亲亲她，指着桌上的鲜花和明亮的一切，问她："你对我的情，可以用钞票回报吗？收下吧，不然我不心安。"

璜——泥水匠的工作收入不稳定，是有工程才能赚的。班琪因此也外出去替人打扫房子贴补家用，而三个宝爱的女儿，夫妇俩却说要培植到大学毕业。他们不是富人，虽说我没有请他们打扫，他们自动做了四整天，这份友谊，光凭金钱绝对不可能回报。不然，如果我踏进来的是一幢鬼屋一样的房子，一定大哭去住旅馆。

班琪不放心我一个人，说："怕不怕？如果怕，就去睡我们家，明早再回来好了。”

我实在是有些害怕，住过了台北的小公寓之后，再来面对这幢连着花园快有两百五十坪的大房子时，的确不习惯。可是我说我不怕。

那个夜里，将灯火全熄了，打开所有的窗户，给大风狂吹进来。吹着吹着，墙上的照片全都飞了起来，我静听着夜和风的声音，快到东方发白，等到一轮红日在我的窗上由海里跳了出来时，这才拉开床罩躺了下去。

很怕小偷又来，睡去之前，喊了耶稣基督、荷西、徐讦干爸三个灵魂，请他们来守护我的梦。这样，才睡了过去。

“呀——看那边来的是谁？”邮局早已搬了家，柜台上全都装上了防弹玻璃，里面的人看见我，先在玻璃窗后比划了一下拥抱的手势，这才用钥匙开了边门，三三两两地跑出来——来拥抱。

我真喜欢这一种方式的身体语言。偏偏在中国，是极度含蓄的，连手都不肯握一下。好久不见，含笑打个招呼虽然也一样深藏着情，可是这么开开朗朗的西班牙式招呼法，更合我的性情。

“我的来，除了跟你们见面之外，还有请求的。房子要卖了，邮局接触的人多，你们替我把消息传出去好不好？”我说。

“要卖了？那你就永远回中国去了？你根本是西班牙人，怎么忘了呢？”

“眼看是如此了，父母年纪大了，我——不忍心再离开他们。”我有些感慨地说。

“你要住多久，这一次？”

“一个半月吧！九月中旬赶回台湾。”

“还是去登报吧！这几年西班牙不景气，房子难卖喔！况且你只有一个半月的时间。”

告别了邮局的人，我去镇上走了一圈，看老朋友们。谈到最后，总是把房子要卖的事情托了别人。他们听了就是叫人去登报，说不好卖。房价跌得好惨的。

“那我半价出售好了，价格减一半，自然有人受引诱。”我在跟邻居讲电话。

“那你太吃亏了，这一区，现在的房价都在千万西币以上，你卖多少？”

“折半嘛！我只要六百万。”

“不行，你去登报，听见没有，叫价一千两百万。”邻居甘蒂性子又直又急，就在那边叫过来。

那是“有价无市”的行情，既然现在的心就放在年迈的父母上，我不能慢慢等。

就在抵达加纳利群岛第二天的晚上，我趴在书桌上拟广告稿，写着：“好机会——私人海滩双层洋房一幢，急售求现。双卫、三房、一大厅、大花园、菜园、玻璃花房、双车车库，景观绝美。可由不同方向之窗，观日出，观日落，尚有相思树一大棵，情调浪漫，居家安全。要价六百五十万，尚可商量。请电六九四三八六。”

写好了字数好多的广告，我对着墙上丈夫的照片默默地用心交谈。丈夫说：“你这样做是对的，是应该回到中国父母的身边去了。不要来同我商量房价，这是你们尘世间的人看不破金钱，你当比他们更明白，金钱的多或少，在我们这边看来都是无意义的。倒是找一个你喜欢的家庭，把房子贱卖给他们，早些回中国去，才是道理。”

果然是我的好丈夫，他想的跟我一色一样。

第二天的早晨，我将房基旁的碎石捡了一小块，又拿掉了厨房里一个小螺丝钉，在赴城内报社刊登广告之前，我去了海边。

当，潮水浸上我的凉鞋时，我把家里的碎石和螺丝钉用力向海水里丢去，在心里喊着："房子，房子，你走了吧！我不再留恋你——就算做死了。你走吧，换主人去，去呀——"

大海，带去了我的呼叫，这才往城内开去。

替人刊登广告的小姐好奇地对我说："那一区的房价实在不止这么些钱的，你真的这样贱价就卖掉了？可惜我连六百万也没有，不然就算买下投资，也是好的。"（注：六百万西币等于一百八十万台币左右。）

登报的第二天，什么地方都不敢去，倒是邻居们，在家中坐了很久。甘蒂看了报纸，就来怪责我，说我不听话，怎么不标上一千万呢。卖一千万不是没有可能，可是要等多久？我是在跟岁月赛跑，父母年高了，我在拼命跑。

就在那个中午，有一位太太打电话来，说想看房子，我请她立即过来，她来了。

打开门，先看来人的样子就不太喜欢。她，那位太太，珠光宝气的，跟日出日落和相思树全都不称，神情之间有些傲慢。

我站在院子里，请她自己上上下下地去观望免得她不自在。看了一会儿，她没说喜不喜欢，只说："我丈夫是位建筑师吔！"

"那你为什么要买房子？自己去盖一栋好了。"我诚恳地说。

"我喜欢的是你这块地，房子是不值钱的，统统给推倒再建，这个房子，没有什么好。"

我笑了笑，也不争辩，心里开始讨厌她。

“这样吧，四百万我就买了。”她说。

“对面那家才一层楼，要价一千一百万，我怎么可能卖四百万？”我开始恨起她来。

“那没有办法了，我留下电话号码，如果你考虑过之后又同意了，请给我电话。”

收了她的电话，将她送出去。我怎么会考虑呢，这个乘人之危的太太，很不可爱。

加纳利群岛的夏天到了夜间九点还是明亮的，黄昏被拉得很长。也就在登报的同一天里，又来了好几个电话，我请他们统统立即来看。

门外轰轰的摩托车声响了一会儿才停，听见了，快步去开门。门外，站着两个如花也似的年轻人，他们骑摩托车，这个，比较对胃口了。男人一脸的胡子，女人头发长长的。

他们左也看、右也看、上也看、下也看，当那个年轻的太太看见了玻璃花房时，惊喜得叫了起来，一直推她的先生。

“我们可不可以坐下来？”那个太太问。

当然欢迎他们，不但如此，还倒了红酒出来三个人喝。好，开始讲话了，讲了一个多钟头，都不提房子，最后我忍不住把话题拉回来，他们才说，两个人都在失业。

“那怎么买房子呢？”我说。

“等我找到事了，就马上去贷款。”

“可是我不能等你们找到事。”

“你那么急吗？”他们一脸的茫然。

“不行，对不起。”

“我们有信心，再等几个月一定可以找到事情做的，我们大学才毕业。你也明白这种滋味，对不对？”

还是请他们走了，走的时候，那个太太很怅然，我一狠心，把他们关在门外。

接了电话之后，来的大半是太太们，有一位自称教书的太太，看了房子以后，立即开始幻想：这间给自己和丈夫，那间给小孩，厨房可以再扩充出去，车房边再开一个门，草地枯死了是小意思，相思树给它理理头发就好了，那面向海的大窗是最美的画面，价格太公道了，可以马上付……

她想得如痴如醉，我在一旁也在想，想——房子是卖掉啦！可惜了那另外六天的广告费。没想到第一天就给卖了。

等到那位太太打电话叫先生飞车来看屋时，等到我看见了她先生又羞又急的表情时，才觉着事情不太顺利了。

那位先生——又是个大胡子，好有耐性地把太太骗上了属于她的那一辆汽车，才把花园的门给关上，轻声对我说：“对不起，我太太有妄想症，她不伤人的，平日做事开车都很正常，就是有一样毛病，她天天看报纸，天天去看人家要卖的房子，每看一幢，都是满意的啦！你这一幢，我们并不要买，是她毛病又发了。你懂吗？我太太有病。”

我呆看着这个做先生的，也不知他不买房子干什么要讲他太太有毛病来推托。我根本不相信他的话。

“过几天我拿些水果来给你，算做道歉，真对不起，我们告退了。”

他弯着腰好似要向我鞠躬似的，我笑着笑着把门关上了。卖房子这么有趣，多卖几天也不急了。想到那个先生的样子，我笑了出来。他一直说太太有毛病，回想起来的确有点可疑。这种人来看房子，无论病不病，带给卖主的都是快乐。

那个黄昏，我将厨房的纱窗帘拉开，看着夕阳在远方的山峦下落去，而大城的灯火一盏一盏亮起，想到自己的决心离去，心里升出一份说不出的感伤和依恋。心情上，但愿房子快快脱手，又但愿它不要卖掉。可是，那属于我的天地并不能再由此地开始。父母习惯了住在台湾，为着他们，这幢房子的被遗弃，应该算做一件小事，不然住在海外，天天口说爱父母而没有行动，也是白讲。

既然如此，就等着，将它，卖给心里喜欢的人吧。父母是我的命根，为了他们，一切的依恋，都可以舍去。

就在那么想的时候，门铃又响了，那批打过电话来的人全来看过房子了，这时候会是谁呢？我光脚轻轻地往大门跑，先从眼洞里去张望——如果又是那位建筑师太太来杀价，我就不开门。

门开了，一对好朴实好亲切、看上去又是正正派派的一对夫妇站在灯光下。

“听说，你的房子要卖？”我笑说是，又问怎么知道地址的，因为地址没有刊登在报上，而他们也没有打过电话来。

“我叫璜，在邮局做事的，Echo，你忘了有一年我们邮局为了你，关门十五分钟的事情吗？”

我立即想到六年前的一个早晨，那一次我回台不到四个月，再回岛上来时，邮局拖出来三大邮包的口袋，叫我拿回去。当时，我对着那么多邮件，只差没有哭出来。怎么搬也搬不上汽车。而小汽车也装不下三大袋满满的信。

就在那种进退不得的情况下，邮局局长当机立断，把大门给关上了，挂出“休息”的牌子，在一声令下，无论站柜台的或在里面办公的人，全体出动，倒出邮袋中所有的东西，印刷品往一边丢，信件往另一边放，航空报纸杂志全都丢，这才清理出了一邮袋的东西——全是信。那一场快速的丢和捡，用了十五个人，停局十五分钟。

“对了，你就是当时在其中帮忙的一个。”我一敲头，连忙再说，“平日你是内部作业的，所以一时认不出来，对不起！对不起！”

恩人来了，竟然不识，一时里，我很惭愧。

那位太太，静静的，一双平底布鞋，身上很贴切的一件旧衣。她自我介绍，说叫米可。

我拉开相思树的枝叶，抱歉地说，说草地全枯了，以前不是这个样子的。

璜和米可只看了一圈这个房子，就问可不可以坐下来谈。在他们坐下的那当儿，我心里有声音在说——“是他们的了。”

“好，我们不说客气话，就问了——你们喜欢吗？”我说。

那两个人，夫妇之间，把手很自然地一握，同时说：“喜欢。”看见他们一牵手，我的心就给了这对相亲相爱的人。

“要不要白天再来看一次？”我又问。

“不必了。”

“草死了、花枯了，只有葡萄还是活的，这些你们都不在乎？”

他们不在乎，说可以再种。

璜，先咳了一声，脸就红了，他说：“讲到价格——”

“价格可以商量。”我说。看看这一对年轻人，我心里不知怎的喜欢上了他们，价格这东西就不重要了。

“我们才结婚三年，太贵的买不起，如果，如果——我们实在是喜欢这房子。”

"报上我登的是六百五十万，已经是对折了。你们觉得呢？"

"我们觉得不贵，真的太便宜了，可是我们存来存去只有五百八十万，那怎么办呢？"米可把她的秘密一下子讲出来了，脸红红的。

"那就五百六十万好了，家具大部分留下来给你们用。如果不嫌弃，床单、毛巾、桌布、杯、碗、刀、叉，都留给你们。"

我平平静静地说，那边大吃一惊，因为开出来的价格是很少很少的，这么一大幢花园洋房，等于半送。不到一百六十万台币。

"你说五百六十万西币就卖了？"璜问。

"米可说你们只有五百八十万，我替你们留下二十万算做粉刷的钱，就好了嘛！"

"Echo，你也得为自己想想。"米可说。

"讲卖了就是卖了，不相信，握一个手，就算数。"

璜立即伸出手来与我重重地握了一下，米可吓成呆呆的，不能动。

"明天我们送定金来？"

"不必了，君子一言，驷马难追。双方握了手，就是中国人这句话。好了，我不反悔的。"

那个夜里，我将房子的每一个角落都看了一遍，动手把荷西的照片由墙上一张一张取下来，对于其他的一切装饰，都不置可否。心里对这个家的爱恋，用快刀割割断，不去想它，更不伤感，然后，我拨长途电话给台湾的母亲，说："房子第一天就卖掉了，你看我的本事。九月份清理掉满坑满谷的东西，就回来。"母亲问起价格，我说："昨日种种，比如死了。没有价格啦！卖给了一对喜欢的人，就算好收场。钱这个东西，生不带来，死不带去，有饭吃就算好了，妈妈不要太在意。”

就在抵达岛上的第三天，干干脆脆地处理掉了一座，曾经为之魂牵梦萦的美屋。奇怪的是，那份纠缠来又纠缠去的心，突然舒畅得如同微风吹过的秋天。

那个夜晚，当我独自去海边散步的时候，看见的是一个升起的新天新地，它们那么纯净，里面充满了的，是终于跟着白发爹娘相聚的天伦。

我吹着口哨在黑暗的沙滩上去踏浪，想着，下一步，要丢弃的，该是什么东西和心情呢？

随风而去

遗爱之三

当我告诉邻居们房子已经卖掉了的时候，几乎每一家左邻右舍甚至镇上的朋友都愣了一下。几家镇上的商店曾经好意提供他们的橱窗叫我去放置售屋的牌子，这件事还没来得及办，牌子倒有三家人自己替我用油漆整整齐齐地以美术字做了出来——都用不上，就已卖了。

当那个买好房子的璜看见报上还在刊登“售屋广告”时，气急败坏地又赶了来，他急得很，因为我没有收定金，还可以反悔的。

“求求你拿点定金去吧！余款等到过户的手续一办好就给你。你不收我们不能睡觉，天天处在紧张状态里，比当年向米可求婚的时候还要焦虑。Echo，你做做好事吧！”

璜和米可以前没有和我交往过，他们不清楚我的个性。为了使他们放心，我们私底下写了一张契约，拿了象征性的一点定金，就这样，璜和米可放放心心地去了葡萄牙度假。而我，趁着还有一个多月，正好也在家中度个假，同时开始收拾这满坑满谷的家了。

“你到底卖了多少钱？”班琪问我。那时我正在她家中吃午饭。

“七百万西币啦！”我说着不真实的话，脸上神色都不变。

“那太吃亏了，谁叫你那么急。比本钱少了一半。”班琪很不以为然地说。

如果她知道我是五百六十万就卖掉的，可能手上那锅热汤都要掉到地上去了。所以，为着怕她烫到脚不好，我说了谎话。

那几天长途电话一直响，爸爸说："恭喜！恭喜！好能干的孩子，那么大一幢美屋，你将它只合一百六十万台币不到就脱手了。想得开！想得开！做人嘛，这个样子才叫豁达呀！"

马德里的朋友听说我低价卖了房，就来骂对方，说买方太狠，又说卖方的我太急。

"话可不是那么说，人家年轻夫妇没有钱，我也是挑人卖的。想想看，买方那么爱种植，家给了他们将来会有多么好看，你们不要骂嘛！我是千肯万肯的。"

"那你家具全都给他们啦？"邻居甘蒂在我家东张西望，一副想抢东西的样子。

"好啦！我去过璜和米可的家——那幢租来的小公寓，他们没有什么东西，留下来给他们也算做好事。"

"这个维纳斯的石——像——？"甘蒂用手一指，另一只手就往口边去咬指甲。

"给你。"我笑着把她啃指甲的手啪地一打。

"我不是来讨东西的，你晓得，你的装饰一向是我的美梦，我向你买。"

"我家的，都是无价之宝，你买不起，只有收得起。送你还来不及呢，还说什么价钱，不叫朋友了。"我笑着把她拉到石像边，她不肯收。

台湾的朋友打电话来，说："把你的东西统统海运回来，运费由我来付，东西就算我的了，你千万不要乱送人。"

台湾的朋友不容易明白，在西班牙，我也有生死之交。这次离别，总得留些物品给朋友当纪念，再说，爱我的人太多太多，东西哪里够分呢？

那个晚上，甘蒂的大男孩子、女儿和我三个人，抱着爱神维纳斯的石像、捐着一只一百二十年前的一个黑铁箱，箱内放了好大一个手提收录音机、一个双人粗棉吊床、一整套老式瓷器加上一块撒哈拉大挂毡，将它们装满了一车子，小孩子跟着车跑，我慢慢往下一条街开，就送东西去了。

“出来抱女人呀！莫得斯多——”我叫唤着甘蒂先生的名字，声音在夜风里吹得好远好嘹亮。

甘蒂看见那只老箱子，激动得把手一捂脸，快哭出来了。她想这只海盗式的老箱子想了好多年。以前，我怎么也不肯给她。

“Echo，你疯了。”甘蒂叫起来。

“没有疯，你当我也死啦！遗产、遗产——”说着我咯咯地笑，跑上去抱住她的腰。

“一天到晚死呀死呀的，快别乱说了。”

我叹了口气，凝望着我最心爱的女友，想到丈夫出事的那个晚上，当时她飞车沉着脸跟先生赶来时的表情，我很想再说一次感谢的话，可是说不出来。

“下了东西，如果不留下来吃晚饭就快走，我受不了你。”甘蒂说着就眼湿，眼湿了就骂人。

我笑着又亲了一下她，跑到她厨房里拿了一个面包，捞了一条香肠，上车就走。

回到家里，四周望了一望，除了家具之外，光是书籍就占了整整九个大大小小的书架，西班牙文的只有十分之二，其他全是中文的。当年，这些书怎么来的都不能去想，那是爸爸和两个弟弟加上朋友们数十趟邮局的辛苦，才飘洋过海来的。

除了书籍，还有那么多、那么多珍品，我舍得下吗？它们太大了，带着回台湾才叫想不开。

“妈的，当做死了。”我啃一口面包夹香肠，对着这个艺术之家骂了一句粗话，打开冰箱，对着瓶子喝它一大口葡萄酒，然后坐在沙发上发呆。

夜深了，电话又响，我去接，那边是木匠拉蒙。

“有没有事情要帮忙？”他说。

“有，明天晚上来一次，运木材的那辆车子开来，把我的摩托车拿走，免得别人先来讨去了。”

“你要卖给我？”“什么人卖给你？送啦！”“那我不要。”“不要算了。要不要？快讲！”“好啦！”

车是荷西的，当时爸爸妈妈去加纳利群岛——摩托车是我一向不肯买的东西，怕他骑了去玩命。结果荷西跟爸爸告状，爸爸宠他，就得了一辆车，岳父和半子一有了车，两个人就去飞驰，顽皮得妈妈和我好担心。车子骑了不到一个月，荷西永远走了。后来我一个人住，也去存心玩命，骑了好多次都没出事。这一回，是拉蒙接下了手。

第二天深夜，拉蒙来了，在车房里，我帮他推摩托车，将车横摆在他的小货车里。这时，突然看见了车房内放杂物的大长柜子，我打开来一扇橱门，一看里面的东西，快速把门砰一声关上，人去靠在门上。

“拉蒙——”我喊木匠，在车房黯淡的灯光下，我用手敲敲身后的门。

"这个柜子里的东西，我不能看，你过来——"

说着我让开了，站得远远的。

门开了，拉蒙手上握着的，是一把阴森森的射鱼枪——荷西死时最后一刻握着的东西。

"我到客厅去，你，把里面一切的东西都清掉，我说'一切的潜水用器'，你不必跟我来讲再见，理清楚了，把门带上，我们再打电话。今天晚上，不必叫我来看你拿走了什么。"

"这批潜水器材好贵的，你要送给我？"

"你神经是不是？木头木脑不晓得我的心是不是？不跟你讲话——"说着我奔过大院子跑到客厅去。我坐在黑暗里，听见拉蒙来敲玻璃门，我不能理他。

"陈姐姐，来——亲——一——个——"

街那边的南施用中文狂喊着向我跑，我伸出了手臂也向她拼命地跑，两个人都喊着中文，在街上，拥抱着，像西班牙人一样地亲着脸颊，拉着手又叫又跳。

南施是我亲爱的中国妹妹，她跟着父母多年前就来到了岛上，经营着一家港口名气好大的中国餐馆。南施新婚不到一个月，嫁给了小强，那个写得一手好字、画得一手好画、又酷爱历史的中国同胞，可惜我没能赶上他们的婚礼。

"那你现在是什么太太了？"我大喊。

"钟太太呀！可是大家还是叫我南施。"

我们拉着手跑到南施父母的餐馆里去，张妈妈见了我也是紧紧地拥抱着。在这个小岛上，中国同胞大半经营餐旅业，大家情感很亲密，不是一盘散沙。

"南燕呢？"问起南施的妹妹，才知南燕正去了台湾，参加夏令营去了。

“三年没有消息，想死你了，都不来信。”张妈妈笑得那么慈爱，像极了我的母亲。我缠在她身上不肯坐下来。

“房子卖了。”我亲一下张妈妈，才说。

“那你回台湾去就不回来了。”南施一面给我倒茶水一面说。

“不回来对你最好，‘所有的书’——中文的，都给你。”知道南施是个书痴，笑着睇了她一眼。

南施当然知道我的藏书。以前，她太有分寸，要借也不敢借的，这一回我说中文书是她的了，她掐住小强的手臂像要把小强掐断手一样欣喜若狂。

“那么多书——全是我的了？”南施做梦似的恍惚一笑。我为着她的快乐，自己也乐得眼眶发热。

张伯伯说：“那怎么好、那怎么好？太贵重了，太贵重了——”

我看着这可亲可敬的一家人，想到他们身在海外那么多年，尚且如此看重中国的书籍，那种渴慕之心，使我恨不能再有更多的书留下来送给他们。

那天中午，当然在张伯伯的餐馆午饭，张伯伯说这一顿不算数，下一次要拿大海碗的鱼翅给我当面条来吃个够。

城内的朋友不止中国同胞，我的女友法蒂玛，接受了全部的西班牙文的书籍和一些小瓶小碗加上许许多多荷西自己做框的图画。

“你不难过吗？书上还有荷西的字迹？”法蒂玛摸摸书，用着她那含悲的大眼睛凝望着我。

我不能回答，拿了一支烟出来，却点不着火柴，法蒂玛啪一下用她的打火机点好一支烟递上来。我们对笑了一笑，然后不说话，就坐在向海的咖啡座上，看落日往海里跌进去。

“想你们，怎么老不在家？回来时无论多晚都来按我的门铃，等着。Echo。”

把这张字条塞进十九号邻居的门缝里去，怕海风吹掉，又用胶带横贴了一道。

我住二十一号。

我的紧邻，岛上最大的“邮政银行”的总经理夫妇是极有爱心的一对朋友，他们爱音乐，更爱书籍。家，是在布置上跟我最相近的，我们不止感情好，在文化上最最谈得来的也是他们。假日他们绝对不应酬的，常常三个人深谈到天亮，才依依不舍地各自去睡。这一趟回来总也找不着人，才留了条子。

那个留了字条的黄昏，玛利路斯把我的门铃按得好像救火车，我奔出去，她也不叫我锁门，拉了我往她的家里跑，喊着：“快来！克里斯多巴在开香槟等你。”

一步跨进去，那个男主人克里斯多巴的香槟酒塞好像配音似的，啵一下给弹到天花板上去。

我们两家都是两层楼的房子，亲近的朋友来了总是坐楼下起居室，这回当然不例外。

“对不起，我们不喜欢写——信。”举杯时三个人一起叫着，笑出满腔的幸福。他们没有孩子，结婚快二十年了，一样开开心心的。

谈到深夜四点多，谈到我的走。谈到这个很对的选择，他们真心替我欢喜着。

“记不记得那一年我新寡？晚上九点多停电了，才一停，你们就来拍门，一定拉我出去吃馆子，不肯我一个人在家守着黑？”我问。

“那是应该的，还提这些做什么？”玛利路斯立刻把话拨开去。

“我欠你们很多，真的。如果不是你们，还有甘蒂一家，那第一年我会疯掉。”

“好啦！你自己讨人喜欢就不讲了？天下孀妇那么多，我们又不是专门安慰人的机构——”玛利路斯笑起来，抽了一张化妆纸递过来，我也笑了，笑着笑着又去擤鼻涕。

“我走了，先别关门，马上就回来——”我看了看钟，一下子抽身跑了。

再跑到他们家去的时候，身上斜背了好长一个尼日利亚的大木琴，两手夹了三个半人高的达荷美的羊皮鼓，走不到门口就喊：“快来接呀——抬不动了，克里斯多巴——”

他们夫妇跑出来接，克里斯多巴是个乐器狂，他们家里有钢琴、电子琴、吉他、小提琴、大提琴、笛子、喇叭，还有一支黑管加萨克斯风。

“这些乐器都给你们。”我喊着。

“我们保管？”“不是，是给你们，永远给的。”

“买好不好？”“不好。”“送的？”“对！”

“我们就是没有鼓。”克里斯多巴眼睛发出了喜悦的闪光，将一个鼓往双脚里一夹，有板有眼地拍打起来。

“谢了！”玛利路斯上来亲我一下，我去亲克里斯多巴一下，他把脸凑过来给我亲，手里还是砰砰地敲。

“晚安！”我喊着。“晚安！明天再来讲话。”他们喊着。我跑了几步，回到家中去，那边的鼓声好似传递着消息似的在叫我：“明天见！明天见！”

没有睡多久，清早的门铃响了三下，我披了晨衣在夏日微凉的早晨去开门，门口站着的是我以前帮忙打扫的妇人露西亚。

“呀——”我轻叫了起来，把脸颊凑上去给她亲吻。露西亚并不老，可是因为生了十一个孩子，牙齿都掉了。

当初并没有请人打扫的念头，因我太爱清洁，别人无论如何做都比不上我自己。可是因为同情这位上门来苦求的露西亚，才分了一天给她，每星期来一次。她乱扫的，成绩不好。每来一次，我就得分一千字的稿费付给她。

“太太，听说你房子卖了，有没有不要的东西送给我？”

我沉吟了一下，想到她那么多成长中的女儿，笑着让她进来，拿出好多个大型的垃圾筒塑胶袋，就打开了衣柜。

“尽量拿，什么都可以拿，我去换衣服。不要担心包包太多，我开车送你回去。”说完了我去浴室换掉睡衣，走出来时，看见露西亚手中正拿了一件荷西跟我结婚当天穿的那件衬衫。

我想了几秒钟，想到露西亚还有好几个男孩子，就没有再犹豫，反而帮她打起包裹来。

“床单呢？窗帘呢？桌布呢？”她问。

“那不行，讲好是留给新买主的，露西亚你也够了吧？”我看着九大包衣物，差不多到人腰部那么高的九大包，就不再理她了。

“那鞋子呢？”她又问。

“鞋子给甘蒂的女儿奥尔加，不是你的。”

她还在屋内东张西望，我一不忍心，将熨斗、烫衣架和一堆旧锅给了她，外加一套水桶和几把扫帚。

“好啦！没有啦！走吧，我送你和这批东西回去。”

我们开去了西班牙政府免费分配给贫户的公寓。那个水准，很气人，比得上台北那些高价的名门大厦。露西亚还是有情的人，告别时我向她说不必见面了，她坚持在我走前要带了先生和孩子再去看我一次，说时她眼睛一眨一眨地，浮出了泪水。她的先生，在失业。

送完了露西亚，我回家，拿了铜船灯、罗盘、船的模型、一大块沙漠玫瑰石和一块荷西潜水训练班的铜浮雕去了镇上的中央银行。

那儿，我们沙漠时的好朋友卡美洛在做副理，他的亲哥哥，在另一个离岛“兰沙略得”做中央银行分行的总经理。这两兄弟，跟荷西亲如手足，更胜手足，荷西的东西，留给了他们。

“好。嫂嫂，我们收下了。”

当卡美洛喊我嫂嫂时，我把他的衬衫用力一拉，也不管是在银行里。一霎间，热闹的银行突然静如死寂。

“快回去，我叫哥哥打电话给你。”

我点点头，向他要了一点钱，他也不向我讨支票，跑到钱柜里去拿了一束出来，说要离开时再去算账。这种事也只有对我，也只有这种小镇银行，才做得出来。没有人讲一句话。

“那你坐飞机过来几天嘛！孩子都在想你，你忘了你是孩子的教母了？”卡美洛的哥哥在一个分机讲，他的太太在另一个分机讲，小孩子抢电话一直叫我的名字。

“我不来——”

想到荷西的葬礼，想到事发时那一对从不同的岛上赶了去的兄弟，想到那第一把土啪一下撒落在荷西棺木上去时那两个兄弟哭倒在彼此身上的回忆，我终于第一次泪如雨下，在电话中不能成声。

“不能相见，不能。再见了，以后我不会常常写信。”

“Echo，照片，荷西的放大照片，还有你的，寄来。”

我挂下了电话，洗了一把脸，躺在床上大喘了一口气。那时候电话铃又响了。

“Echo，你只来了一次就不见了，过来吃个午饭吧，我煮了意大利面条，来呀——”

是我的瑞士邻居，坐轮椅的尼哥拉斯打来的。他是我亲爱的瑞士弟弟达尼埃的爸爸，婚娶四次，这一回，他又离了婚，一个人住在岛上。

去的时候，我将家中所有的彩陶瓶子都包好了才去，一共十九个。

“这些瓶子，你下个月回瑞士时带去给达尼埃和歌妮，他们说，一九八七年结婚。这里还有一条全新的沙漠挂毡，算做结婚礼物。尼哥拉斯，你不能赖，一定替我带去喔。”

“他们明年结婚，我们干什么不一起明年结婚呢？Echo，我爱了你好多年，你一直装糊涂？”

“你醉了。”我卷了一叉子面条往口里送。

“没有醉，你难道还不明白我吗？”尼哥拉斯把轮椅往我这边推，作势上来要抱我。

“好啦你！给不给人安心吃饭！”我凶了他一句，他就哭倒在桌子边。

那一天，好像是个哭丧日，大家哭来哭去的，真是人生如戏啊！

"那你什么时候有空呢？"我问班琪。

"忙的是你呀！等你来吃个饭，总是不来，朋友呀，比我们土生土长的还要多——"她在电话里笑着说。

"我不是讲吃饭的事情，我在讲过入你名下的东西，要去办了，免得夹在房子过户时一起忙，我们先去弄清楚比较好。"

"什么东西？"

"汽车呀！"

电话那边沉默了好一会儿，我知道班琪家只有一辆汽车，他们夫妇都做事，东奔西跑地就差另一辆车子，而他们买不起，因为所有的积蓄都花在盖房子上去了。

"Echo，那我谢了。你的车跑了还不到四万公里，新新的，还可以卖个好价钱。"

"新是因为我不在的时候你保管得好，当然给你了。"

"我——""你不用讲什么了，只讲明天早上十点钟有没有空？""有。""那就好了嘛！先过给你，让我开到我走的那一天，好不好？保险费我上星期又替车子去付了一年。"

"Echo，我不会讲话，可是我保证你，一旦你老了，还是一个人的时候，你来跟我们一起住，让孩子们来照顾你。"

"什么老了，这次别离，就算死一场，不必再讲老不老这种话了。"

"我还是要讲，你老了，我们养你——"

我啪一下把电话挂掉了。

处理完了最大的东西，看看这个家，还是满的，我为着买房子的璜和米可感到欣慰，毕竟还是留下了好多家具给他们，而且是一批极有品位的家具。

那个下午，送电报的彼得洛的大儿子来，推走了我的脚踏车。二十三号的瑞典邻居，接受了我全部古典录音带。至于对门的英国老太太，在晚风里，我将手织的一条黑色大披风，围上了她瘦弱的肩。

在那个深夜里，我开始整理每一个抽屉，将文件、照片、信件和水电费收据单整理清楚。要带回台湾的只有照片、少数文件，以及小件的两三样物品。虽说如此，还是弄到天方亮了才理出一个头绪来。

我将不可能带走的大批信件抱到车房去，那儿，另有十六个纸盒的信件等着人去处理。将它们全部堆上车，开到海滩边最大的垃圾箱里去丢掉，垃圾箱很深，丢到最后，风吹起了几张信纸，我追了上去，想拾回它们，免得弄脏了如洗的海滩。

而风吹得那么不疾不徐，我奔跑在清晨的沙地上，看那些不知写着什么事情的信纸，如同海鸥一样地越飞越远，终于在晨曦里失去了踪迹。

我迎着朝阳站在大海的面前，对自己说，如果时光不能倒流，就让这一切，随风而去吧。

E.T.回家

遗爱之四

那个马德里来的长途电话缠住我不放。

“听见没有，如果他们不先付给你钱，那么过户手续就不可以去签字。先向他们要支票，不要私人支票，必须银行本票。记住了吧？”

“好啦！又不是傻瓜，听到啦！”我叫喊过去。

“我不放心呀！你给我重复讲一次。”

我重复了一遍对方的话，这又被千叮万嘱地才给放了。卡洛斯最喜欢把天下的人都当成他的小孩子，父性很重的一个好朋友。

那时候距离回台只有十天了，我的房子方才要去过户，因为买了房子的璜和米可刚刚由葡萄牙度假归来。

“你们要先给我钱，我才去签字。”跑去跟在邮局做事的璜说。

“咦，如果你收了钱，又不肯签字了，那怎么办？”璜笑着说。

“咦，如果我签了字，你们不给我钱，那又怎么办？”我说。

“我们——”两个人异口同声地说出这个字来，指着对方大笑。我们想说的是：“我们彼此都不——信——任——对——方。”

“好，一手交钱，一手签字。”我说。

“可是办过户的公证人是约了城里的一个，镇上的那一个度假未回，你别忘了。”璜说。

“进城去签字，也可以把本票先弄好再去呀！”我说。

“好朋友，我们约的是明天清晨八点半吔，你看看现在是几点，银行关门了。”

“你的意思是说，明天我先签字过户房子给你们，然后才一同回镇上银行来拿支票，对不对？”我说。

“对！”璜说。

“没关系，我可以信任你，如果你赖了，也算我——”还没说完呢，璜把我的手轻轻一握，说：“Echo，别怕，学着信任人一次，试试看我们，可不可以？”

我笑着向他点点头，讲好第二日清晨一同坐璜和米可的车进城去。如果过户了以后，他们赖我钱，我还可以放一把火把那已经属于他们的家烧掉。一想到原来还有可能烧房子，那种快乐不知比拿支票还要过瘾多少倍。

第二天，我们去了公证人那儿，一张一张文件签啊，也不仔细看。成交了！

签好了，璜、米可还有我，三个人奔下楼梯，站在街上彼此拥抱又握手，开心得不得了。

“我们快去庆祝吧！先不忙拿钱，去喝一杯再说！”我喊着喊着就拉了米可往对街的酒吧跑去。

“请给我们三杯威士忌加冰块，双料！”一拍吧台桌，喊着。

三个神经兮兮的人，大清早在喝烈酒。

“呀——现在可以讲啦！那幢房子漏雨、水管不通、瓦斯炉是坏的、水龙头关不紧、抽水马桶冲不下、窗子铰链是断的、地板快要垮下去啰——”我笑着讲着，恶作剧地看看他们如何反应。

米可一点也不信，上来亲我，爱娇地说：“Echo，你这个可爱的骗子！”

“说实在，你们买了一幢好房子，嗳——”

“钱要赖掉了！”璜笑着说。

“随便你，酒钱你付好了。”我又要了一杯。

有节有制地少少喝了两杯，真是小意思，这才三个人回到镇上去。

璜叫米可和我坐在邮局里谈话，璜去街上打个转又回来了，一张薄薄的本票被轻轻放进我手里。我数了好多个零字，看来看去就是正确的数目，把它往皮包塞，跑掉了。

人性试验室，又成功一次，太快乐了。

下一步，去了银行。

这回不是去中央银行，去了正对面的西班牙国际银行，那儿的总经理也是很好的朋友。

我大步向经理的办公室走去，一路跟柜台的人打招呼，进了经理室，才对米盖说：“关上门谈一次话，你也暂时别接电话可不可以？”

米盖好客气地站起来，绕过桌子，把我身后的门一关，这才亲了一下我的脸颊。

“米盖，还记不记得三年前你对我说的话，在那棵相思树下的晚上？”我微笑着问他。

米盖慢慢点头，脸上浮出一丝我所不忍看的柔情来。

“好，现在我来求你了，可以吗？”我微微笑着。

“可以。”他静静地将那双修长的手在下巴下面一交叉，隔着桌子看我。等着。

“有一笔钱，对你们银行来说并不多，可是带不出境。是我卖房子得来的。”我缓缓地说。

“嗯——不合法。”他慢慢地答。

“我要你使它合法地跟我回台湾去。”

我们对看了很久很久，都不说话。

“你，能够使这笔钱变成美金吗？”米盖沉吟了一会儿，才说。

“我能。”我说。

“方法不必告诉我。”米盖说。

“不会，你没听见任何不合法的话。”

“变了美金再来找我。”他说。

我们隔着桌子重重地握了一下手。他忍不住讲了一声：“换的时候当心。”我笑着接下口说：“你什么都没讲，我没听见。”

那个下午，我往城里跑去，那儿，自然有着我的管道。不，稳得住的事，不怕。只要出境时身上没有什么给查出来的支票就好。

“Echo，钱拿到没有？”电话那边是邻居尼哥拉斯的瑞士德文。

“拿了。”我说。

“要不要我替你带去瑞士？”

“找死吗？检查出来谁去坐牢？”我问。

“他们不查坐轮椅的人。”

“谢谢你，我不带走，放在这边银行。”

“那——什么时候再来拿？”

“随它了。总之谢谢你的好意。”

“你没有在换钱吧？”他说。

“我不懂你在说什么，再见了！还有好多事情要去做。真的，不懂你在讲什么。”

挂下电话，叹了一口气，看看饭桌上打好包的一些纪念品，将它们轻轻摸一下，对自己说：“还有九天。就结束了。”

坐在桌前列了一个单子，总共二十八家人要去告别。这里面，有许多家根本还没有来得及去拜访，去了是去通知自己的来，也同时就讲再见了。

那个黄昏，在窗口看着太阳落下远方紫色的群山，竟有些把持不住的感伤。既然如此，不必闲着，就开始大扫除吧！

“喂，你，当心摔下来呀！”一个邻居走过我的墙外，我正吊在二楼的窗子外面擦玻璃。

“本来是不会跌下去的，给你这一叫，差一点吓得滑了脚，快别叫了。”我凶了那个不认识的男人一句。

“拿梯子来站呀！哪有反钩在窗框子上的人呢？”

“一下就好啰！”我说。

“你的房子不是卖了吗？还打扫做什么？”

我笑睇了那不识的人一眼，说：“我高兴。”

那个黄昏，只要有邻居散步走过我的房子，都可以看见我吊在不同方向的窗子外面，在用力清洗那并不算脏的玻璃。

好，做了事情，没得闲愁了，干脆一直做到天亮也罢。

厨房中的每一个抽屉都给打开了，把那些刀叉和汤匙排成军队被阅兵时那么整齐，当然，先用干绒布将它们擦得雪亮的。

一切的中国药品，一件一件被放到信封中去，封套上写明了治什么病，如何用法，也给放在柜子里站好。米可会喜欢这些中国药。

那些各式各样的酒杯，再被冲洗一次，拿块毛巾照着灯光将它们擦到透明得一如水晶，再给轻轻放下，不留一个指纹在上面。

所有的食谱和西班牙文的食物做方，都给排列得整整齐齐的，靠在厨房书架上面。

那个炉子，本身就是干干净净的，还是拿了一支牙刷，沾上去污粉，在出火口的地方给它用力去擦。除烟机的网罩并没有什么油渍，仍然拆下来再洗一次。

冰箱的背后可能藏着蜘蛛网，费了好大的气力给拖出来，把那个死角好好查了一下——果然有些灰尘。那么炉子下面呢？好了，这一回拖炉子了。炉子边上有那么一片老油渍，沾了汽油洗得手开始发红，而太阳又从客厅窗外的大海上跳了出来，这间厨房还不算数。

把厨房的窗帘给取下来，洗衣机水力不够，不能用，就用手洗吧。这么一弄，第二天也就来了。

我轻叹了口气，对自己说："还有八天。"

我阖着眼睛躺在床上，院子里的麻雀已经叽叽喳喳地来吃面包渣子了。

那几天，白天默默地一间一间打扫，黄昏一家一家地去看朋友。有吃的时候，吃些东西，没吃的时候，喝些水。总之那个全新的厨房已经不再算是我的，舍不得去做一顿饭吃，免得污染了那连干燥花都插好了的美丽厨房。

进客厅的地方给放上了两三双拖鞋，有朋友来，我就喊一声："脱鞋！当心我雪亮的地！"

那个地，原先亮成半个门框的倒影贴在地上，现在给擦成整个房间家具的倒影都在里面，踏上去有若镜花水月，一片茵梦湖似的，看了令人爱之不舍。而我，一天一天地计算，还有五天了，还有四天了，还有三天了。

在走之前，坚持璜和米可不能够来这幢房子，不要他们来，直到我上了飞机。

“Echo，我不爱穿拖鞋，光脚可不可以进来？”

邻居甘蒂的女儿奥尔加可怜兮兮地站在客厅外面喊着我。我笑着跑过去把她抱起来，不给她踏到地面，把她抱到长沙发上去放着。她，双手缠着我的脖子咯咯地笑个不停。

我们两个人靠着肩坐着，还是半抱着她。

“记不记得，你小的时候，睡在我床上？”我亲亲她金色的头发，奥尔加用力点头。

“那时候，你才五岁，你哥哥七岁，爸爸妈妈要去跳舞，你们就来跟我过夜。记不记得早上我不许你起床，直到我自己睡够了？”我又问。

奥尔加咯咯地又笑，拼命点头。

“你现在几岁？”我推了她一下。

“十一。”

“那都七年了？”我说。

“对嘛！”她说。说着说着，奥尔加拿出一个信封来，抽出两张照片，说：“这个你带回去给陈爸爸和陈妈妈，叫他们早点回来看我。”

我沉默了一下，问她：“你真的还记得他们？”

奥尔加慢慢地点头。

“那你还记得另外一个人啰？也是我们家的。”我说。

她又点点头。

“他哪里去了？”

“天上。”

我把下巴顶在奥尔加的头发上，轻轻地把她抱在怀里摇晃。

“Echo 要走了，你知道吧！”

小人没有动，斜过去看她，她含着好满的一眶眼泪。

“来！”我紧紧抱住她，把她靠在我肩上。

“来——让 Echo 再给你讲一个故事——有关另外一个星球的故事，跟 E.T. 那种很像的——”

“听不听？”我微笑着把奥尔加推开一点，看住她的大眼睛，又对她鼓励地笑一笑，这才再把她抱着，一如小时候哄她睡时一样。

“在一个很远很远的地方，远得快到月亮那么远的地方，有一个民族，叫中国。那儿的人，在古老古老的时代，就懂得天空里所有的星星，也知道用蚕吐的丝，织出美丽的布料来做衣服。在那个国家里，好多好多的人跟我们这边一样，在穿衣、吃饭、唱歌、跳舞，有时候他们会哭，因为悲伤，有时候他们笑，并不一定为了快乐——”

“你就是中国过来的。”奥尔加轻轻地说。

“真聪明的孩子——有一年，中国和日本打了好久好久的仗，就在两边不再打的时候，一个小婴儿生了下来，她的父亲母亲就叫她平，就是和平的意思——那是谁呢？”

“你——”奥尔加说，双手反过来勾在我的颈子上。

“对啦！那就是我呀！有一天，中国神跟加纳利群岛天上的神去开会了，他们决定要那个叫做平的中国女人到岛上来认识一个好美丽的金发女孩子——”

“我出来啦？”奥尔加仰头问。

“听下去呀——神说：叫这两个人去做一——生——一世的好朋友，等到七年以后，才可以分开。亲爱的——你，现在我们认识七年满啰，那个中国神说——嗳，中国的回中国去吧，走啰！走啰！还有三天了，不能再赖了。你看 E.T. 不是也回他的星球去了——”

奥尔加瞪住我，我轻轻问她：“今晚如果你留下来，可以睡在我的床上，要不要？”

她很严肃地摇摇头：“你不是说只有七年吗？我们得当心，不要数错了一天才好。”

“那我送你回家，先把眼泪擦干呀！来，给我检查一下。”

我们默默地凝视了好一会儿，这才跑到门口去各自穿上鞋子，拉着手，往甘蒂家的方向走去。

那个孤零零的晚上，为着一个金发的小女孩，我仰望天空，把那些星月和云，都弄湿了。

是的，我们要当心，不要弄错了日子。

神说——还有两天了。

银行的那扇门——经理室的，在我又进去的时候被我顺手带上了。坐在米盖的对面，缴在桌上的是两张平平的美金本票，而不是一堆乱七八糟的现金。

“你怎么变的？”米盖笑了起来。

也不讲，轻轻叹了口气。

“请你把这两张支票再换成西币。”我说。

“什么？”

“想了一下，觉得，留下来也好，台湾那边不带去了。”

“换来换去已经损失了好多，现在再换回来，凭空亏了一笔，为什么？”

“三年前，我们不是有个约定吗？你忘了，亲爱的朋友。”我轻轻说。

“约定，也不过是两个人一生中的七天。”米盖苦笑了一下。

“而且在十年之后。”我笑着笑着，取了他烟盒里一支烟，说，“一九九三年，夏天，瑞士。”

米盖把头一仰，笑着伤感：“你看我头发都白了。”

“那时候，如果不死，我也老了。”我说。

“没关系，Echo，没关系，我们不是看这些的，我——”

我把左手向他一伸，那几颗小钻镶成的一圈戒指，就戴在手上，我说：“戴到一九九三年，夏天过后，还给你，就永别了。”

“在这之前，你还回来吗？”

我叹了口气，说：“先弄清这些支票，再拿个存折吧！去弄。”

外面的朋友，银行的，很快替我弄清了一切，签了字，门又被他们识相地带上了。

“我走了。”我站起来，米盖走到我身边，我不等他有什么举动，把那扇门打开了。

“我要跟他们告别，别送了。”我向他笑一笑，深深地再看了这人一眼。重重地握了一下手，还是忍不住轻轻拥抱了一下。

银行的朋友，一个一个上来，有的握手，有的紧紧地抱住我，我始终笑着笑着。

“快回来喔，我们当心管好你的钱。”

我点点头，不敢再逗留，甩一下头发，没有回头地大步走出去。

背后还有人在喊，是那胖子安东尼奥的声音——“Echo，快去快回——”

第二天清晨，起了个早，开着车子，一家花店又一家花店地去找，找不到想要的大盆景，那种吊起来快要拖到地的凤尾蕨。

最后，在港口区大菜场的花摊上，找到了一根长长头发披着，好大一盆吊形植物，西班牙文俗称“钱”的盆景。也算浪漫了，可是比不上蕨类的美。

我将这盆植物当心地放在车厢里，怕它受闷，快快开回家去。

当，那棵巨大的盆景被吊在客厅时，一种说不出的生命力和清新的美，改变了整个空房子的枯寂。

我将沙发的每一个靠垫都拍拍松，把柜子里所有的床单、毛巾、毛毡、桌布拿出来重新折过，每一块都折成豆腐干一样整齐。这还不算，将那一排一排衣架的钩子方向全都弄成一样的。

摸摸那个地，没有一丝灰尘。看看那些空了的书架，它们也在发着木质的微光。

那几扇窗，在阳光下亮成透明的。

我开始铺自己睡的双人床，干净的床单、毛毯、枕头，再给上了一个雪白钩花的床罩。那个大卧室，又给放了一些小盆景。

最后一个晚上在家中，我没有去睡床，躺在沙发上，把这半辈子的人生，如同电影一般在脑海中放给自己看——只看一遍，而天已亮了。

飞机晚上八点四十五分离开，直飞马德里，不进城去，就在机场过夜。清晨接着飞苏黎世，不进城，再接飞香港。在香港，不进城，立即飞台湾。

邻居，送来了一堆礼物，不想带，又怕他们伤心，勉强给塞进了箱子。

舍不得丢掉的一套西班牙百科全书和一些巨册的西文书籍，早由远洋渔船换班回台的同胞，先给带去了台湾。这些琐事，岛上的中国朋友，充分发挥了无尽的同胞爱，他们替我做了好多的事情。跟中国朋友，我们并不伤心分离，他们总是隔一阵就来一次台湾，还有见面的机会。

黄昏的时候，我扣好箱子，把家中花园和几棵大树都洒了水。穿上唯一跟回台湾的一双球鞋，把其他多余的干净鞋子拿到甘蒂家去给奥尔加穿——我们尺寸一样，而且全是平底鞋。

“来，吃点东西再走。”甘蒂煮了一些米饭和肉汁给我吃，又递上来一杯葡萄酒。

“既然你坚持，机场我们就不去了。两个小孩吵着要去送呢！你何必那么固执。”

“我想安安静静地走，那种，没有眼泪地走。”我把盘子里的饭乱搞一阵，胡乱吃了。

“给爸爸、妈妈的礼物是小孩子挑的，不要忘了问候他们。”

我点点头。这时候，小孩子由海边回来了，把我当外星人那么地盯着看。

“我走了。”当我一站起来时，甘蒂丢掉在洗的碗，往楼上就跑，不说一句话。

“好吧！不要告别。”我笑着笑着，跟甘蒂的先生拥抱了一下，再弯下身，把两个孩子各亲了一次。

孩子们，奥尔加，一秒钟也不肯放过地盯着我的脸。我拉住他们，一起走到墙外车边，上车，再从车窗里伸出头来亲了一阵。

“再见！”我说。

这时，奥尔加追起我的车子来，在大风的黄昏里尖叫着：“你不会回来了——你不会回来了——”

在灯光下，我做了一张卡片，放在客厅的方桌上，就在插好了的鲜花边，写着：

> 欢迎亲爱的米可、璜，住进这一个温暖的家。祝你们好风好水，健康幸福。
>
> Echo

这时候，班琪的电话来了。

“我们来接你。”“不必，机场见面交车。”

“箱子抬得动吗？”“没有问题。”

“还有谁去机场送？”“还有买房子的那对夫妇，要交钥匙给他们。就没有人了，只你们两家。”

“不要太赶，一会儿见啰！”“好！”

我坐下来，把这个明窗净几的家再深深地印一次在心里。那时候，一个初抵西班牙，年轻女孩子的身影跳入眼前，当时，她不会说西班牙话，天天在夜里蒙被偷哭，想回台湾去。

半生的光阴又一次如同电影一般在眼前缓缓流过，黑白片，没有声音的。

看着身边一个箱子、一个背包、一个手提袋就什么也不再有了的行李，这才觉得，空空地来，空空地去。带来了许多的爱，留下了许多的爱。人生，还是公平的。

看看手表，是时候了，我将所有的窗帘在夜色中拉上，除了向海的那面大窗。

我将所有的灯熄灭，除了客厅的一盏，那盏发着温暖黄光的立灯——迎接米可和璜的归来。

走吧！锁上了房子的门，提着箱子，背着背包，往车房走去。

出门的最后一霎间，捡起了一片相思树的落叶，顺手往口袋里一塞。

向街的门灯，也给开了。

我上车，慢慢把车开到海边，坐在车里，看着岸上家家户户的灯光和那永不止歇的海浪，咬一咬牙，倒车掉头，高速往大路开去。

家、人、宝贝、车、钱，还有今生对这片大海的狂爱，全都留下了。我，算做死了一场，这场死，安静得那么美好，算是个好收场了。

在机场，把车钥匙交给班琪和她的丈夫，她收好，又要讲那种什么我老了要养我的话，我嘘了她一声，微微笑着。

璜和米可，收去了那一大串房子钥匙。在钥匙上面，我贴好了号码，一二三四……顺着一道一道门，排着一个一个号码。

“米可，我想你送走了我，一定迫不及待地要进房子里看看。替你留了一盏灯，吊着一样你会喜欢的东西在客厅。”我说。

米可说：“我想去打扫，急着想去打扫。”

“打扫什么？”我不讲穿，笑得很耐人寻味，一时里，米可会不过意来。

那时，扩音机里开始播叫：伊伯利亚航空公司零七三飞马德里班机的乘客，请开始登机——伊伯利亚航空公司零七三飞马德里——

“好。”我吸了一口气，向这四个人靠近。

紧紧地把他们抱在怀里，紧紧的弄痛人的那种拥抱，抱尽了这半生对于西班牙狂热的爱。

“走了！”我说。

提起背包，跨进了检查室，玻璃外面的人群，扑在窗上向我挥手。

检查的人说：“旅行去吗？”

我说：“不，我回家去。”

重建家园

新天新地

那天，其实我们已经走过了那座被弃的红砖屋。走了几步，一转念头，就往右边的草丛里踩进去。

达尼埃和歌妮停下了步子，歌妮喊了一声：“有蛇！”我也不理她，向着破屋的地方大步走，一面用手拨开茅草，一面吹口哨。

当我站在破砖破瓦的废屋里时，达尼埃也跟了上来。“做什么？”他说。“找找看有没有东西好捡。”我张望着四周，就知道达尼埃立即要发脾气了。

这一路下来，由台北到垦丁，开车走的都不是高速公路，而是极有情调的省道，或者根本是些小路。达尼埃和歌妮是我瑞士来的朋友，他们辛苦工作了两三年，存了钱，专程飞到台湾来看我。而我呢，放下了一切手边的工作，在春节寒假的时候，陪着他们，开了一辆半旧的喜美车，就出发环岛来了。

就因为三个人感情太好，一路住旅馆都不肯分开，总是挤在一间。也不睡觉，不然是拼命讲话，不然就是在吵架。

达尼埃什么时候会生气我完全了解。

只要我捡破烂，他就气。再说，一路下来，车子早已塞满了我的所谓“宝贝”，很脏的东西。那叫做民俗艺品，我说的。歌妮同意，达尼埃不能妥协。

“快走，草里都是蚊子。”达尼埃说。

“你看——”我用手往空了的屋顶一指，就在那没有断裂的梁下，两盏细布中国纱灯就吊在那儿。

“太脏了！你还要？”

“是很脏，但是可能用水洗干净。”

“不许拿。”达尼埃说。

我跳了几次，都够不上它们。达尼埃不帮忙，冷眼看着，开始生气。

“你高，你跳呀——”我向他喊。他不跳。

四周再张望了一下，屋角有根破竹竿，我拿过来，轻轻往吊着纱灯的细绳打了一下，那一对老灯，就落在我手里了。梁上哗哗地撒下一阵灰尘弄得人满身都是，达尼埃赶快跳开。

欢喜地观察了一下那一对灯，除了中国配色的大红大绿之外，一盏灯写着个“柯”姓，另一盏写着“李”。

我提着它们向歌妮跑去，她看见我手里的东西正想快乐地叫出来，一看身后达尼埃不太好看的脸色，很犹豫地只好“呀”了一声。

“走，前面有人家，我们讨水去冲一冲。”

“算不算偷的？Echo，是不是偷的？”歌妮悄悄地追着问。我笑着也不答。屋顶都烂了的空房子，大门也没有，就算偷，也是主人请来的呀！

向人借水洗纱灯，那家人好殷勤地还拿出刷子和肥皂来。没敢刷，怕那层纱布要破，只有细心地冲冲它们。干净些，是我的了。

“待会儿骑协力车回去，别想叫我拿，你自己想办法！”达尼埃无可奈何的样子叫着。他一向称我小姐姐的，哪里会怕他呢。

那辆协力车是三个人共骑的，在垦丁，双人骑的那种比较容易租到，我们一定要找一辆三个人的。骑来的时候，达尼埃最先，歌妮坐中间，我最后。这么一来，在最后面的人偷懒不踩，他们都不知道。

向土产店要了一根绳子，把纱灯挂在我的背后，上车骑去，下坡时，风来了，灯笼就飞起来，好似长了翅膀一样。土产店的人好笑好笑地对我用台语说："这是古早新嫁娘结婚时带去男家的灯，小姐你捡了去，也是马上会结婚的哦！"歌妮问："说什么？"我说："拿了这种灯说会结婚的。""那好呀！"她叫起来。达尼埃用德文讲了一句："神经病！"就拼命踩起车子来了。

我们是清早就出发的，由垦丁的"青年活动中心"那边向灯塔的方向骑，等到饿了，再骑回去的时候，已经是中午了。

在一间清洁的小食店里，我们三个人占了三张椅子，那第四张，当心地放着两盏看上去还是脏兮兮的灯笼。达尼埃一看见它们就咬牙切齿。

点了蛋炒饭和冷饮。冷饮先来了，我们渴不住，捧着瓶子就喝。

也就在那个时候，进来了另外四个客人，在我们的邻桌坐下来。应该是一家人，爸爸、妈妈，带着十五六岁的一对女儿。

当时我们正为着灯在吵架，我坚持那辆小喜美还装得下东西，达尼埃说晚上等我和歌妮睡了，他要把灯丢到海里去。

进来了别的客人，我们声音就小了，可是彼此敌视着，恨恨的。

就因为突然安静下来了，我听见邻桌的那个爸爸，用着好和蔼好尊重的语调，在问女儿们想吃什么，想喝什么。那种说话的口吻，透露着一种说不出的教养、关怀、爱和包涵。

很少在中国听见如此可敬可亲的语气，我愣了一下。

“别吵了，如果你们听得懂中文，隔壁那桌讲话的态度，听了都是享受，哪里像我们。不信你听听，达尼埃。”我拍打了达尼埃一下。

“又听不懂。”歌妮听不懂，就去偷偷看人家，看一眼，又去看一眼。结论是，那个妈妈长得很好看，虽然衣着朴素极了，可是好看。

于是我们三个人一起去偷看邻桌的四个人。

歌妮会讲不太好的英文，达尼埃一句也不会。歌妮又爱跟人去讲话，她把身子凑到那一桌去，搭讪起来啦！

那桌的爸爸也听见了我们起初在讲德文，他见歌妮改口讲英文，就跟她讲起某一年去德国旅行的事情来。

说着说着，那桌年轻极了的妈妈，笑着问我：“是三毛吧？”我欣喜地赶快点头。

不知道为什么非常喜欢结交这一家人。他们的衣着、谈吐、女儿、气质，都是我在台湾少见的一种投缘，很神秘的一种亲切，甚而有些想明白地跟他们讲，想做一个朋友，可不可以呢？

后来，我们开始吃饭，我一直愣愣地看着那两盏死命要带回台北的灯笼。我把筷子一放，用德文讲：“我要把这两盏灯，送给隔壁那桌的一家人。”

“你疯了！疯啦！”达尼埃这才开始护起灯来。

“没商量，一定要送，太喜欢他们了。”

“那你一路跟我吵什么鬼？”达尼埃说。

“要送。他们是同类的那种人，会喜欢的，我在旅行，只有这个心爱的，送给他们。”

当我表示要把灯送给那一家人的时候，他们很客气地推辞了一下，我立即不好意思起来，觉得自己太唐突了。可是当他们答应收下的时候，我又大大地欢喜了一场。忘了，这只是两盏脏得要命的老灯笼，还当宝贝去送人呢。

分别的时候，交换了地址，一下发现都住在台北市的南京东路四段，只差几条巷子就是彼此的家，我又意外地惊喜了一次。

那是我不会忘记的一天——认识了在台北工专教授“工业设计”的赖一辉教授，认识了在实践家专教授“色彩学”的陈寿美老师，又认识了他们的一对女儿——依缦、依伶。

再惊喜地发现，那些侄女们的儿童书籍——《雅美族的船》《老公公的花园》《小琪的房间》，这些书籍里的图画，都是陈寿美老师的作品。

为什么直觉地喜欢了这家人，总算有了一部分的答案——我爱教书的人，我仰慕会画画的人。虽然他们是留学美国的，我也很接受。因为在那次旅行之后，我自己也立即要去美国了。那是一九八四年的春节。

在机场挥泪告别了达尼埃和歌妮的第二天，我将衣服丢进箱子，暂别了父母，飞向美国加州去。那时，还在教书的，抢着寒假的时间，再请老同学代课到春假，使我在美国得到了整整六个星期的休息。那一年，因为燃烧性的狂热投入，使得教书的短短两个学期中，失去了十四公斤的体重。我猜，大概要停了，不然死路一条。

美国的时候，妈妈打电话来，说：“那个好可爱的妹妹赖依伶，送来了一大棵包心菜，说是去横贯公路上旅行时买下来的，从来没有吃过那么清脆的包心菜。”

丁神父来信，告诉我：“你的朋友赖老师一家带了朋友来清泉，还给我买了核桃糖。”

我正去信给依伶，她的来信已经埋伏在我的信箱里了。厚厚的一封，细细小小的字，写了好多张，又画了地图，将她和全家人去横贯公路旅行的每一个地方都画了出来。最后，把那些沿途乱丢垃圾的游客大骂了一顿，又叫我以后写文章也应该一起来骂。我深以为是。

这一家人，以后就由最小的依伶，十五岁吧，跟我通起信来。

休息了六个星期，忘不了学校和学生，急急赶了回来，务必教完了下学期才离开。我日日夜夜地改作业，人在台北，却没有去赖家探望。他们体恤我，连依伶都不叫写信了。

那个学期没能教完，美国的医生叫我速回加州去开刀。我走了，搬出了教职员宿舍，搬去母亲借我住的一幢小公寓去。把书籍安置妥当，和心爱的学生道了再见。

妈妈的公寓在台北市民生东路底的地方，叫做“名人世界”，二十三坪，够住了。我一个人住。

邻居，很快地认识了，左邻、右舍都是和蔼又有教养的人。不很想走，还是抱着衣服，再度离开台湾到美国去。

“家”这个字，对于我，好似从此无缘了。

在美国，交不到什么朋友，我拼命地看电视，一直看到一九八四年的年底。

“当我知道隔壁要搬来的人是你的时候，将我吓死了！”少蓉，我的紧邻，压着胸口讲话。我嘻嘻地笑着，将她紧紧地一抱，那时候，我们已经很熟了。我喜欢她，也喜欢她的先生。

“名人世界”的八楼真是好风好水，邻居中有的在航空公司做事，有的在教钢琴，有的教一女中，有的在化工厂做事。有的爱花，有的打网球，李玉美下了班就写毛笔字。这些好人，都知道我的冰箱绝对是真空的，经过我的门口，食物和饮料总也源源不绝地送进来“救济难民”。

我的家——算做是家吧，一天一天地好看起来，深夜到清晨也舍不得睡的。大厦夜班的管理员张先生，见了我总是很痛惜地说：“昨天我去巡夜，您的灯又是开到天亮，休息休息呀！身体要紧。”他讲话的语气，我最爱听。

我不能休息，不教书了，写作就来，不写作时，看书也似抢命。

住在那幢大楼里，是快乐的，我一直对父母说：“从管理员到电梯里的人，我都喜欢。妈妈，如果我拼命工作存钱，这个公寓就向你和爸爸买下来好不好？”他们总是笑着说：“你又绝对不结婚，也得存些钱养老。妈妈爸爸的房子给小孩子住也是天经地义的，安心住着，每天回家来吃晚饭才是重要，买房子的事不要提了。”

每天晚上，当我从父母家回到自己的公寓去时，只要钥匙的声音一响，总有哪个邻居把门打开，喊一声：“三毛！回来了吗？早点睡喔！”

我们很少串门子，各做各的事情，可是，彼此又那么和睦地照应着。

“名人世界”里真的住了一个我敬爱的名人——孙越，可是很少看见他。一旦见了，欢天喜地。

我的朋友，由大楼一路发展出去，街上卖水果的、卖衣服的、卖杯子的、卖画的、卖书的。小食店的、自助洗衣店的、做饺子的、改衣服的、药房、茶行、金店、文具……都成了朋友，三五日不见，他们就想念。

我不想搬家，但愿在台湾的年年月月，就这么永远地过下去。

“三毛姐姐：我们快要搬家了，是突然决定的。那天，妈妈和我到延吉街附近去改裤子，看见一家四楼的窗口贴着‘出售’的红纸，我们一时兴起，上去看了一下，妈妈立即爱上了那幢房子。回来想了一夜，跟爸爸商量后，就去付了定金，所以我们现在的家就要卖了。如果你不来看一下我们的小楼和屋顶花园，以后卖掉就看不到了，如果你能来——”

看着依伶的信时，已是一九八五年的二月了，正好在垦丁相识一年之后。这一年，常常想念，可是总也没好意思说自己想去，他们那方面呢，怕我忙，不敢打扰，都是有教养的人，就那么体恤来体恤去的，情怯一面。

看了信，我立即拨电话过去，请问可不可以当天晚上就去赖家坐一下？那边热烈地欢迎我，约好在一家书店的门口等。我从父母家吃过晚饭，才走三分钟，就看见了依伶的身影。

再走三分钟，走到一排排如同台北市任何一种灰色陈旧的公寓巷子里，就在那儿，依伶打开了楼下公用的红门，将我往四楼上引。

那儿，灯火亮处，另外三张可亲的笑脸和一双拖鞋，已经在等着我了。

进门的那一霎间，看见了柔和的灯光、优雅的竹帘、盆景、花、拱门，很特别的椅子、钢琴、书架、鱼缸、彩色的靠垫……目不暇给的美和温暖，在这一间客厅里发着静静的光芒。

来不及坐下来，寿美将我一拉拉到她的卧室去，叫我看她的窗。即使在夜里，也看到，有花如帘，有花如屏，真的千百朵小紫花，垂在那面窗外。

“来看你的纱灯。”依缦对我说。我们通过曲折的拱门之外，穿过厨房，走到多出来的一个通道，有宽宽的窗台，那两盏灯，并挂在许多盆景里，而我的右手，一道木制的楼梯，不知通向哪儿？

“上去吗？”我喊着，就往上跑。

四楼的上面啊，又是一幢小楼，白色的格子大窗外，是一个如假包换的小花园。

我在哪里？我真的站在一幅画的面前，还是只不过一场梦？

花园的灯打开了，我试试看走出去，我站在红砖块铺的院子中间，而四周的墙、花坛，明明鹿港的风景。一丛丛蕨类草和一切的花果，散发着一种野趣的情调，而一切能爬墙的植物，贴着红砖墙往上野野而自由地生长着。有花，又有花，垂到地面。我摸摸树叶，发觉不是在一个梦里，我活活地看见了台北市中这神秘的一角，它竟然藏在一条巷子里！就在父母家几步路外的巷子里。

“看这棵樱花。”寿美说。

我抬起头来，在那凸出的花坛里，一棵落尽了叶子的樱花，衬着台北市灰暗的天空。它那么高，那么骄傲而自信地生长着，它，那棵樱花树，好似在对我说话，它说：“我是你的，我将是你的，如果你爱我。”

那一刻，当我看见了樱花的一刻，我的心里受到了巨大的冲击和感动，我突然明白了上天冥冥的安排——在垦丁开始。

那个夜晚，当我终于和赖家的人，很自然又亲密地坐下来喝茶时，我捧着杯子，怯怯地问："你们真的决定不住这儿了？"

他们看上去伤感又欢欣。他们说，付了定金的那幢比较大，也有屋顶小楼和花园，他们决定了，很不舍，可是决定搬了。

"有没有买主了？这一幢？"

"有，还是你间接的朋友呢，说是林云大师的弟子，说你们见过面的。还有另外两家人也来看过了，刊登卖屋的广告是在《国语日报》上的——我们喜欢这份报。"

"那位我间接的朋友，付了定金没有？"我说。

"这两天来付。"

"那我——那我——"我结结巴巴起来。

"三毛，我们绝对没有卖你房子的意思，我们只是请你来看一看，因为要搬家了——"

"我知道。我知道。"我心很乱。一下子飞快地想了很多事情。

"可不可以给我四天的时间？可不可以向对方拖一拖？可不可以告诉我价格？可不可以——"我急着问，他们好似很不安，怕我错会是向我卖房子似的。

那夜，告别了这家可爱可亲的人，想到垦丁的偶遇，想到那和和乐乐的家庭气氛，想到他们的教养和亲切，想到这份"和气"充满的屋子，想到这就是接着了一份好风水，想到那棵樱花树……我突然想哭。吹着台北市冷冷的夜风，我想，在这失去了丈夫的六年半里，在这世界上，居然还出现了一样我想要的东西，那么我是活着的了。我还有爱——爱上了一幢小楼，这么一见钟情地爱上了它，心里隐隐地知道，里面没有后悔。

回到“名人世界”，我碰到了教钢琴的林老师，她热烈地招呼我，我也说不出话来，只是恍恍惚惚地对她微笑又微笑。

都夜深了，进了温馨的屋子，拿起电话来就往父母家里拨。接电话的是爸爸。

“爸爸，我有事求你——”

“你一定要答应，我一生没有求过你，爸爸，你一定要答应我，我——”我越说越大声。

接电话的爸爸，突然听见这种电话，大概快吓死了。我猜，他一定以为我突然爆发出来要去结婚，不然什么事情会用这种口气呢？

“什么事？妹妹？”妈妈立即抢过了电话。

“妈妈——我看到了一幢房子，我一定要它，妈妈，对不起，我要钱，我要钱……”

“你慢慢讲啊——不要哭嘛——要不要我马上过来？你不要哭呀——”

“一幢房子，有花的，我想要，妈妈，请你答应我——”

“看上了一幢房子？也不必急呀！明天你来了再讲嘛，电话里怎么讲呢？你这么一哭怎么睡觉呢？明天妈妈一定听你的，慢慢讲——”

“可是我的钱都在西班牙呀，妈妈，我要钱我要钱我现在就要钱——”

“要钱大家可以想办法，你不要哭呀——”

“那你一时也没有那么一笔钱，我们怎么办嘛？！”

“你那么坚持，明天爸爸妈妈同你一起去看，是不是依伶、依缦家的那幢呢？”

“是——我要。你们看不看我都要定了，可以先去贷款，再叫西班牙银行汇过来，不然我——”

“不要急嘛！吓死人了！你听话，不要激动，洗一个热水澡，快快去睡，明天——”

“什么明天？妈妈，你亲眼看到的，我什么都没有真心要过，现在我要了而我一时没有你们一时也拿不出来那我急不急呢西班牙那边是定期的还要等期满，那我——”

“妹妹，你安静、安静，爸爸有存款，你不要急成这种样子，安静下来，去吃安眠药。爸爸这点钱还有，答应你，不要心乱，去睡觉。不过爸爸还是要去看过。”爸爸在分机讲话，我听见了，大声抽了一口气，说了一个“好”，又讲：“对不起。”

“爸爸，你看那棵樱花，你看。”

爸爸站在赖家的小楼门口，探头向院子里看了一看，和蔼地说：“看见了！看见了！”

他哪里看见什么花呢，他看见的是女儿在恋爱的一颗心。

爸爸妈妈初见赖老师、寿美、依缦。而依伶，因为送包心菜去过，是认识的。爸爸妈妈喜欢上了这家人。其实，两家人很像。

妈妈开始谈起一同去代书那儿办过户的事情，赖家的人，给了我一幢他们也是心爱的房子，那种表情，谦卑得好似对不起我似的。他们一定要减价，说是房子给了我，他们心里太快乐了。我们一定不肯他们减价，赖老师很坚持，不肯多讲，一定要减。

我在微雨中跟在爸爸妈妈的伞下一路走回家。我又讲那棵花，爸爸说，他确定看见了。妈妈说：“那‘名人世界’就要出租了？”

寿美跟我说，他们的那幢新房子要等四月中旬才能搬过去，我能不能等呢？

是我的东西，当然能等，我欣欣然地等待，不敢再常常去，免得给人压力。

没敢跟“名人世界”的邻居讲起要搬家的事。相处太融洽了，如果早就说起搬家，大家要难过的。既然一定难过，不如晚些才伤心。

跟街头的朋友，我说了。卖水果的那位正在替顾客削水果，一听，就说：“那你以后就不会回来了。”我向他保证一定回来的。他说：“难啰！我会很想念你，我太太也会想念你。”说着他给了我一个苹果，一定不肯收钱。

卖画的朋友听我快要搬了，一定要请我去吃水饺，一定要吃。我去吃，他在街口做生意，向饺子店的老板娘喊：“叫她多吃，切些卤菜，向我收钱。”

邻居们在我心里依依不舍，有时，听见他们的钥匙在开门，我会主动地跑出去，喊一声：“下班了吗？早些休息。”

如果他们没在做什么，我也会主动地跑去邻居家坐一会儿，不然请他们来家里坐坐。

相聚的时间一天一天短了，我心里悲伤，而他们不知道。

当寿美在四月份一个明媚的天气里，将那一串串钥匙交在我手中的时候，我看见她眼中好似闪过一层泪光。赖老师的那串，连钥匙圈都给了我。依伶、依缦没有看见，她们在拼命帮着搬家工人运东西。告别的时候，寿美回了一下头，她又回了一下头，在那一霎间，我怕她就要热泪奔流。一直说：“还是你们的家，随时回来，永远欢迎你们来的。”

小屋空了，我进去，发觉清洁公司的人在替我打扫，我吃了一惊。交给我的，是一幢完完全全干净的屋子。这种做法，在中国，可能不多，人走了，还替他人着想，先付了钱，要把地板擦得雪亮的给我。

清洁工人也走了。我一个人，在屋子里，一个衣柜一个抽屉地开开关关。进入依伶、依缦的睡房，看见抽屉上贴着一块块小纸片，上面，童稚的字迹，写着——制服、袜子、手帕……这些字，是她们儿童时代一笔一画写下来，再用心贴在每一格抽屉上的。住了十一年的房子，不要说她们，注视着这些字，在安静的小房间里，我看得呆了过去。

想，就留下这间卧室吧，不去动它，也算是个纪念。

可是我一个人要两间卧室三个床做什么？

家具走了，竹帘拆了，盆景走了，花瓶走了，鱼缸不在了，书籍不见了，而我的朋友，也走了。对着一帘窗外的花朵，感觉到的竟然是一份说不出的寂寥。这个房子，突然失去了生机。

“名人世界”的家一时还不能搬，我决定将家具、盆景、电话和一切的墙上饰物都留下来。这样妈妈出租的时候，别人看了悦目，就会很快租掉的。虽然，舍不得那个带着浓烈欧洲古老风味的大床。那本来就是一种古典欧风味道的布置，是我慢慢经营出来的。

于是，八德路上的那些家具店，就成了每天去走一遍的地方。那儿离新家很近。

看到一套米白色粗麻的沙发，忍不住跑进店里想去试坐一下。店里，出来了一个美得如同童话故事插图里的女孩，我们对笑了一下，问了价格，我没说什么，她哎呀一下地叫了起来，突然拉住我的双手，说："是三毛吗？"

我不好意思，谢了她，快快地走了。

第二天晚上，爸爸妈妈和我又一同散步去看那套沙发。我没敢进去，站在店外等，请父母进去看。没想到，父母很快地也出来了。

"怎么？"我说。

"他们店里正在讲三毛三毛的，我们不敢偷听，赶快出来。"

我们三个人，好老实的，就一路逃回家了。

不行，我还是想那套沙发。

厚着脸皮又去了，来接待我的还是那个美丽脱俗的女孩，我发现，她居然是那儿的老板娘。

这一回，没有跑，跟到店的里面，坐下来，一同喝起茶来。

另外一个开着门的办公室里，放着绘图桌，一个好英俊的青年有些羞涩地走出来跟我打招呼，我发觉，原来他是老板。

说着说着，我指着墙上一张油画，说那张好，这个老板跳了起来，孩子似的叫："是我画的！"

一问之下，文化大学美术系的毕业生——邹仁定。我的学弟嘛！

这种关系，一讲就亲多了。"文化人"向心力很重，再说，又是个美术系的，我喜欢画画的人。

"怎么样？学弟，去看我的新家吗？"

他说好，他的太太毓秀也想去，把店交给哥哥，我们三个人一走就由小巷子里走到了我的家。

"以前，这个家是四个人住的，现在我想把它改成一两个人用的，功能不同，房间就拆，你说呢？"我问学弟。

"你要怎么做？"他问。

“你敢不敢替我做？如果我的要求跟一般人不同？”我盯着这个稚气未脱的学弟，知道他同时在做室内设计的。

“这个房子本身的塑造性就高，以前住的人必然不俗，很可能是艺术家。”学弟说。

“就是。”我说。

那时，我立即想到寿美，她除了教书，替人画插画之外，一向兼做着室内设计。当初爱上了她的屋子，不是她一手弄成的作品吗？

可是，我不敢找她。如果要求寿美将她自己的家、自己孩子的卧室连墙打掉，在心理上，她必然会痛。如果我要将她心爱的磁砖打掉，钉上木板，她可能打不下手。如果我说，屋顶小楼向着后院的那面窗要封掉，她可能习惯性地不能呼吸。不能找她，只为了联想到她对这幢房子的深情。请她做，太残忍了。

“我要，这幢房子的墙，除了两三面全白之外，其他全部钉上最不修饰、没有经过处理的杉木板，也就是说，要一幢小木屋。不要怕这种处理，放胆地去做。”

“想一想。”学弟说。我猜，他的脑筋里立即有了画面。

“想要孩子的这一间，连墙打掉，成为客厅曲折的另一个角落，将地板做高，上面放大的坐垫、小的靠垫，成为楼下再一个谈天的地方。”

“我看见了。”

“我要，每一个房间都有书架，走到哪里手边都有书籍。”

“可以，除了楼上。”

“楼上大小七个窗，我们封上两个，做书架。”

“好。”

“所有的家具，除了一套沙发之外，全部木工做，包括床和饭桌，也用杉木去做，不处理过的那种，粗犷的，乡土的，可是不能刺手。”

学弟喘了一口气，说：“你不后悔哦！没有人叫我这么做过，那种木头，太粗了。”

“不悔。”我笑着说。

“那么我回去画图样，给你看？”

“好。不要担心，我们一起来。”

天气开始慢慢地热起来，我的新家也开始大兴土木，为了屋顶花园的那些花，常常跑去浇水。碰见了木工师傅，他们一脸的茫然和惧怕。学弟说，师傅讲，从来没有做过这样的木工，很不自在，他们只想拼命做细活。

“把钉痕打出来，就是这样，钉子就打在木板上，不要怕人看见钉子，要勇敢。”

我拍拍师傅的肩，鼓励他。

“小姐不要后悔哦！”

“不会。放胆去做，假想，你在钉一幢森林里的小木屋，想，窗外都是杉木。你呼吸，窗外全是木头的香味。”

师傅笑了，一个先笑，另外两个也笑了起来。“怪人小姐呢。”一个悄悄地说，用闽南语，我听见了。

天好热，我诚诚恳恳地对师傅说：“楼下就有间杂货店，请你们渴了就下去拿冰汽水喝，那位张太太人很好，她答应我每天晚上才结一次账。不要客气，做工辛苦，一定要去拿水喝，不然我要难过的，好吗？好吗？让我请你们。”师傅们很久很久才肯点头，他们，很木讷的那种善良人。

我喜欢木匠，耶稣基督在尘世上的父亲不就是个木匠吗？

当，学弟将我的冷气用一个活动木板包起来，在出气口打上了木头的格子架时，我知道，我们的默契越来越深，而他的太太，毓秀，正忙着我的沙发。我全然地将那份“信”，完全交托给这一对夫妇。而我，也不闲着，迪化街的布行里，一次又一次地去找花布，要最乡土的。

“那种，你们老祖母时代留下来的大花棉布，越土的越好。不，这太新了，我要更老的花色。”

最后，就在八德路的一家布行里，趴在桌子底下翻，翻出了的确是他们最老最不卖，也不存希望再卖的乡土棉布。

“小姐要这种布做什么？都不流行了。”

我快乐地向店员女孩挤一下眼睛，说：“是个秘密，不能说的。”

这一块又一块花色不同的棉布，跑到毓秀的手中去，一次又一次。窗帘，除了百叶之外，就用米色粗坯布。毓秀要下水才肯做，我怕她累，不肯。结果是仁定，在深夜里，替我把布放在澡缸里浸水，夫妇两个三更半夜的，把个阳台晒成了林怀民的舞台一样。

我看见了，当一个人，信任另外一个人的时候，那个被信任的，受到了多大的鼓励。当然，这并不是全部的人都如此反应，而我的学弟，他就是这样。

灯，是家里的灵魂，对于一个夜生活者来说，它绝对是的。什么心情，什么样的灯光，要求学弟在每一盏灯的开关处，一定加上调光器。

客厅顶灯，用了一把锯掉了柄的美浓雨伞，撑开来，倒挂着。请伞铺少上一道桐油，光线透得出来。客厅大，用中伞。卧室，另一把美浓纸伞灯，极大的，小房间反过来用大伞，我，就睡在它下面。

妈妈来看，吓了一跳，觉得太美了，又有些不放心。

“伞，散，同音，不好吧？”

“不，你看，伞（傘）字下面都是小人躲着，百子千孙的。再说，我一个人睡，跟谁去散呢？喂，妈妈，你要不要我百子千孙呢？”

“乱讲！乱讲！出去不要乱讲，什么生小孩子什么的——”

我笑倒在妈妈的肩上。我吓她：“万一我有了小孩呢？”“神经病！”“万一去了一趟欧洲回来有了个小孩呢？”我再整她。

妈妈平静地说：“我一样欢迎你回来。”

“好，你放心，不会有。”我大喊。

这一回，妈妈在伞灯下擦起眼睛来了。

这个家，一共装了二十盏灯，全不同，可是全配得上，高高低低。大大小小，楼上楼下的。

植物在夜间也得打灯，跑去电器行，请我的朋友电工替我做了好多盏小灯。那时候，寿美，最爱植物的，也送来了一盏夹灯，用来照的，当然又是盆景。可是我还没有盆景。盆景是生命，等人搬过来的时候一同请进来吧。

我正由台南的一场演讲会上夜归。开车的是林蔚颖，他叫我陈姐姐。车子过了台中，我知道再往北上就是三义，那个木材之乡。

我怯怯地问着林蔚颖：“我们，可不可以，在这个晚上，去三义弯一下？只要十五分钟，你肯不肯呢？”

他肯了，我一直向他说谢谢、谢谢。

店都打烊了，人没睡，透着灯火的店，我们就去打门。也说不出要什么，一看看到一组二十几张树桩做成的凳子，好好看的。那位客气的老板说："明天再上一次亮光漆，就送出去了。"我赶紧说："不要再亮了，就这种光度，拜托分两个给我好不好？"他肯了，我们立即搬上汽车后座怕他后悔。

"那个大牛车轮，你卖给我好吗？"

"这个不行，太古老了，是我的收藏。"

我不说什么，站着不肯走。

旁边一位小姐，后来知道也是姓赖的，就指着对街说："那边有卖好多牛车轮，我带你们过去，那个人大概睡了啦！让我来叫醒他。"

我就厚着脸皮催着她带路。

在濛濛的雾色里，用手电筒照来照去——我又多了两只牛车轮。加上自己早有的，三个了。他们真好，答应给运到台北来。

那两只随车带来的树根凳子，成了进门处，给客人坐着换鞋的东西，衬极了。

眼看这个家一点一点地成长、成形，我夜间梦着都在微笑。

四十五天以后的一个夜里，仁定、毓秀，交还给我新家的钥匙。木工师傅再巡一遍就要退了。我拦住两位师傅，不给他们走，拿出一支黑色水笔来，请求他们在衣柜的门上，给我写下他们的名字，算做一场辛苦工作后的纪念。

师傅们死不肯去签名，推说字不好看。我说我要的是一份对你们的感激，字好不好看有什么重要？他们太羞了，一定不肯。不能强人所难，我有些怅然地谢了他们，道了真心诚意的再见。

家，除了沙发、桌子、椅垫、灯光之外，架上仍是空的。学弟说：

“这以后，要看你的了。你搬进来，我们再来看。”

要搬家了，真的可以搬了，我在夜晚回家去的时候，才去按了“名人世界”好几家人的门铃。

“要走了，大后天搬。谢谢你们对我的照顾，一日为邻，终生为友，将来，你们来看看我？”

“怎么？那么突然？”林老师金燕叫了起来。

“不突然，只是我没说。”

“你走了我们不好玩了，一定要走吗？”

我点点头。“以后，还会回来的。”我说。

“去一个陌生的公寓多寂寞，不像我们这种大厦，开了门喊来喊去的。”林老师说。

“是会寂寞的，我先有了心理准备。”

“什么！三毛要走啦?！”走廊的门，一扇一扇开了起来。

我点点头，有些疲倦地笑着。

“我们请你吃饭！”“我们跟你帮忙！”“再多住一阵！”“我不喜欢你走！”“怎么那么突然？”

我一直说：“会回来的，真的，会回来的。”

大家还是难过了。没有办法，连我自己。

过了两个晚上，左邻、右舍、对门，全都涌到家里来。他们，一样一样的东西替我包扎，一包一包的书籍为我装箱，一次一次替我接听永远不给人安宁的电话，说——三毛不在家。

我的父母兄弟和姐姐都要来帮忙，我说不必来任何一个人，我的邻居，就是我的手足，他们——嗳——

垦丁，纱灯，一棵樱花树，一幢天台的小楼，带着我的命运，离开了曾经说过但愿永远不要搬的房子。

那一天，六月一日中午，一九八五年。全家的人全部出动，包括小弟才五岁的女儿天明，一边在“名人世界”，一边在育达商校的那条巷子，跟着搬家公司，一趟一趟地在烈日下穿梭。星期天，老邻居也当然过来递茶递水。

我，好似置身在一个中国古老的农业社会里，在这时候，人和人的关系，显出了无比的亲密和团结。我累，我忙，可是心里被这份无言的爱，扎扎实实地充满着。

不后悔我的搬，如果不搬，永远不能体会出，有这么多人在深深地关爱着我。

新家一片大乱，爸爸做了总指挥，他太了解我，把挂衣服和放被褥的事情派给家中的女性——妈妈、姐姐、弟妹。把书籍的包裹，打开来，一堆一堆的书放在桌上、椅上、地板上，是弟弟们流着汗做的苦工。爸爸叫我，只要指点，什么书上哪一个架。什么瓶，在什么地方，我才发觉，怎么那么多东西啊，才一个人的。光是老碗和土坛子就不知有多少个，也不是装泡菜的，也不是吃饭的，都成了装饰。

腹稿事先打得好，什么东西放什么地方没有犹豫，弄到黄昏，书都上架了，这件大事一了，以后的细细碎碎，就只有自己慢慢去做了。

那一夜，印度的大块绣巾上了墙，西班牙的盘子上了墙，早已框好的画上了墙。彩色的桌布斜铺在饭桌上，拼花的床罩平平整整地点缀了卧室。苏俄木娃娃站在大书前，以色列的铜雀、埃及的银盘、沙漠的石雕、法国的宝瓶、摩洛哥的镜子、南美的大地之母、泰国的裸女，意大利的瓷做小丑、阿拉伯的神灯、中国的木鱼、瑞典的水晶、巴西的羊皮、瑞士的牛铃、尼日利亚的鼓……全部各就各位——和谐的一片美丽世界，它们不争吵。

照片，只放了两张，一张跟丈夫在晨雾中搭着肩一同走的挂书桌右墙。一张丈夫穿着潜水衣的单独照放在床头。而后，拿出一大串重重的褐色橄榄木十字架，在另一面空墙上挂好，叹了一口气，看看天色，什么时候外面已经阳光普照了。

电话响了，第一次新家的电话打来的是妈妈。“妹妹，你没有睡？”她说。

“没有，现在去花市。”我说。

“要睡。”

“要去花市，要水缸里有睡莲，要小楼上全是植物。”

“家，不能一天造成的，去睡！”

“妈妈，人生苦短，比如朝露——”

“我不知道你在讲什么，我命令你睡觉！”

“好。”我答应了，挂掉电话，数数皮包里的钱就去拿钥匙，穿鞋子。

那个下午，我有了三缸莲花，满满一室青绿青绿的盆景。不行，我不能休息，地板得重擦一次，玻璃窗怎么不够明亮，屋顶花园还没有浇水，那盏唯一没有调光器的立灯得换成八十烛光的，书架上的书分类不够好……对不起你，妈妈，如果你以为我正在睡觉，那我也就安心。

人生那么短，抢命似的活是唯一的方法，我不愿慢吞吞地老死。

“妹妹，你这次搬家，让妈妈爸爸送你一架电视机好不好？”父母同时说，我在他们家里。

“嗯——自己买，只买一架录放影机好了，从来不看电视的，不用电视机了。买录影机去租名片来看，这个我喜欢。”

“那你怎么看？”大弟吓了一跳似的。

“就用录影机看呀！”我奇怪地说。

“看哪里呀？”大弟叫了起来。

“就看好片子呀！”我也大惊。

“没有电视机，你想只用录影机看片子？！”

“有什么不对？”

“你白痴啦！嗳唷——”

我想了好久，才明白过来电视机和录影机的相联关系，这又大吃一惊。

过了三天，妈妈带了一个长得好整齐又和气的青年人来，他带来了电视机和录放影机，我只有将它们放在屋内最不显眼的角落。

那个青年人，装好天线，热心地教我怎么使用。我的问题多，他一样一样耐心给我讲解。我问他什么名字，他说叫他小张好了。

小张又来过两次，都是因为我太笨，他教过的就给忘了。那一阵睡眠不足，记忆力立即丧失一半，我知道，眼看精神崩溃就在面前了。

那个录影机，的确给了我极大的快乐。每个星期，我放自己三小时假，看影片。一周一次，其他的时间，仍然交给了要写的歌词、家事，还有三更半夜小院里的静坐。

写这一段的时候，我又想到小张，没过几个月，杉林溪那边峡谷崩石，压死了许多游客，小张的尸体，是最后给认出来的一个。

小张接的天线，成了他和我一种友谊的纪念，我永远不会把这条线拆掉。他的死，又给了我更多的启示，对于眼前的一分一秒，都更加地去热爱它。

“你呀——把那个家当成假的，有空走过去玩玩，洒洒花，就好了。晚上还是回来吃饭、睡觉。”妈妈说。

“那怎么行，它明明是真的。”我说。

“夜里我想想你，怕你寂寞，那边没有熟邻居，太静了。”

“妈妈，我好早就出国的，习惯了，你何必自苦？”

妈妈擦擦眼睛不再说什么。

突然发觉，寂寞的可能是她。爸爸整天上班，我不要她操心，姐弟各自成家立业——而妈妈，整天一个人，守着那几盘菜，眼巴巴等着黄昏过尽，好有人回来吃饭。这就是她的一生一世。一——生——一——世——的——妈妈。

“妈妈，明年夏天，我去西班牙，把那边完全结束，永远回来了好吗？”

“真的？”妈妈一愣。

我点点头，不敢看她，又点点头，我借故走到浴室去。

夜里，爸爸看完了电视新闻，我试探地说：“爸爸，空军医院对面在盖一幢大厦，明年交屋，我们散步过去看看样品屋怎么样？不买，只是参观参观。”

他们上当了，跟了我去。

“你们看，五十六坪，四房两厅，分期付，还有贷款，住高楼视线也辽阔，又凉快……”我说。

“装修费，我西班牙卖了房子够了，还有一笔定期，再把你们现在太旧了的公寓卖掉。如果有必要，我的新家也可以卖，莲花也不必了，只养蚊子的。爸爸妈妈，你们苦了一生，理所当然应该在晚年住一幢过得去的房子——”

“我们两个老人，何必搬呢？将来——听说内湖的松柏山庄什么的不错，最好的养老院了。”

“什么话，你们住养老院那我靠谁？”我叫了起来。

爸爸突然很快慰，立刻拿出定金，说好第二天再开支票给出售的公司，就定了下来。

爸爸买了一幢新房子，突然而然的，只为了我说：“如果你们进养老院那我靠谁？”

再没有这句话使父母更高兴的了，就因为这样，他们的内心，不会因为儿女的各自分飞而空虚。

“那你将来，明年，房子好了，就跟我们住了？”

“当然嘛，那一幢小楼，不过是我的任性而已呀——现在告诉你们真话了，我哪里在乎它呢。”我笑了起来。

那是一九八五年的秋天，那个夜晚的对话。

一九八六年十月我下飞机，全家人都在接，除了爸爸。

处理掉了加纳利群岛的一切，我换机、换机再换机、换机，一路不停地飞回了台湾。

坐在弟弟的车里，他递上来一个信封，是英文的，爸爸漂亮极了的书法，写着——给我的女儿。

打开来一看，又是英文信，写着：

亲爱的女儿，请你原谅我不能亲自来机场接你。过去的一切，都已过去了，切望你的心里，不要藏着太多的悲伤，相反的，应该仰望美好的未来。

这一次，你在加纳利岛上处理事情的平静和坚强，使爸爸深感骄傲。我在家中等着你的归来。

爱你的父亲

我看了，不说什么，将信放入口袋中去。

知道爸爸不肯在中文里用这些字，他用英文写出“亲爱的女儿”和“爱你的爸爸”自然而然，而这种出自内心的深情，要他用中文来表达，是很羞涩的。这就是他为什么去写英文的道理。

回家了，仍睡父母的旧家。

大睡了一天一夜，起床后正是一个星期天的黄昏。爸爸妈妈等着我醒来，迫不及待地带着我走向他们的那幢新房子。在一大堆水泥、砖块、木材的工地上，爸爸指着第十四层楼，对我说：“看见了没有？左边那一个阳台，就是我们未来的家。现在我们走上去看里面，爸爸在地上画了粉笔印子代表家具和橱柜的位置，你去看看，你的房间合不合意，我们才开始装修。明年春天，我们可以搬进去了，计划做好多好多书架给你放书——”

我听着听着，耳边传来了一年以前自己的声音，在夜色里向爸爸说：“爸爸，你看那棵樱花，看见没有，那棵樱花？”

我有一些恍惚，我的小楼、我的睡莲、我的盆景、书、娃娃、画、窗外的花帘、室内的彩布、石像、灯、铜器、土坛……“我的家——我的生命”，都在眼前淡去。它们渐行渐远，远到了天边，成为再也看不见的盲点。

我紧紧地拉住妈妈的手，跟她说：“当心，楼梯上有水，当心滑倒。爸爸，你慢慢走，十四楼太高，这个电梯晚上怎么不开……前面有块木板，看到了？不要绊了——”

分别二十年后的中秋节，我站在爸爸妈妈的身边，每天夜里去看一次那幢即将成为我们的家。我常常有些恍惚，觉得这一切，都在梦中进行。而另一种幸福，真真实实的幸福，却在心里滋长，那份滋味，带着一种一切已经过去了的辛酸，疲倦、安然地释放，也就那么来了。

“我们去你家玩，小姑，好不好？”

小弟的孩子天明、天白叫喊着。

“什么家？”

“那个嘛！有屋顶花园又有好多梯子的家嘛！带我们去玩好不好？”

“好呀！不过那只是个去玩玩的地方，可以去浇花。那不再是小姑的家了。”

“那你的家在哪里？”

“阿丨丫、阿娘（注:丨丫读yà，阿丨丫、阿娘是宁波话中祖父、祖母的意思。）住在哪里，小姑的家就在哪里。”

“哦——好可惜啊——”天明叫着。

“不可惜，明天我们就去看它——那个屋顶花园。我们一起去浇水玩好不好？不能赖喔——来，勾勾手指，明天一定去——”

图书在版编目（CIP）数据

梦里花落知多少 / 三毛著 .-- 北京 : 北京十月文艺出版社,
2017.3
（三毛全集）
ISBN 978-7-5302-1480-0
Ⅰ. ①梦… Ⅱ. ①三… Ⅲ. ①散文集 - 中国 - 当代
Ⅳ. ① I267

中国版本图书馆 CIP 数据核字（2015）第 056509 号

著作权合同登记号　图字：01-2016-8980

梦里花落知多少
MENGLI HUALUO ZHI DUOSHAO
三毛 著

出　版　北京出版集团公司
　　　　北京十月文艺出版社
地　址　北京北三环中路 6 号
邮　编　100120
网　址　www.bph.com.cn
发　行　新经典发行有限公司
　　　　电话（010）68423599
经　销　新华书店
印　刷　河北鹏润印刷有限公司
版　次　2017 年 3 月第 1 版
　　　　2021 年 2 月第 24 次印刷
开　本　890 毫米 ×1270 毫米　1/32
印　张　10
字　数　230 千字
书　号　ISBN 978-7-5302-1480-0
定　价　35.00 元
质量监督电话　010-58572393
如有印装质量问题，由本社负责调换